烙印の紋章

たそがれの星に竜は吠える

杉原智則

イラスト●3

オルバ

幼い頃、戦争によって故郷を追われた剣闘士。

メフィウスの皇太子と瓜ふたつの容姿をしているため、虎を模した仮面をつけさせられる

ビリーナ

ガーベラ国第三王女。九歳の頃、自分を人質に取った謀反人を相手に堂々と渡り合うなど、
男勝りな姫。ガーベラきっての飛空艇乗りでもある。

ホゥ・ラン

竜神信仰の遊牧民出身。オルバのいるタルカス剣闘会付きの竜の世話係。
竜に触れ、その＜声＞を聞くなど、独特な方法で竜を手なずける。

ゴーウェン

タルカス剣闘会の剣奴養成官にして、奴隷の監督長。
剣闘士となったオルバを鍛えた。剣の技と胆力を併せ持った実力者。

フェドム

メフィウスの貴族。反皇室的な立場を取り、ガーベラとの和平交渉を進めた中心メンバー。

知謀をめぐらし、自らの利権拡大を図る。

リュカオン

ガーベラ国の将軍にして高潔、清廉な騎士。かつてビリーナの許婚だった。
メフィウスとの戦争では国一番の手柄を挙げた。

CONTENTS

デザイン●カマベヨシヒコ

烙印の紋章

たそがれの星に竜は吠える

序章

「姫さまがおられない？」

「はい」

侍女長《じじよちよう》テレジアは、なるたけ悲痛な面持《おもも》ちをしながら説明した。

「先ほどまで、中央庭園《ていえん》のほうでわたしどもとお茶をしていたのですけれど。紫光宮《しこうぐう》の屋上から夕陽《ゆうひ》に照らされる我が城を見たい、と突然おっしゃられまして」

「紫光宮――といえば、飛空艇《ひくうてい》の発着場があるではないか」

宮殿《きゆうでん》西側の警備《けいび》隊長は大声をあげて狼狽《ろうばい》した。まあ、とテレジアもいまそれにはじめて気づいたような顔をする。

「どういたしましょう。姫さまは我が国きっての飛空艇乗《の》り。この前のレースも、立派《りつぱ》に準優《じゆん》勝されましたのに、一番でなければ意味がない、なんて癇癪《かんしやく》を起こしまして、あろうことかトロフィーを投げ捨てようとされたので、我々が必死でお止めしていたのです」

「そうでありますか。い、いえ、そのようなこと、いまはどうでもよろしいが」

つい芝居《しばい》に乗せられ、うろたえ気味になった隊長の後ろでは、部下の兵たちが不安そうに顔を見合わせている。

「どうされたのだろう?」

「飛空艇《ひくうてい》で、首都《しゅと》をぶらりとひと回りされるおつもりなのでは。やはり、お名残《なご》惜《り》しいのでしょうし」

「いや、あの姫さまのことだ。きっと、結婚が突然嫌《いや》になって、お逃げになられたのだ」

「おれだってごめんだ。誇りある騎士道《きしどう》の国、このガーベラのビリーナ王女殿下《でんか》を、よりにもよって、メフィウスの猿《さる》どもの国に嫁《とつ》がせるなどと!」

鼻息《はないき》も荒く、足を踏み鳴らす者もあれば、

「いや、あの姫さまなればこそ、そのような身勝手《みがって》なことをされるはずがない。それは、我ら一同、ビリーナ姫のいたずらや尋常《じんじょう》ならぬ行動力には振り回されてきた口だが。しかし誰よりもこの国を、風土《ふうど》を、民《たみ》を愛しておられる方だ。ご自分の感情だけでメフィウスとの盟約《めいやく》を反故《ほご》になどされまい」

冷静にたしなめる者もあり、さらには、

「我々が不甲斐《ふがい》ないからだ」

「おう。メフィウスとの一〇年戦争を、我らの勝利で終えることができなんだ。メフィウス宮《きゅう》殿《でん》に我らガーベラ国旗《こっき》を翻《ひるがえ》すことさえできていれば、このような……このようなことには」

悔《くや》しげにかぶりを振って、さめざめと泣き出す者とている始末《しまつ》だった。

それもこれも、愛されている証拠《しょうこ》には違いない、とテレジアは思う。ガーベラ国《こく》第三王女《おうじょ》ビリーナ姫。一四歳《さい》にして、これから一週間ののちには、北西の国境線《せん》を接したメフィウス帝朝《ていちょう》に嫁いでいかれるそのお方。

身の周りを世話するため、テレジア自身は姫に同行することとなるが、当然、ガーベラにいる大勢《おおぜい》の人々にとっては、これが別れとなろう。いまや姫と顔を合わせる誰も彼もが、口では祝辞《しゅくじ》を述べつつも、寂しさや憤り《いきどお》、そして悲しみを表情から隠《かく》しきれずにいる。

庭園を右手に臨むこの天井《てんじょう》つきの回廊《かいろう》。テレジアの近い位置にある柱には、幼い頃に姫がいたずら描きしたテレジア自身の顔がおぼろげに残っている。きっと叱《しか》られた直後なのだろう、鬼《おに》みたいな表情をしたその似顔絵《にがおえ》にテレジアはそっと手を添えた。

（これが最後のわがままですからね、姫）

警備《けいび》隊長にすがりつき、いかにも必死に姫の捜索《そうさく》を頼みながら、テレジアは内心そう声を投げかけていた。

ガーベラ国首都フォゾンから南東に二〇キロほど。なだらかな丘陵《きゅうりょう》地に、広い湖を見渡すことのできる離宮《りきゅう》があった。五年前に起こった謀反《むほん》騒ぎの際には、あわや戦火の中心地となりかけた土地であるものの、現在はその穏《おだ》やかな気候《きこう》にも似て、平和で、ゆったりとした時間が流れている。

しかし、日没寸前《にちぼつすんぜん》のこの時分《じぶん》になって、にわかに騒がしくなってきた。

「第三防空艇隊《ぼうくうていたい》、上がれ!」

防空艇団長《だんちょう》は自身も飛空艇《ひくうてい》に跨《また》がりながらそう怒鳴《どな》った。

「第一、第二は宮殿《きゅうでん》の四方《しほう》を守れ。第四は首都《しゅと》フォゾンへ急行せよ」

つい五分前、監視塔《かんしとう》から狼煙《のろし》が上がったのだ。正体不明《ふめい》の飛空艇が接近中、とのことである。確認された機影《きえい》はひとつ。

地面と同じ色に混じり合いかけている空めがけ、防空艇団が浮上していく。

竜石製《りゅうせき》の金属をベースに、鋼鉄、銀、真鍮《しんちゅう》などでつくられたガーベラの羽ばたき型《オーニソプター》単座《たんざ》飛空艇は、人類の母星《ぼせい》・地球に生息《せいそく》していたという大鷲《おおわし》の姿をかたどっている。嘴《くちばし》から尾の先までは約三メートル、高速で羽ばたく翼《つばさ》は全長七メートルほど。操縦士《そうじゅうし》は大鷲の両足に挟まれるような形の座席に腰掛け、空へと舞い上がるのである。

(よもや、単機《たんき》で襲撃《しゅうげき》もあるまいが——)

防空艇団長が不審《ふしん》を抱いたそのとき、黒々とした斜面の向こう側から何かが近づいてきた。恐ろしいほどの速度だ。船体に直接腹這《はらば》いになって操縦するタイプのもので、羽ばたき型ではなく、後部のプロペラと方向舵《ほうこうだ》によって、推進《すいしん》、制御《せいぎょ》を行っている。速度を重視した高速飛空艇だった。

(我が国のものか?)

団長はひと目で見抜《みぬ》いた。ガーベラは、竜の化石《かせき》を無重量金属《きんぞく》——いわゆる竜石に精製《せいせい》する技術に長《た》けており、小型飛空艇の開発では他国の追随《ついずい》を許さない。様々なバリエーションが存在するのである。

「止まれ！」

「これより先は通さぬ」

口々に防空艇の隊員たちが怒鳴《どな》りをあげたが、相手は速度をゆるめる気配《けはい》さえ見せない。先行していた第三隊隊長の飛空艇とほとんど触れ合わんばかりの距離ですれ違い、その味方機があわやバランスを失いかけると、一気に場が緊迫《きんぱく》した。

「止まれと言っている！」

「警告《けいこく》に従わぬなら撃《う》つぞ」

直進してくる相手のコースを一機が遮《さえぎ》り、残りが上昇、左右に陣取《じんど》って射撃《しゃげき》の構えを取る。団長自身《じしん》、機関銃《きかんじゅう》と直結した引き金に指をかけかけた。と、

「お務め、ご苦労である」

唐突《とうとつ》に声をかけられた。女性——というより、少女のものだった。引き金にかけた指がはっと離れる。

すれ違いかけたその飛空艇が、白金《プラチナ》の尾を引いていた。風になびいた長い髪《かみ》だ、と気づいたとき、

「姫！」

団長が思わず声をあげていた。

「すまぬ、急ぐのだ」

口早《くちばや》に返されたその声も、すでに遠い。

第三防空艇隊《ぼうくうていたい》は、皆一様《みないちよう》にぽかんとした表情で見送っていた。座席に小型のボートをくっつけたような姿をしたその飛空艇《ひくうてい》から、やがて滑空《かっくう》用の翼《つばさ》があらわれ、徐々に降下していくのがかろうじて見て取れる。

「団長？」

「よい」

四〇も半《なか》ばを過ぎた防空艇団長《だんちょう》には、一四になる娘がいた。ガーベラ国《こく》第三王女《おうじょ》ビリーナと同じ歳《とし》だ。一四歳《さい》。彼にとっては、よちよち歩きの赤《あか》ん坊《ぼう》からまださほど年月が経《た》っているようにも思えない。世間からはもう大人《おとな》の一員として見られ、結婚して子供を産んだとしてもおかしくない年頃《としごろ》であってもだ。

「第四防空艇隊《たい》を引き戻せ。わたしは帰ってすぐに日誌《にっし》をつけねばならん。今日の空も平和でありました、とさ」

窓から外の月をじっと眺《なが》めていた。

ベッドから身を起こし、青ざめた光に濡《ぬ》れるその顔は老域《ろういき》に達してはいるものの、生来《せいらい》備わったと見える気品《きひん》や厳《きび》しさは健在《けんざい》だった。

「今夜は妙《みょう》に騒がしいと思ったら、やはりおまえか」

月を見上げながらの言葉に、

「はい、わたしです」

横合《よこあ》いから返事があった。

部屋の入り口に人の影がある。一歩一歩踏《ふ》み出してくるごとに月光に取り払われていく影は、やがて少女の姿を生み出していった。

「倅《せがれ》が見たら目を回すな。あれはある意味で、わしより古い男なのでな」

飛空艇乗《の》りのつなぎ姿を目にして、老人は笑う。女性としてはまだまだ幼さが残るとはいえ、身体《からだ》にぴったりとしたそのつなぎは、日に日に成熟《せいじゅく》しつつある危うげな曲線を浮き立たせている。少女は花びらのような顔に笑《え》みを浮かばせた。

「そのとおりです。だから、レースに出場するときも最後の最後まで反対されました。何とかなだめすかしたはいいのですけれど、この格好《かっこう》では駄目《だめ》だ、ガーベラ王家にふさわしいドレスを着なさい、などとおっしゃられて。裾《すそ》の長いスカートなんて邪魔《じゃま》で仕方ありませんでした。だから二番手《て》なんかに甘んじてしまったのです」

「あれはあれで風情《ふぜい》があったよ」

唇《くちびる》を尖《とが》らせる孫娘《まごむすめ》に、先代ガーベラ国王ジオルグ・アウエルは笑いかける。

「もっとも、おまえの優勝に一点買いして、大損《おおぞん》はしてしまったがな」

「賭《か》けてらしたのですか？」

少女が目を丸くすると、ジオルグは愉快《ゆかい》そうに笑った。

「財政《ざいせい》長官のウォーレスとな。あ奴《やつ》、前々からわしの愛馬《あいば》を欲しがっていたからな。王宮《おうきゅう》に勤めておきながら、おまえがスカートを着て出場するなんて情報はわしに教えてもくれなかった。知っていれば、倅《せがれ》を叱《しか》りつけてでもおまえに公平なレースをさせたものを」

「それで、お爺《じい》さまはウォーレス長官の何を欲しがってらしたのです？」

「はは、いや、なに」

「長官はお酒のコレクションで有名ですものね」

「それもあるが。うむ、あ奴は女性の趣味《しゅみ》もいい」

「はい？」

「ウォーレスの別荘に遊びにいったことがあるが、そこで働いていた侍従《じじゅう》の娘が――娘といっても、出戻《でもど》りの三〇女《おんな》だが――なかなかの美形でな。ああいう娘にこの離宮《りきゅう》に勤めてもらったら、わしももう少し生きる甲斐《かい》が出てきそうだと思ったのだよ」

「お爺さまったら」

ガーベラ国第三王女《こくだいさんおうじょ》ビリーナはぷっと頬《ほお》を膨《ふく》らませ、祖父《そふ》をにらむようにしたが、すぐに噴《ふ》き出し、ふたりして大笑いした。

月の光を孕《はら》んで青ざめるカーテンの裾《すそ》を、あるかなきかの風が柔らかくそよがせる。

突然、ビリーナはベッドの近くにしゃがみ込み、祖父の手をはっしと摑《つか》んだ。その手に顔を押しつけ、小さく肩を震わせる。

「ビリーナ、これ、どうした。幼子《おさなご》のように」

「いいえ――」

いいえ、いいえ、とくり返すビリーナの瞼《まぶた》はしっかりと閉ざされ、その奥からこみ上げてきそうなものを必死に喰い止めている。

（小さくなられた）

細く、頼りないその手に顔を預けながらビリーナはそう思う。

若かりし頃は剛勇《ごうゆう》で知られた祖父だ。地方の豪族《ごうぞく》たちを次々と従え、ガーベラという国を他の列強《れっきょう》に負けぬところまで押し上げた。メフィウスにエンデという、歴史の古い大国に何度となく領土《りょうど》を切り取られては、流浪《るろう》の憂《う》き目を味わってきた領民《りょうみん》たちは、皆、ジオルグ・アウエルの勇名《ゆうめい》を称《たた》え、歴史は浅いながらも他国に決して劣らぬ団結をも生み出した。

ビリーナは幼い頃からこの祖父に懐《なつ》いていた。国王の座を退《しりぞ》いてからも影響《えいきょう》力は依然《いぜん》強く、息子《むすこ》、すなわちビリーナの父にとっては、口やかましいけれど頼らざるを得ない厄介《やっかい》な存在だったのだが、ビリーナにとっては優しい祖父以外《いがい》の何者でもなかった。

この離宮《りきゅう》に何度となく遊びに来ては、川に魚釣《うおつ》りに出かけ、いっしょに泳いで、そして陽《ひ》が暮れると戦争をシミュレートしたボード盤《ばん》にひと晩中興《きょう》じた。

祖父《そふ》は、ビリーナが木製の剣や盾《たて》を振り回しても父のように怒らなかったし、年頃《としごろ》がいっしょの子供たちと取っ組み合いの遊びをしても、馬に跨《またが》っても、飛空艇《ひくうてい》に興味《きょうみ》を持って近づいても、叱《しか》るどころか、ひとつひとつ、丁寧《ていねい》に指南《しなん》もしてくれた。

何より、冬、暖炉《だんろ》の側《そば》で祖父の膝《ひざ》の上に抱き上げられながら、聞かせてくれる戦争や他国との駆け引きの話、そしていくつもの豪族《ごうぞく》を抱えたガーベラにおいて、内部に孕《はら》んだいつ勃《ぼっ》発《ぱつ》するとも知れぬ紛争《ふんそう》の火種《ひだね》をいかに回避《かいひ》してきたか――そんな話にビリーナは夢中《むちゅう》になった。

そして話を聞いた晩、寝床《ねどこ》についたビリーナは、必ず夢を見た。ぴかぴかの鎧兜《よろいかぶと》を着て、飛空艇の上に突っ立ち、見下ろす先に居並ぶ勇猛《ゆうもう》な騎士《きし》たちに、命令を下している自分の姿。いつか自分も戦場に立って、祖父とともに戦うのだと、幼い心を興奮《こうふん》に染めていた。

だが、壮健《そうけん》そのものであった祖父がある冬以来《いらい》、身体《からだ》を壊し、床に伏せるようになってしまった。ビリーナが訪ねたときは以前と変わらない笑顔を振りまいてくれたが、いっしょに乗馬をしたり、飛空艇に乗ったりということはできなくなった。そして五年前、そんな祖父に追い討《う》ちをかけるような出来事が起こったのだ――。

「顔をお上げ」

　祖父に促《うなが》され、はっとビリーナはそれに従った。すんでのところでこらえた涙が、瞳《ひとみ》にうっすらとした月光の輝きを宿らせている。ジオルグの相好《そうごう》が崩れた。

「なるほど、わしも歳《とし》を取るわけだ。あの、跳ねっかえりのおてんば娘が、何と一週間後《ご》には式を挙げるというではないか。うんとちっちゃい頃、あの庭園のわしが大事にしていた花壇《かだん》を滅茶苦茶《めちゃくちゃ》に踏み荒らした悪竜《あくりゅう》の遣《つか》いのようであった娘がなあ」

「お、お爺《じい》さま」

「それに、あのときも驚かされた。国中の語り草なのでな、おまえはもう耳にたこかも知れんが。五年前、謀反《むほん》者にこの離宮を乗っ取られたあのとき。病床《びょうしょう》に伏せっていたわしに代わって、おまえはあ奴《やつ》らに一歩も引かず堂々と渡り合った。おまえが男であれば、と誰しもが言った。しかしわしはそうは思わぬ。おまえは立派《りっぱ》な女性だ。ガーベラが誇る、勇ましき姫御《ひめご》。どの国の英雄にも、竜にも、そして黄金《おうごん》と引き換えになり得るどんな特産物にも引けを取らぬ、わしらの誇りだ」

　顔を赤らめるビリーナの顔を、ジオルグは両手で挟み込んだ。

「そんな孫娘《まごむすめ》が結婚とはな。どのような子を産み、育てるやら。生涯《しょうがい》に何の悔《く》いも残さぬようつとめてきたわしであるし、またそのとおりのことをやってきた自負もある。しかしただひとつ悔いがあるとするなら、赤子《あかご》を抱いたおまえの姿を、この目で見られぬということだ」

「何も、今宵《こよい》限りでお別れというわけではありませぬ」

微笑《ほほえ》んでビリーナはあかるい口調《くちょう》で言った。しかし彼女にもわかっている。祖父《そふ》は長いこと伏せっており、もうこの離宮《りきゅう》から出られることはないだろう。数日後には国を離れる彼女自身《じしん》、これが今生《こんじょう》の別れのつもりで来たのだ。

微笑みはすぐさま崩れ去り、ビリーナはまた顔を伏せた。眉根《まゆね》が寄り、怒りに美貌《びぼう》を曇らせる。

「お爺《じい》さま。ビリーナは、嫁《よめ》になどいきたくありません。お爺さまの側《そば》を離れるなど、嫌です。それも、よりによって、メフィウスなどに！」

国中から愛されるおてんば姫が、庶民《しょみん》の娘が嫁《とつ》ぐ前に見せるようなごくごく平凡《へいぼん》な、それだけに切実な悲嘆《ひたん》にいっとき暮れたかに見えたが、

「あの野蛮人《やばんじん》どもの国。お爺さまを傷つけた謀反人《むほんにん》も、もとを言えばけしかけたのは他ならぬメフィウス。父上《ちちうえ》に覚悟《かくご》がおありになるのなら、初夜《しょや》の床で夫となるべき男の寝首《ねくび》を掻《か》いてもみせましょうものを」

「おお、これ、これ」

さしもの豪胆《ごうたん》なジオルグも思わず咳《せ》き込んでしまった。性格的には「古い」父を嘆《なげ》かせるほど先鋭的《せんえい》でありながら、考え方のどこかに前時代的な、いかにも古めかしい部分があるのはやはり祖父と長くいた影響《えいきょう》でもあろうか。

「何も血を見るだけが戦いではない。勝利とは、屍《しかばね》の向こうにのみあるのではない。心優しい

おまえにならばとうにわかっていよう。庶民とて、毎日の暮らしが戦いの連続なのだ。つらく、厳《きび》しい日々にほんのわずかでも平穏《へいおん》なときがもたらされるならば、それもまた勝利」

「──」

「メフィウスは古い国なのでな──おまえの父なんぞより、ずっと、ずっとな──少し堅苦《かたくる》しい思いはするかも知れんが、おまえなら大丈夫《だいじょうぶ》。どこであろうと、おまえはわしのビリーナだ」

「わかりました」

ふたたび顔を上げたビリーナに、はや涙はない。月に輪郭《りんかく》をふんわりと縁取《ふちど》りされたその笑顔に祖父もまた笑《え》みを誘われた。が、

「そう。まだ戦いは終わってはいない。剣を取り、矛《ほこ》を取るだけが兵士ではない。わたしもまた、ひとりの兵士なのですね」

目をきらめかせる孫娘《まごむすめ》に、何やら嫌なものを察したか、ぎくりとなる。

「わかりました。血を流さず、ガーベラの民《たみ》に無理も強いず。新しきこの戦いに、わたくし、ビリーナは挑《いど》んでまいります。メフィウスの内情《ないじょう》を探り、その弱点を見出し──、必ずやり遂《と》げてみせますので、勝利の吉報《きっぽう》を、どうぞお待ちください！」

すっくと立ち上がった一四の孫娘に、一瞬《いっしゅん》、ジオルグはぽかんとなってしまった。

結婚を間近《まぢか》に控えた乙女《おとめ》が、いつの間にやら戦場を前にした一騎士《いちきし》になっている。そのほう

がいっそ興奮《こうふん》させるのか、頬《ほお》を高潮《こうちょう》させ、血をたぎらせている様子《ようす》なのが——、ある意味でいかにもこの孫娘《まごむすめ》らしくはあった。

一章　鉄と血

1

勝敗が決した。

バ・ルーの円形闘技場《とうぎじょう》が揺れる。大勢《おおぜい》ひしめき合った観衆が口々に勝者の名を叫び、さらにはいっせいに足を踏み鳴らして、それは津波《つなみ》のような騒ぎである。

手荒《てあら》でかまびすしい祝福を勝者が一身《いっしん》に浴びる一方、その足もとには対《つい》となる運命がものも言わず横たわっていた。首を失った敗者の身体《からだ》には鉤《かぎ》が打たれ、奴隷《どれい》ふたりの手によって引きずられていく。

夕暮れといってもなおぎらついた太陽。汗にまみれた観衆たちの顔は、どれも油を塗りたくったように照り輝いており、同じく欲望にぎらついた目が、なお次の戦いを、なお次の殺し合いを、と欲している。勝利も敗北も余韻《よいん》は残さない。ただ戦いの熱気だけがいつまでも尾を引いて、空気中に滞留《たいりゅう》し、渦《うず》を巻くばかり。

「いけ、いけえ」

「やれ、殺せっ」

今日も盛況《せいきょう》であった。街に住む善良な一市《いち》民であれば、何しろ子供の小遣《こづか》い一週間ぶんくらいの金額で入場、観戦が可能とあって、今日も一〇〇〇人以上の客が集まっている。

次の戦いは馬上戦《ばじょうせん》だ。槍《やり》を携《たずさ》えた双方の男たちが東西のゲートからあらわれ、猛《もう》スピードで交差する。二度目の突撃《とつげき》で馬から転げ落ちた男めがけ、もうひとりが馬上から飛び降りて止めを刺せば、次は、ほとんど全裸《ぜんら》の男たちが素手《すで》での取っ組み合いをはじめた。

剣奴隷《けんどれい》、いわゆる剣闘士《けんとうし》と呼ばれる男たちだった。人前で命懸《いのちが》けの戦いをする代償《だいしょう》に、たった数日ぶんの命と、それをつなぐ食べ物を与えられる人々。生まれついてすでに奴隷の身分《みぶん》にある人間もあれば、罪を犯したために闘技場に投げ入れられる者もあり、また中には、自ら志《し》願《がん》してこの生き地獄《じごく》に身を投ずる者とてあった。

剣闘士でも名を知られるくらいベテランとなれば、群衆《ぐんしゅう》にも人気の差が出てくる。シークという名の、女性に人気のある美形《びけい》の剣闘士がたったいま勝利をおさめた。妙《みょう》にもったいぶった、貴族《きぞく》めいた仕草《しぐさ》で一礼《いちれい》するその姿に、金切《かなき》り声がひときわ高まる。

「見た、お義兄《にい》様？　シークが勝ちましたわ」

段々状《だんだんじょう》になった観覧席《かんらんせき》の最前席で、まだ年端《としは》もいかないような少女の声がした。この一角には左右に高い柱が並び、屋根つきの桟敷《さじき》が設けられている。高い金を支払って入場した者のみが入れる、いわば特等席だった。

お義兄さまと呼ばれた隣《となり》の青年は、頬杖《ほおづえ》をついて憮然《ぶぜん》とした様子《ようす》だった。頭に巻きつけた長い布を、バーダイン教徒《きょうと》のように左右から垂らしていて、まるで辺りの視線から顔を隠《かく》しているかのようだ。

「ああ、きみの言うとおりだったな。お目当ての剣闘士が勝ったんだ、もういいだろう。さっさと出て食事にいかないか？　ここにいると頭が痛くなる」

「あら、まだこれからじゃないの。血の臭《にお》いにあてられまして？　畏《おそ》れ多くもメフィウスの所《しょ》領《りょう》を丸々継《つ》ごうという方が、そのような弱気でどうするのかしら」

「めったなことを口にするな」

青年が辺りを気にしてあわてる所作《しょさ》に、少女はころころと笑った。

また次の戦いがはじまり、結局そのまま居座《いすわ》ることとなった青年は、苦々《にがにが》しい顔でふたたび頬杖をついた。いくたびも飽《あ》きることなく血しぶきが舞い、汗まみれの筋肉が躍動《やくどう》する。青年は時折《ときおり》、ちらっと横目《よこめ》で少女の真《ま》っ白《しろ》い肌《はだ》と美貌《びぼう》を盗み見ていた。年相応《としそうおう》のあどけなさの中に、妙《みょう》に大人《おとな》びた官能美《かんのうび》があって、眼下の野蛮《やばん》な戦いよりもよほど気を惹《ひ》く眺《なが》めだ。

それから二戦ほどののち、闘技場ではまた新たな趣向《しゅこう》がはじまっていた。中央に一本の巨大な杭《くい》が打ち立てられ、その上部にひとりの女性がくくりつけられている。美しい女だ。わざと破れた衣装《いしょう》を着させられたものか、身悶《みもだ》えするたびに胸や太腿《ふともも》がちらついて、血に煙った男性客たちの間から口笛《くちぶえ》が起こっている。

しかし彼らの不躾《ぶしつけ》な目線《めせん》を気にする余裕《よゆう》など女性にはなかった。杭《くい》が打ち立てられるのと同時に、高さがほぼ同じくらいの大きな檻《おり》が運ばれてきたのである。

中で暴れている獣《けもの》の体長は、およそ七、八メートル。ぬらりとした緑色の鱗《うろこ》が陽光を弾《はじ》いていた。大型竜《りゅう》である。人間たちによって品種《ひんしゅ》改良を重ねられた末にソゾスと名づけられた種類であり、メフィウスでは戦争にも使用していた。

がちがちと嚙《か》み合わされる牙《きば》、そして六本足に生《は》えた爪《つめ》のひとつひとつが、さながら鋭い剣のようだ。薬を打たれてか、いくぶんかはその凶暴《きょうぼう》な本能を抑えつけられているようだったが、それでも八トンにもなろうかという巨体が悶《もだ》えを打つたびに、鋼鉄製《せい》の檻がおもちゃみたいに吹き飛んでしまいそうになる。

「さあさ、お集まりの紳士淑女《しんししゅくじょ》諸君！」

檻が壊れないうちに、とせっつかれでもしたのか、拡声器《かくせいき》を使った司会《しかい》者の口上《こうじょう》が、唐突《とうとつ》にはじまった。

「次なる演目《えんもく》のはじまりだ。かつては地表《ちひょう》を埋め尽くし、文化をも築いたであろう偉大なドラゴンたちも、いまや我々の見下ろすこの先では、血に飢《う》えた、ただの獣も同然。恐れることはありません。我々は宇宙航海《こうかい》時代から引き継いだ勇敢《ゆうかん》なる魂《たましい》と、高潔《こうけつ》なる意志があります。竜の牙と爪——そして恐ろしいまでの口臭《こうしゅう》！——に引けを取るものでもありません。その証拠《しょうこ》に、ご覧《らん》ください。恐ろしき邪神《じゃしん》の遣《つか》い、この竜たちにいましも挑《いど》もうとしている、勇敢なる人間たちの姿を！」

東側のゲートから、ひとりの剣闘士《けんとうし》が進み出てきた。隆々《りゅうりゅう》とした体軀《たいく》をした男の手には、鎖《くさり》につながれた鉄の球がある。

「〈鉄球〉バーン！」

歓呼《かんこ》の声が一段と高まった。バ・ルーで一、二位を争うほどに人気のある剣闘士だ。浅黒い肌《はだ》をした三〇代半《なか》ばほどのその男が、客席の紳士淑女に手を振って応える。そして、

「虎《とら》だ」

「見ろ、鉄の虎オルバ！」

西側のゲートからもうひとりの剣士《けんし》が歩み出てきた。

ちょっとした変わり種だな、と青年が小さく口にしたのは、この剣闘士が顔を鋼色《はがねいろ》の仮面《かめん》で覆《おお》っていたからだ。虎を模《も》しているのだろう、唇《くちびる》をめくり上げ、小さな牙を覗《のぞ》かせた口腔《こうこう》内にちょうどオルバ本人の口もとが見える造りになっている。吊《つ》り上がったあまりに引き裂かれたかのような形状をした虎の目の奥に、やはりオルバ本人の双眸《そうぼう》が覗き、本来《ほんらい》丸まっている虎の耳は、額《ひたい》の左右で鋭く尖《とが》って、あたかも角《つの》を生やしているかのようだ。

が、気を惹《ひ》いたのはそこだけだ。他に際立《きわだ》った個性はない。身体《からだ》つきはバーンに比べると線が細く、手にしているのもごく普通の長剣《ちょうけん》だった。観衆たちもあざ笑うように、

「あいつの細い身体を見ろよ。あっという間に鉄球で押し潰《つぶ》されちまうのが落ちだぜ」

「ティダンの闘技場《とうぎじょう》で、『男爵《だんしゃく》』マイヤーの首をたった二合《にごう》で撥《は》ねたらしいね。おれたちのバーンに同じことをやってやるがいい。やれるもんならね！」

「鉄の虎《とら》オルバですって」少女が、興奮《こうふん》に頰《ほお》を染めたまま話しかけた。「バ・ルーには初お目見《みめ》えじゃないかしら。有名らしいけれど、お義兄《にい》さまは知ってらして？」

「知るものか」

「まあ、つれないお返事。いいわ、そんなに退屈《たいくつ》でいらっしゃるのなら、ちょっとこの試合で賭《か》けをしてみましょうよ。それならもうちょっとは乗り気になられるでしょうし」

「賭けだって。いったい何を、どうやって」

「簡単よ。いまから戦うあのふたり、どちらが勝つかを予想して」

「馬鹿馬鹿《ばかばか》しい。賭けになんてなるものか。あのバーンとやらはさすがにおれでも名前くらいは知っている。それにあの体格の違い。素人《しろうと》でもわかる。どうせあいつに賭けて、おれから欲しいものをむしり取ろうっていうんだろう」

「まあ、気難《きむずか》しがり屋さん！　そんなら、いいわ。いつまでもひとりでふて腐《くさ》れてればいいんだわ。何よ、少しは気晴らしになるだろうって思って誘ってあげたのに。わかった、わかりましたわ、イネーリといっしょにいるのも嫌なのね。それでしたら、もう二度とお誘いしませんので、ご安心を！」

つんと少女が顔を背けると、青年はあわてて頰杖《ほおづえ》をやめた。

「ま、待て。悪かったよ。おれがあの仮面剣士《かめんけんし》に賭《か》ける。それでいいんだろう？」

「いいえ。イネーリのほうがあの剣士に賭けますわ。お義兄《にい》さまは鉄球バーンになさって」

「へえ？　なぜだい」

「気に入ったのよ」

顔も見えないのにか？——そう言いかけて、青年は危うく口ごもった。これ以上機嫌《きげん》を損ねることもない。

「さあ、あの女性を解放する英雄役《やく》を担《にな》うのはオルバかバーンか。はたまた、両雄《りようゆう》の健闘空《けんとうむな》しく、檻《おり》を破られて、あわれ美女は竜《りゆう》の胃袋《いぶくろ》に収まってしまうのか」

口上役《こうじようやく》がさらに声を張る。これからふたりの剣士が戦い、勝ったほうが、竜の魔手《ましゆ》からあの女性——司会者言うところの「とある亡国《ぼうこく》の王女」——を救い出し、ひと夜の愛をも勝ち取ることができる、と、そういったシチュエーションらしかった。

両者がともに前へと進み出た。近づくと、オルバの体格不足《ぶそく》がより強調される。バーンが最前席の客席に聞こえるような声で言った。

「貴様《きさま》が虎《とら》とやらか。名前は聞いている。が、噂《うわさ》ほど当てにならないものもないな。顔を隠《かく》しても、その合間から見える肌《はだ》でわかる。おまえはまだ若い、それもガキだ」鉄球バーンは、体格同様《どうよう》、太い唇《くちびる》をひん曲げて笑う。「大方《おおかた》、その仮面は舐《な》められないためのこけおどしだろう。貴様は虎なんかじゃない、ただの犬畜生《いぬちくしよう》だ。このおれが本物の男との戦いがどういうものなのかとくと教えてやる」

肩で大きく笑うバーンに対し、オルバは答えない。それを臆病風《おくびょうかぜ》に吹かれたとみなしてか、バーンは嘲《あざけ》りの眼差《まなざ》しをくれながら鉄球を肩の上で身構えた。

「はじめ！」

鋭く投げかけられた合図の声も、なおいっそう高まる歓声に半《なか》ば掻《か》き消えた。瞬間《しゅんかん》、バーンが動いた。

鉄球を力の限りに振り回す。最初、やはり踏み込んでいくかに見えた仮面の剣士が、その勢いにあわてたようにあとずさった。ちっ、と小さな火花《ひばな》を立てて仮面と鉄球とがこすれ合う。それだけでよろめいたオルバめがけてバーンが追撃《ついげき》をかけた。人間の頭よりよほど巨大な鉄の球が風の唸《うな》りとともに迫り来るのを、オルバは後退して避けつづける。

地面を転がって、大げさに飛び退《の》き、しまいには逃げるような仕草《しぐさ》でどたどたと駆け回り——客たちの笑いを誘った。

「おやおや、おまえお気に入りの剣士はどうにも旗色《はたいろ》が悪いな」例の青年が言った。「というか、まともに戦いにもならないじゃないか」

「そうかしら？」

まっすぐに前を向いた少女は、ぽってりと血色《けっしょく》のいい唇に指をあてがいながら言った。

「だったら、どうしてあっさり勝負がつかないの？」

「それは、相手が惨《みじ》めに逃げ回っているからだろ」

「バーンには、無様《ぶざま》に逃げる相手を追い詰めることもできない、ってことかしら?」

青年は何か言い返そうとしてふと口をつぐんだ。見ると、オルバはまっすぐ後退するのではなく、相手から等《とう》距離を保ったまま円《えん》運動をしていて、バーンもすぐには追い討《う》ちをかけられない様子《ようす》なのだ。

業《ごう》を煮やしてか、バーンが渾身《こんしん》の力を込めた一撃《いちげき》を放り投げる。肩の上にやり過ごしたオルバは――はた目にも、これは彼にとって好機《こうき》と見えたが――、手にした剣でちょいと突つく真似《まね》をしただけで、またも距離を取ろうとする。

「真面目《まじめ》にやれ」

「ふざけるな!」

客も笑うのをやめて、罵声《ばせい》を浴びせはじめた。オルバに対してのみならず、逃げ回る相手を仕留《しと》めきれないバーンに対してのものもある。「貴様《きさま》!」とバーンが吠《ほ》えた。オルバめがけて斜めに飛び込んでいこうとする。あっ――と声をあげたのは少女だった。

いまのいままで腰の引けていたオルバが、突如《とつじょ》前のめりになったのだ。足を止めた相手にバーンもここぞとばかりに一撃を放つ。

そのときオルバは右へと大きく身体《からだ》を傾けるや、鉄球を避け、そのまま左爪先《つまさき》を回転軸《じく》として剣を斜め上へとひらめかせた。鎖《くさり》の断ち切れる、妙《みょう》に澄《す》んだ音が響《ひび》いたその瞬間《しゅんかん》、体《たい》をふたたびひねったオルバは、落雷《らくらい》のごとき勢いで剣を振り下ろす。

バーンの頭頂部《とうちょうぶ》はふたつに割れ、それから間もなく巨体《きょたい》が崩れ落ちた。

「み、見事！」

司会者《しかい》が叫んだが、しかしあまりに突然、そしてあまりに意外《いがい》な結末《けつまつ》が訪れたため、観衆たちはむしろぽかんとしている。ふさわしからぬ静寂《せいじゃく》が辺りを包む中、当の勝者は意に介《かい》した風《ふう》もなく、杭《くい》のほうに歩み寄っていくと、奴隷《どれい》数名の手を借りてそれを地面から外し、女性を縛《しば》りつけていたロープを剣で切った。

歓喜《かんき》の叫びとともに首っ玉にかじりついてこようとする女性を乱雑《らんざつ》に押しのけると、オルバはさっさと自分のゲートのほうへ戻っていってしまった。

特等席《せき》の少女が——彼女も、ついいままで呆気《あっけ》ない幕切れにぽかんとしていた口だったが——くすりと唇《くちびる》をほころばせた。オルバというあの剣闘士《けんとうし》、まるで客を意識していない。ただ今日も言われるがままに戦った、そして殺した、それだけだ——と言わんばかり。

「あいつ、バーンをやったぞ」

「それも一撃だ」

いっときの静寂から、やがてオルバを称《たた》える声がぽつぽつと洩《も》れはじめる。白けかけていた客たちも、手を叩《たた》き、たどたどしく足を踏み鳴らして、勝者にふさわしい声援を送りかけた。ようやくのことで場内があるべき姿に戻りかけたその瞬間、びりっと大気が震えた。

竜《りゅう》ゾゾスの咆哮《ほうこう》だった。

薬が切れてか、それとも血の臭《にお》いに本能を刺激《しげき》されてか、突如《とつじょ》その巨体を右から左へと大きく振るうと、檻《おり》の一部を叩《たた》き壊した。檻を片づけようとしかけていた奴隷《どれい》ひとりが、頭から竜の手に掴《つか》み上げられる。抵抗する間もなく、その上《じょう》半身がゾゾスの口へと消えた。

骨の砕ける音がした。水分を含んだ、嫌な咀嚼音《そしゃくおん》が聞こえたのも一瞬《いっしゅん》、つんざくような悲鳴が闘技場《とうぎじょう》内に満ちた。恐怖とパニックがたちまち辺りを席巻《せっけん》していく中にあって、ソゾスはむしろ悠然《ゆうぜん》と、壊れた檻の合間からさらにその腕を伸ばしていく。

我先《われさき》にと逃げ出す群衆《ぐんしゅう》に揉《も》まれ、例の青年は転倒しそうになった。その手を横合《よこあ》いからぐいと引かれる。

「こちらです。急いで!」

特等席の警護《けいご》をしていた兵士たちである。剣と銃とで辺りを威嚇《いかく》しながら、青年を奥へ逃がそうとする。

「ま、待て。イネーリが——」

抗《あらが》おうにも、逃げようとする人波《ひとなみ》に揉まれて自由に動けない。すると、ひときわ甲高《かんだか》い悲鳴が聞こえた。ソゾスが前肢《まえあし》をかけた仕切りのすぐ向こう、他ならないイネーリの姿があった。桟敷《さじき》から転げ落ちた少女の顔は色を失い、いまにも気を失いそうに見えた。

竜の長い鼻《はな》っ面《つら》が上下に裂けた。鋭い剣先《けんさき》にも似た牙《きば》の列が、涎《よだれ》の糸を引きながら露《あら》わになる。思わず青年が目を逸《そ》らしかけたとき、ソゾスの首もとから細い血の筋《すじ》が噴《ふ》き上がった。剣《けん》闘場《とうじょう》お抱えの衛兵《えいへい》たちが銃を持って駆けつけてきたのだ。しかし客席が近いために、至近《しきん》距離でしか撃《う》つことができず、彼らの身構《みがま》える姿はいかにもへっぴり腰だ。近づこうかどうしようかまごまごしている隙《すき》に、ソゾスがすばやく振り向きざまに尻尾《しっぽ》の一撃《いちげき》を放って、数名がまとめて吹き飛んでいった。

へたり込んでいた少女は、目を限界《げんかい》近くにまで瞠《みは》っていた。

そしてその目で、見た。

ソゾスの横合《よこあ》いを突風《とっぷう》のごとく駆け抜けた影があった。影は客席の仕切り壁にぶち当たる寸《すん》前《ぜん》、その壁を蹴《け》って高く舞い上がった。虎《とら》を模《も》した鉄仮面《てっかめん》が少女の目に飛び込んできたとき、剣闘士《し》オルバの姿はソゾスの首もとにあった。

銃撃《じゅうげき》で一瞬気《き》の逸れたソゾスの背後から駆け上がったのだ、とわかっても、にわかには信じられないことだった。

オルバの、一見細身《ほそみ》の、しかし節々《ふしぶし》に筋肉を鋼《はがね》のように浮き立たせた腕が、竜の首もとに深く喰い込んだ。両足でさらに首を挟み込みながら、もう片方の腕で剣を頭部へと撃ち下ろす。

長い尾を振り乱し、地面を揺らしながら足踏《あしぶ》みし、と、竜はそれでも剣闘士を振り落とさんともがいたが、二撃《にげき》、三撃目が振り落とされるにつれて、鉄の甲冑《かっちゅう》にも等しい鱗《うろこ》が裂け、肉が血のりとともに飛び散った。四撃目となると剣のほうが先に折れてしまったが、そのときには他の剣闘士《けんとうし》たちも殺到《さっとう》していた。

「オルバ！」

赤銅色《しゃくどういろ》の肌《はだ》をした剣士《けんし》の放り投げる剣を受け取って、オルバがさらにと振り上げた五撃目《げきめ》が、先ほどとまったく同じ経緯《けいい》を辿《たど》って、竜の脳天《りゅうのうてん》へと刀身半《とうしんなか》ばまでめり込む。

黄金色《おうごんいろ》の目玉《めだま》がぎょろりと天を仰いだ。巨体《きょたい》が首とともに沈み込む直前に、剣士はすたりと客席のほうへ舞い降りていた。

少女は、その姿を見上げる格好《かっこう》となっていた。まるで物語に出てくる、悪い魔術師《まじゅつし》に捕らえられたプリンセスのような気分で、どきどきとして見つめていたのだが、あろうことか英雄《ヒーロー》たる剣闘士はまったく彼女を無視して歩みを運び、仕切りからひらりと剣闘場のほうへと飛び降りた。

まだ雑然《ざつぜん》とした恐怖が霧《きり》のごとく立ちこめる中、立ち去っていく背中は、勝者の風格《ふうかく》が漂うというよりも、集められた視線そのものがうっとうしそうに見えるほど、孤独《こどく》なもののように感じられた。

「だ、大丈夫《だいじょうぶ》か？」

息せき切って駆けてきた連れの青年に目を当て、少女は、ふとおかしな感覚に陥《おちい》った。先ほど、去り際に見えた、あの仮面《かめん》の剣士の目もとと、青年のそれとがよく似ている気がしたのだ。

そしてもうひとり、

「まさか、生きていたとは」

オルバの背中に、別の意味で愕然《がくぜん》とした視線を当てている男がいた。やや弛《たる》んだ顎《あご》から汗が滴《したた》るのを手の甲《こう》で拭《ぬぐ》う。青年の背後、やはり特等席《せき》にいた男だったが、独特の血臭《けつしゅう》が漂う中、彼はひとり言のように不思議《ふしぎ》なことを口にしていた。

「オルバといったな。二年か。そうか……二年もな」

2

（二年）

剣闘士オルバは、低い位置にわだかまる闇《やみ》をにらみ上げながら、ふと口の中だけでつぶやいていた。

ひと言に「二年」といっても、その道は、苦難《くなん》と、血と、そして屍《しかばね》に満ちていた。何度となく命を奪い合い、それが終われば両足を鎖《くさり》でつながれて、奴隷《どれい》小屋で一夜を過ごし、朝となれば剣奴《けんど》として生きていくために必要な訓練《くんれん》を行う。そしてまた次の戦いだ。

オルバ以外の誰も、彼が五戦以上を生き抜くことができるなどとは思ってもいなかったはずだ。二年前、はじめて闘技場《とうぎじょう》に足を踏み入れたときのオルバはまだ一四歳《さい》。身体《からだ》もいまよりずっと細く、ほとんどの武器が手に余るほどだったからだ。

だが、実際、彼は生き抜いてきた。手にすることのできる武器、つまり自分自身が振り回されずにすむ数少ない武器を選び抜いて、力の限りに振るった。戦い方などただがむしゃらに突っ込んでいくことしか知らなかった。経験を積んで、骨が、そして筋肉の繊維《せんい》一本一本が太くなるごと、新たな武器を手にし、敵の死骸《しがい》を踏み越えるごとに戦い方の引き出しもひとつずつ増えていった。

そして過ぎ去った二年。長いのか短いのかもオルバにはわからない。時折《ときおり》、自分が相当な年寄りだと思うこともあれば、まだまだ戦いの何たるかも知らない若造《わかぞう》のようにも思えた。

何しろ自分の顔を見る機会に恵まれていないのだから、それも当然のことかもしれなかった。仰向《あおむ》けに寝転《ねころ》がっている彼は、剣闘場《けんとうじょう》にいたときと同様、いまだに鉄の仮面《かめん》をつけている。この二年、外したことがないので、彼の素顔《すがお》など、同じタルカス剣闘会《かい》に所属している他の剣奴《ど》隷《れい》たちとて知る由《よし》がない。

「起きろ、奴隷ども！　寝覚《ねざ》めは最悪か？　ならもっと最悪な一日にしてやるぞ！」

朝になれば、また奴隷としての一日がはじまる。剣奴養成《ようせい》係にして、奴隷の監督長《かんとくちょう》でもあるゴーウェンに追い立てられるように寝所《しんじょ》から出ると、手はじめに収容所《しゅうようじょ》の掃除をさせられる。

それが済めば、獅子《しし》や大蛇《だいじゃ》、猪《いのしし》、虎《とら》など、剣闘で使われる動物たちの世話が待っている。特に竜《りゅう》の世話は重労働《じゅうろうどう》だ。小型竜、中型竜ですら、人間ひとりでは手に余る生き物だが、大型竜ソゾスの世話に至っては、果たして剣で死ぬ奴隷が多いか、わざと人間に慣れないように躾《しつ》けられたその竜に踏《ふ》み潰《つぶ》される奴《やつ》が多いか、といった具合だ。城の中庭もかくやといった具合に広大な竜《りゅう》舎《しゃ》に足を踏み入れたオルバは、すらりとした女性の後ろ姿を認めて足を止めた。

奴隷たちの住処《すみか》よりよほど広い――どころか、城の中庭もかくやといった具合に広大な竜

ホウ・ランだ。他の奴隷たちに竜の給餌《きゅうじ》を命じている一方で、彼女自身は竜たちの鱗《うろこ》に直接手を触れている。当然、竜たちの足や首には太い鎖《くさり》が巻かれてあるとはいえ、昨日の例を持ち出すまでもなく、それが絶対の保証になるとは限らない。剣闘士ですら尻込《しりご》みするような距離で、彼女は次々と竜たちに声をかけては、鱗にやさしく指で触れていた。

「オルバ」

名前を呼ばれたのは、彼女が振り向くより早かった。

「よくわかったな」

「竜たちの〈声〉が教えてくれる」

ランは微笑《ほほえ》んだ。男所帯《じょたい》の、しかも殺伐《さつばつ》とした剣《けん》奴隷たちの収容所にはいかにも似つかわしくない、無防備《むぼうび》な笑《え》みには、オルバもなかなか慣れない。

磨《みが》き抜かれた黒檀《こくたん》のような肌《はだ》は、青ざめて見える頭髪《とうはつ》とともに不可思議《ふかしぎ》な艶《つや》を放っている。メフィウス西方の山々を放浪《ほうろう》する、竜神《りゅうじん》信仰の遊牧民《ゆうぼくみん》出身で、本来閉鎖的《へいさてき》な血族《けつぞく》なのだが、ランは例外的に好奇心旺盛《こうきしんおうせい》らしく、部族《ぶぞく》にやってきた隊商《キャラバン》の馬車にこっそり乗り込んで、外界《がいかい》へやってきた。それからの経緯《いきさつ》は彼女自身語《かた》ろうとしないのでわからないが、いつしかタルカ

スに雇《やと》われ、こうして竜《りゅう》たちの世話を一手《いって》に任されるようになっていた。

「こいつらがおれの名前を知っているのか?」

「〈声〉は映像《えいぞう》とともにわたしの頭に入ってくる。皆、オルバの顔は知っている。オルバは竜に好かれている」

白痴《はくち》的に見えながら、その実、どこまでも深い海底を思わせる瞳《ひとみ》には、文明人が失ったある種の知性《ちせい》が宿っているようでもある。仕切りの向こうからこちらを噛《か》みつこうと窺《うかが》っている小型竜の鼻《はな》っ面《つら》を眺《なが》め、「そうは見えないな」とオルバは薄く笑った。

二年前にオルバがやってきたときから、ホウ・ランはこの収容所《しゅうようじょ》にいた。そのときは雇い主のタルカス相手ですらまともに目を合わせようとせず、口も開かなかった。オルバの素顔《すがお》をその目で見るか、ランの声を耳にするのとではどちらが難しいか、娯楽《ごらく》の乏しい剣奴《けんど》たちの間では賭《か》けの対象《たいしょう》になっていたほどだ。

が、あるとき、ランは収容所に来たばかりの新米《しんまい》剣奴数名《すうめい》に乱暴《らんぼう》されかかった。そこを偶然通りかかったオルバが彼らを叩《たた》きのめして以来、ランは彼にだけは多少の口を利くようになったのだ。

「バ・ルーでは、ソゾスに襲《おそ》われたそうだね」

「いい、おれが、ソゾスを襲ったのさ。いきなり暴れ出したからな」

「薬で無理矢理《むりやり》心を押し込めようとしたって無駄《むだ》なんだ。わたしが監督《かんとく》していたなら、そんな

ことにはきっとさせなかったのに」

唇《くちびる》を噛《か》んだのは、オルバや客の身を案じたためではあるまい。中型竜《りゅう》バイアンの首筋《くびすじ》を撫《な》でている少女の姿を視界《しかい》の端《はし》に留めつつ、オルバは自分の用件を済ませると竜舎《りゅうしゃ》をあとにした。

動物たちの世話や掃除が終わると、次は武器の手入れだ。自分の命を預けるものだけに、ひとりひとりが丹念《たんねん》にやる。武器を扱うときには、武装《ぶそう》を固めた衛兵《えいへい》十数名が監督《かんとく》に当たった。当然、剣奴《けんど》たちの謀反《むほん》を警戒《けいかい》してのことだ。

それから申し訳程度《ていど》のパンとスープで食事を済ませ――昨日の剣闘《けんとう》試合に出て生き残った者、すなわち勝者には、昼間から肉や果物が振る舞われることもある――、昼を過ぎる頃合《ころあい》に各々《おのおの》の鍛錬《たんれん》をはじめる。武器を手入れするときと同様、武装兵《ぶそうへい》が目を光らせている中、このときばかりは両足をつないでいる鎖《くさり》を外された。

オルバのように二年以上を生き抜く剣奴は非常に稀《まれ》だ。次から次に命を落とし、そして翌日《よくじつ》にはまた新しい顔があらわれる。ゴーウェンは飽《あ》きることなく彼らに剣の握り方からステップワーク、銃の撃《う》ち方、心構《こころがま》えのひとつに至るまで、懇切丁寧《こんせつていねい》に教育する。

オルバも何人か新人の相手をした。実戦さながらに剣を撃ち合うこともあって、この訓練《くんれん》の最中《さなか》に手足が使いものにならなくなったり、命を落としたりすることとて珍しくはない。今日は死人こそ出なかった。だがそれが幸運とも限らない。翌日《よくじつ》にはもっと悲惨《ひさん》な運命が、そしてもっと陰惨《いんさん》な死に方が待ち受けているかもしれない、それが彼ら剣闘士《し》である。

汗で濡《ぬ》れた肌《はだ》に砂埃《すなぼこり》がまとわりつき、すべての剣奴の顔が黒ずみかけた頃、オルバは訓練場から柵《さく》ひとつ隔《へだ》てた向こうの通路に、タルカスの姿を見かけた。「休め」と新人に言い置いて、オルバは彼のほうへと駆け寄った。

タルカスも仮面《かめん》男に気づいて足を止める。垂れ下がった頬《ほお》に不信の感情が覗《のぞ》いていた。

「何だ、鉄の虎《とら》。……ああ、昨日は見事だったな」飼い犬に餌《えさ》をあげ損なっていたことを思い出したかのような顔になった。「バーンはそこそこに名の知れた剣闘士だ。おまえと当たらせると言い出したのは向こうの剣奴商会でな。『有り金全部《ぜんぶ》をバーンにつぎ込んだほうが稼《かせ》げるのではないかな？』なんて嫌味《いやみ》を言いやがって。まあ、少しはおれも溜飲《りゅういん》が下がる思いがしたよ。ソゾスを殺したのも――」

「タルカス、あとどれくらい、おれは勝ちつづければいい」

「何だと？」

「もう二年だぜ。おれは、勝ちつづけてきた。昨日みたいな主要演目《メインイベント》だって何度となくやった。もうそろそろ、この足の鎖を外してくれてもいい頃じゃやねえのか」

剣奴は、皆、商人に買われたときにそれぞれ誓約書《せいやくしょ》を交わしている。タルカスは適当にあしらおうとしたようだったが、

「字が読めないなんて思うなよ。奴隷にだって誓約書を検《あらた》める権利くらいあるはずだ。ここへ持ってこいよ、タルカス。おれはもうとっくに解放されていいはずだ」

オルバが真正面《ま》から言うと、タルカスは斜視《しやし》気味の視線に力を込めた。

「それで、どこへいくつもりだ？　確かにおれの手からは解放されるかもしれんがな、おまえは依然《いぜん》犯罪者のままだ。残りの刑期《けいき》全部を買えるほどの金はないぜ。それとも西の国境沿いにあるツアーガ鉱山《こうざん》で働くか。毒の霧《きり》に、野生《やせい》の人喰い獣《じゅう》、ゲブリンの人狩《ひとか》り族に、もちろん悲惨《ひ》極《きん》まりないほどに過酷《かこく》な労働。同じ地獄《じごく》なら、こちらのほうがまだしもだぞ《ぞ》とおまえが思うなら、とっとと訓練《くんれん》に戻れ。もっともっと一人前に稼《かせ》げる剣士になってから対等な口を利くんだな」

太い指をオルバの面前へ突きつけると、タルカスは足早に事務室のほうへと立ち去っていった。そのあとを見慣《みな》れない顔がぞろぞろとついていく。鎖《くさり》で足をつながれているところからすると、また新しく仕入れられた奴隷《どれい》たちだろう。

オルバは無言だった。激しい怒りに目もくらみそうな思いがしたのも事実だが、しかしタルカスの言葉も嘘《うそ》ではない。メフィウスの法律において、長い刑期を命で買う方法は主にふたつ。タルカスが口にしたツアーガ鉱山のように、危険のともなう国の公共事業に従事するか、奴隷として我が身を売り飛ばすか。柵《さく》を握る手に力がこもり、いつしか指の感覚を失うほどの時間、オルバはその場に立ち尽くしていた。

「何をしている、オルバ。戻れ！」

ゴーウエンに叱責《しっせき》されてからようやく、もとの訓練に戻る。いつものように。

それから数時間。コップ一杯《いっぱい》程度の水で身体《からだ》を洗い流したあとで、一日に許された二度目の食事の時間となる。オルバは食堂の片隅《かたすみ》で、猫背《ねこぜ》気味に身体を丸めつつ、ほとんど手摑《てづか》みで食べていた。彼の癖《くせ》で、本を読みながらでないと食事が進まない。と、

「オルバ、昨日はよくやったね」

その背中にしなだれかかってこようとする剣奴《けんど》シークを、オルバは乱暴《らんぼう》に手で振り払った。

「あの鉄球バーンだもの。対戦が決まったときには、ぼくはどうしようかと思ったよ。きみが不利になるようだったら、外から狙撃《そげき》してやろうかとも考えてさ」

「離れろ。その自慢の顔に傷をつけたくなけりゃな」

「おお怖い。でも、きみのつけてくれるその傷が、ぼくときみとの絆《きずな》になるというのなら構わないよ」

くすくすと笑うシークのその態度が、本気なのか単なるジョークなのか、いまだに正確な判断の材料とてないが、どちらにせよオルバにはつき合いきれない。端正《たんせい》な顔立ちをしたシークは、髪《かみ》を長く伸ばし、剣闘《けんとう》となると化粧《けしよう》さえ施《ほどこ》す。そうすると、退廃《たいはい》的な美貌《びぼう》に拍車《はくしや》がかかるので、女性客の人気も絶大《ぜつだい》だった。もっとも、当の本人は大の女嫌《おんなぎら》いを自称《じしよう》している。

「しかし、さすがはオルバだったね。ぼくが手を下さずとも、実に見事な手際《てぎわ》でやってのけた。これで名実ともに、タルカス剣闘会《かい》のトップかな？」

「見事というほどでもないさ」

そこへ剣奴《けんど》養成係のゴーウェンが姿をあらわした。同じテーブルに着くのを、オルバは露骨《ろこつ》に迷惑《めいわく》そうな目で見たが、彼は意に介《かい》したふうもなく、

「よくやったとはいえ、危なっかしかったのも事実だ。踏み込むにはまだタイミングが早すぎた。ちょっとでも追い込まれると、すぐに一《いち》か八《ばち》かの賭《か》けに出たがるのは悪い癖《くせ》だ。もっと時間をかけてでも、自分の優位《ゆうい》を確保する努力をしろ。バーンは優れた剣士《けんし》だが、相手の弱点を突いてくるタイプじゃない。もっと観察眼《がん》のいい相手には、おまえのその気の短さを簡単に見《み》抜《ぬ》かれ、足もとをすくわれるぞ」

白髪頭《しらがあたま》をした、五〇代半《なか》ばほどの男だが、赤銅色《しゃくどういろ》の身体《からだ》はいまだたくましく、じろりと剣奴たちを見やる視線には迫力がある。と、

「相手はあのバーンだぜ。こいつが五体《ごたい》満足でいられるほうが不思議《ふしぎ》なくらいだよ」

また新たに声をかけてきたのは、タルカス剣闘会《けんとうかい》一の巨漢《きょかん》ギリアム。昨日、オルバやシークと同じ闘技場《とうぎじょう》において、戦斧《せんぷ》ひとつ担《かつ》いで、同時に三人の剣奴を相手にしたほどの豪傑《ごうけつ》だ。長い赤褐色《せきかっしょく》の髪《かみ》は乱れ放題《ほうだい》になっており、歯を剝《む》いて笑う顔は、野生《やせい》の獅子《しし》が見せる威嚇《いかく》の表情そのものだった。

「バーンとやるって聞いたときには、正直こいつの悪運も尽きたと思ったがな。まあ、悪くない腕だ。だがよ、相変わらず剣闘の何たるかがわかってねえ。無愛想《ぶあいそう》に勝ったって意味がないんだよ。客を満足させなきゃな。ひょいひょい逃げ回って、挙句《あげく》に一発で勝負を決めるやり方

なんてのは面白くも何ともない。正面からぶち当たってみやがれ」

　剣奴というものは、ただ戦いに勝ち残っていけばいいというものでもない。人気のある、つまりひとりでも多く客の取れる剣闘士《し》にならなければならない。地味《じみ》な剣闘士など、ひと山いくらで買われた挙句、ただ客の嗜虐嗜《しぎゃくし》好《こう》を満足させるためだけに、猛獣《もうじゅう》や竜《りゅう》たちの前に身ひとつで放り投げられる羽目《はめ》になるからだ。

　したがって彼ら剣闘士は、各々《おのおの》、腕を磨《みが》くのと同じくらいに努力して、これも生き残るため、派手《はで》な個性をアピールしようともする。派手な鎧《よろい》兜《かぶと》で身を飾る者、勝利した直後に敗者の心臓《しんぞう》を口で引きずり出すパフォーマンスをやってのける者、不思議な形の刺青《いれずみ》を入れる者――。シークなどになると、「自分は古代王朝《おうちょう》王族の末裔《まつえい》である」などという大見得《おおみえ》を切っている。

「今度、おれとやろうぜ、オルバ。手前《てめえ》に本当の戦い方ってのを教えてやるよ」

「興味《きょうみ》ねえ」

「ははん、おれが怖いのか」

「ああ、怖い。怖いな。だから失せやがれ」

「手前」

　相変わらず猫背《ねこぜ》で飯《めし》をかっ喰らうオルバを、ギリアムは背中から小突《こづ》いてやろうとした。

「よせ！」とゴーウェンが制する。騒ぎとなると、剣闘会所属《しょぞく》の兵士がすぐさま駆け込んでくるので、ギリアムは顔を赤くしながらもひとまずは引き下がった。

「そういえば、妙《みよう》な新顔《しんがお》どもがあらわれたな」

しばらく経《た》ってから、ゴーウェンがふと思い出したように言った。オルバも見かけた、あのタルカスの後ろにいた連中《れんちゆう》のことを言っているらしい。

「妙って？　髪《かみ》の毛の間に角《つの》が、ズボンの後ろに尻尾《しつぽ》のふくらみがあったとか？」

剣奴《けんど》のカインがまぜっかえす。一年前から収容所《しゆうようじよ》へやってきた少年で、年恰好《としかつこう》はオルバとよく似ている。腕力《わんりよく》も剣の腕もからっきしだが、手先が器用《きよう》で、特に拳銃《けんじゆう》やライフルの扱いに長《た》けていた。

「竜人族《りゆうじんぞく》の生き残りがいたなんて、そんなロマンチックな話じゃない」

「竜人だろうと、ゲブリンだろうと、いまさらどんな奴《やつ》があらわれたって、いまさら驚くようなことじゃないだろ。ここは剣奴商会《しようかい》だぜ、あらゆる人種の見本市《いち》だ」

「もっと単純な話さ。ただ、どいつもこいつも剣の腕がからっきしの、ろくに使えない連中ばっかりだということだ」

「なあんだ」

カインがつまらなさそうに背伸びしたが、

「その、ろくでもない連中を、タルカスが嫌な顔ひとつしないで買い取ったのが何より解《げ》せないんだよ。妙に上機嫌《じようきげん》でいやがったしな」

「ほう」

「確かに。金貨《きんか》のきらめきで常に目がくらんでいたいタルカスの大旦那《おおだんな》にしては、何より妙な話ですねえ」

「上機嫌？　あれでかよ」

昼間のタルカスの様子《ようす》を思い出してオルバは言ったが、

「つき合いはおまえより長いさ。タルカスがあれだけ上機嫌なときはな、決まって大金を手にできるチャンスをものにしたときだけだ」

「また、貴族《きぞく》どもが見に来るんだろう。天覧《てんらん》試合ができるとか、その程度だろうさ。その新顔たちも、大方《おおかた》貴族に頼まれて買わされた口だ。メフィウス帝朝《ていちょう》に逆らった政治犯《はん》って可能性もある。人前で、竜にむごたらしく喰わせてやってくれという依頼なんじゃないのか」

「顔色が読めんから、おまえが言うと妙な迫力《はくりょく》がある」

「それより、新しい本はどうした？　頼んでから三ケ月にはなるぜ」

話の興味《きょうみ》を失って、オルバは別のことを訊《き》いた。他の連中はそれぞれ別の話題で盛り上がっている。明日になれば、同じ商会の剣闘士《けんとうし》同士でも戦わされる可能性のある者たちだ。そんな彼らと必要以上に親交を深めようなどという考えは、オルバの頭にはなからなかった。

「ああ、仕入れてきたさ。明日には届く。……しかし、いまさら改まって言うことじゃないが、おまえも変わってるな。ここの連中なんざ、たとえ文字の読み書きができたとしても、一生に果たして一〇〇字以上読むかどうか怪《あや》しいもんだ」

ゴーウエンは鳥皮《とりかわ》をむしりながら、じろりとオルバを見やった。

「時々、おれでも無性《むしょう》にその仮面《かめん》を剝《は》ぎ取ってやりたい衝動《しょうどう》に駆られることがある。その下にはどんな素顔《すがお》があるのか。若い、無軌道《むきどう》なだけの小僧《こぞう》っ子《こ》かと思うときもあれば、戦場《いくさば》をいくつも乗り越えてきたような冷徹《れいてつ》さをうかがわせるときもある。昨日のこともそうだ。ソゾスに臆《おく》しもせず、また、的確な行動をした」

「褒《ほ》められているのかどうか」

「褒めているさ。おまえ、剣を取って自分で戦うより、よっぽど冷静に状況を見ていたな。実際、指導者向《む》きかもしれんが、かと思えば、歴史や人物に関しての本が好きで、ひと晩中読《よ》みふけるような、そしてその知識を鵜呑《うの》みにする、青びょうたん気質《きしつ》のところもある」

はじめて会ったときから、つまりタルカス商会に買われたときからオルバは顔を仮面で覆《おお》っていた。以来、一度たりとて脱いだことがない。当然、皆、その理由を知りたがる。素顔を見たがる。素性《すじょう》を怪《あや》しんでくる。

最初の頃、ゴーウエンを悩ませたのは、そうした好奇心《こうきしん》や猜疑心《さいぎしん》に対し、オルバが拳《こぶし》で応えていたことだ。半年も過ぎる頃には「魔法使《まほう》いに呪《のろ》いをかけられた」というその場しのぎの言い訳を考えつき、やがて一年後には誰もからかいの目的でそんなことを訊《き》く人間はいなくなった。稀《まれ》に、新顔《しんがお》が尋《たず》ねてくることもありはしたものの、いまのオルバには無視することもできた。

「本を読んでいて得することがあるか？　少なくとも、おれの生まれ育った場所では、どれだけの書物を所有していても尊敬《そんけい》を勝ち取ることなどなかったがね」

「猿人《えんじん》かゲブリンの出身みたいな言い方だ」

「言葉を選べよ、オルバ。おれがおまえに特別優《やさ》しいように周りから思われるぞ。それでも構わないなら、おれも態度の選びようがある」

冗談《じょうだん》の通じない男のように振る舞うのは、ゴーウェンの愛すべき癖《くせ》だ。オルバは忍《しの》び笑いを洩《も》らしたが、皺深《しわぶか》い剣奴《けんど》養成係は不意に真顔《まがお》になった。

「剣奴ってのは、普通、その日一日を生き抜くだけで精いっぱいだ。中には、娑婆《しゃば》に出たところで、どうせまた罪を犯さなければ生きていけないからと、剣奴隷《けんどれい》の身分に一生甘《あま》んじようとしている人間もいるくらいだ——もっとも、そいつの『一生』とやらはごく短いだろうがね——が、おまえは違う。おまえだけは殺し合いに溺《おぼ》れもせず、未来を見据《みす》えている。この先というものを考えている。なあ、おれはそんな男にどう言うべきだろう。未来など捨てろと言うべきか。そんなものを後生《ごしょう》大事に持っていてもつらいだけだと。それとも望みをこそ大事に持てと言うべきか？　それは生き抜く力になるからだと」

「こっそり酒でも引っかけたか、じいさん。饒舌《じょうぜつ》だな」

「真面目《まじめ》な話さ」

ゴーウェンは頑固《がんこ》に首を振った。やっぱり酔《よ》っている、とオルバは断じた。普段なら、「じいさん」などと呼ばれて黙っているゴーウェンではない。

「おまえが戦っているのは誰だ？　他の剣奴《けんど》か、自分自身か、それとも別の、何か目的があるのか？」

「知らねえよ」

少年のように言い捨てて、オルバはそっぽを向いた。それこそ子供のように動揺《どうよう》している心の内を見透《みす》かされたくなかった。

食事を終えると、オルバはさっさと食堂を出た。収容所《しゅうようじょ》において、剣奴たちが自由に行き来できる場所など、食堂と寝室くらいしかない。寝室とはいっても、家畜《かちく》にあてがわれた厩舎《きゅうしゃ》と大差ない場所だ。その隅《すみ》っこで横になりながら、オルバは自分の手を眺《なが》めていた。

あれから二年だ。今日はやたらとそう思い返す。自分で確認しなければ、その「二年」という数字にも実感が持てない。「二年」の間、オルバは血と臓物《ぞうもつ》と鉄の臭《にお》いに包まれながら、かろうじて生き抜いてきた。

しかし、殺して、生き抜き、それらをくり返していって、そしてその先には何があるのか。

オルバは寝返りを打った。床に当たる硬い仮面《かめん》の感触《かんしょく》にも慣れている。タルカスの言うとおりだ。奴隷《どれい》の身分から解放されたとしても、自分にいま以上の「賢《かしこ》い」生き方などできはしないし、ゴーウェンは何か勘違《かんちが》いをしていたようだが、おれは未来に望みなど持ってはいない。

あるとするならば——。

牙《きば》を剝《む》いた形になった空洞《くうどう》の下で、オルバはぎりっと歯噛《はが》みした。

（生き抜いて、そして何をするか、だと？）

決まっている。この闘技場《とうぎじょう》で飽《あ》きるほどにくり返してきた、殺戮《さつりく》、血、戦い、殺し合い。途中《とちゅう》で「もういい」などとは思わなかった、「もう楽になろう」などと、決して思いはしなかった。

得体《えたい》の知れない怒りが、仮面の向こうの双眸《そうぼう》に粘《ねば》り気のある光を与える。

（取り戻す。奪い返す。そしておれから奪った奴《やつ》らに、おれがこの二年で殺してきた連中《れんちゅう》の断末魔《だんまつま》すべてあわせてもなお足りないほどの苦痛を、たっぷりと味わわせてやる）

3

「ここにいたのか、オルバ」

ロアンが唐突《とうとつ》に顔を出した。

夜空を見上げていたオルバは、ぷいと視線を背けた。遊びにかまけて家畜の世話をサボった罰《ばつ》に、母に夕食を取り上げられてしまったため、ひとりふてくされて納屋《なや》の外にいたところだった。顔も、その顔を埋めた両膝《ひざ》も、擦《す》り傷だらけになっていた。

「また喧嘩《けんか》か」

「別に」

気の短いオルバは、近所にいる年長の子供たちとよく喧嘩《けんか》をした。木剣《ぼっけん》ひと振り引っさげて、隣村《となりむら》にまで喧嘩しにいくこともあるくらいで、村のあぜ道を前のめりで突っ走る彼の姿を見かけた村人たちは、

「やあ、またオルバが手柄《てがら》を挙げにいくぞ」

と、冗談《じょうだん》半分に手を振って、彼のいく手を見守るのだった。

喧嘩をやったあとには、当然、母にこっぴどく叱《しか》られた。「兄《にい》さんを見習いなさい」と何べんも同じことを言われた。兄は何でもできた。昔、父が都《みやこ》から何かの気まぐれで持ち帰ったという一冊の本に何べんもくり返し目を通し、それだけで文字の読み書きを覚えるほど頭がよかった。数の計算も幼いときからできた。一〇歳《さい》になるときには、都の商人に乞《こ》われて、下働きに出ていたほどで、貧しい一家の暮らしを支えてもくれたのだ。

一方のオルバは、その兄に文字の読み書きくらいは教わったものの、数の計算は不得手《ふえて》だったし、何より、彼自身が、熱い血のたぎりを持て余し気味だった。

毎夜のごとく、天井《てんじょう》をにらみ上げて眠れない時間を過ごした。血はいつも暗くざわめいていた。殴《なぐ》り合いのあとなど、ひりひり傷んだ傷口《きずぐち》のさらにもっと奥のほうから、もっと熱く、もっと痛みをともなう黒い血のりがあふれてくるようで、いつか開いた口から飛び出してしまうような気さえした。

そんなときには飛び起きて、外に出た。納屋《なや》に立てかけておいた木剣を手に取る。何度母《はは》に取り上げられようとも、その都度《つど》彼は同じものをつくり上げるのだ。夜が明けるまで、ただただその剣を振り回していることも珍しくなかった。

「喧嘩くらいはいいけど」ロアンが、オルバの隣《となり》に腰掛けながら言った。「ちゃんと母《かあ》さんの手伝いをしてからだ。女手ひとつじゃ大変なことくらい、オルバにもわかるだろう」

メフィウス帝朝《ていちょう》、南の国境沿《ぞ》いにある通称《つうしょう》「水涸《みずが》れ谷」。川の干上《ほしあ》がった谷などメフィウスではごく当たり前の地形だが、要するに名前さえ地図上に記されていない、痩《や》せた土地の寒村《かんそん》が、オルバの生まれ故郷《こきょう》だ。

オルバに父の思い出はほとんどない。彼がふたつか三つのときに亡くなった。村の南、国境を守護《しゅご》するアプター砦《とりで》の増築《ぞうちく》工事に従事《じゅうじ》していたとき、崖《がけ》を掘り進めていた父は運悪く崩落《ほうらく》事故に遭《あ》ったらしい。谷の岸壁《がんぺき》を掘って、住居や建物の代わりにするのはメフィウスではよくあることで、父はそうした土木《どぼく》作業員であった。

「父さんは、暗い穴倉《あなぐら》を掘るためだけに生まれてきたような人だった」

いつか、愚痴《ぐち》とも嘆《なげ》きともつかない口調《くちょう》で母がそう言っていたのを覚えている。それを言うなら、母もまた、毎日を朝から晩まで何の楽しみもなく働きずくめの人であった。痩せた畑を耕《たがや》し、毎月一回アプターの都に売りにいく民族衣装《いしょう》の柄《がら》を利用した手拭《てぬぐ》いをこさえて、ほとんど味のしないシチューを幼い兄弟のために毎日飽《あ》きもせずにつくった。

オルバ自身、変化も彩《いろど》りもない生活を過ごす中、ただ楽しみだったのが、こうして、月に二、三度の休みを取って兄が家に帰ってくるとき、持ち帰ってくれる本の数々だった。

かつて人類が巣立ったという旧《きゅう》世界について書かれた本、魔法王《まほうおう》ゾディアスの書、そして何より、色彩豊《ゆた》かな挿絵《さしえ》に彩られた歴史物語《ものがたり》、英雄物語にこそ、オルバは夢中《むちゅう》でのめり込んだ。剣ひと振りで国の危難《きなん》を救う勇敢《ゆうかん》な戦士、高い塔《とう》に囚《とら》われた薄い衣の美姫《びき》、古代の遺跡《いせき》からよみがえった邪悪《じゃあく》な竜《りゅう》——一生触《ふ》れることのないだろう、そんな世界の目くるめく冒険の数々が、オルバを夢中にさせ、そして本を閉じたとき、自分を取り囲むのがちっぽけでしみったれた現実でしかないことが彼を絶望させた。

長剣《ちょうけん》ひと振りで蛮人《ばんじん》が王になれた時代などはるか昔の時代。生まれ落ちた時点でオルバは泥《どろ》水《みず》を啜《すす》るような生き方を定められているのであり、未来に多くを望むことなど、死者を生き返らせることよりよほど困難なのが現実だった。

「おれはね、兄貴《あにき》」両の手で抱えた膝《ひざ》に、頭を埋めながらオルバは言った。「自分が、何だかもう、ずっと年寄りなような気がするんだよ」

「おまえはまだ一〇歳《さい》じゃないか。そうやって思い悩むのも似合《にあ》わないくらいだよ」

「本気で言っているんだ。ここにいる大人《おとな》たちを見ろよ。おれだって、あと何年もしないうちにあんなふうになるんだ。毎日毎日、働いて、働いて、でも全然《ぜんぜん》生活は楽にならない。そのうち誰かと結婚して、子供が生まれて、その子供がおれみたいな『利かん坊《ぼう》』でさ、おれ、いつかきっと都《みやこ》に出て、メフィウスの戦士か、ガーベラの飛空艇《ひくうてい》乗りになる、なんて言って、ああ、父《とう》さんも昔はそんな夢を持っていたなあ、って、きっと、茶でも飲みながら他の大人たちと笑い合うんだ」

「皆、そうさ」

青白い月の光に濡《ぬ》れながらロアンは笑った。あぜ道の向こう、お向かいの家からは、この時間帯になるといつも聞こえてくる歌声がある。酔《よ》っ払《ぱら》った男の上機嫌《じょうきげん》なその声を聞くともなしに聞きながら、

「誰も、自分が何者であるかなどわからない。一日の大半《たいはん》を労働に従事せねば生きていけない人たちも、あらぶる波を船で乗り越えてきた人たちも、一〇〇〇を超える書物に埋もれた老哲《てつ》学《がく》者も、たくさんの信者に真理《しんり》を説くだろうバーダインの僧たち、竜石《りゅうせき》船で空をも駆ける名の知れた将軍の数々、そして多くの版図《はんと》を足もとに従えた一国の主《あるじ》でさえも。過ごす一日の内容はおそろしく違う彼らだろうけど、それでも剣を血で濡《ぬ》らし、文字に溺《おぼ》れて、神の名を唱えたとしても、彼らはその答えに辿《たど》り着くことなどないんじゃないかな」

「おれたちの基準で考えても無駄《むだ》だよ。王さまなんてのは、おれが一生かかっても手にできないくらいのお金をかけた贅沢《ぜいたく》品に囲まれて、毎晩おいしい食べ物をお腹《なか》いっぱい口にしているんだ。時には大軍をつれて遠征《えんせい》にいって、時には裏切りに怯《おび》えながら、毎日を生きている。そんな生活なんておれには想像《そうぞう》できない。できっこない。王や貴族《きぞく》がおれたちの生活なんてきっ

と夢の中でだって想像《そうぞう》もできないように。そんな奴《やつ》らが、そう、たとえばいまみたいな夜、おれと同じ月を見上げてるなんてこと、あるとは思えないな」

「そうかな。ひょっとして、そんな毎日を過ごす王だからこそ、時には市井《しせい》の生活に憧《あこが》れを抱くこととてあるのかもしれない。宮廷《きゅうてい》の気詰《きづ》まりするような生活から抜け出して、時にはすえた臭《にお》いのする酒場で馬鹿げた話に耳を傾けながら安酒《やすざけ》に溺《おぼ》れたいと思うこともあるかもしれないし、血縁者《けつえん》にさえ完全に心を許せない毎日になど嫌気《いやけ》がさして、ああ、命を狙《ねら》われる心配もなく、汗水《あせみず》流して生きていくだけなら何て楽なんだろう、なんてことも考えるかもしれない。満たされた生活を送っている深窓《しんそう》のお姫さまだって、ひとり豪華《ごうか》なベッドに潜《もぐ》り込むとき、血族《けつぞく》の義務なんてものはほっぽり出して、街に住む普通の娘みたいに、普通の恋をして、普通の家庭を持ちたいと——そんな夢想《むそう》をすることだってあるかもしれない」

「そんなのは、ただの妄想《もうそう》だ。おれたちみたいな生活に憧れだって？　こんな生活の苦しさも、不安も知らないからこそ、気まぐれみたいにそう思うだけだろ」

「そうさ。だから言ったじゃないか。全部をわかっている、自分が本当に何を望んで、何者であるのかを知る人間なんてどこにもいないのさ。誰もが自分の知らない、自分の経験したことのない何かに憧れるし、そこにこそ自分の本当の生き方があるかもしれない、と焦《こ》がれるほどに思いもする。そういう意味では、ぼくらと何も変わりはしないよ」

「わからねえな。じゃあ、たとえ、王さまでも、偉いお坊《ぼう》さまでも、何もかも満たされた人間なんていないってこと？」

　兄が何か答えかけたとき、

「何をそんなに難しいことを話しているの？」

　ぴょんと茶褐色《ちゃかっしょく》の髪《かみ》を揺らし、いきなりあらわれたのはアリスだ。気がつけば、お向かいの歌声はすっかりやんでいる。娘である彼女がようやくのことで寝かしつけたらしい。

　少しの間立ち聞きしていたようで、アリスはえくぼを見せながら、

「何だか意味のないことばっかり。世界だとか自分が何者かより、まずはオルバ、お母《かあ》さんを大切にして、真面目《まじめ》に働いて、明日食べるものを手に入れることからはじめなくっちゃ」

「これだよ、兄貴《あにき》。女ってのは、自分に興味《きょうみ》がない話だと、すぐに難しい、下らない、もっと大事なことがある——だ」

「それもまた真理さ」

　ロアンは朗《ほが》らかに笑った。アリスは兄よりふたつ年下で、オルバより三つ年上だ。オルバがもっと小さいときには、三人で、アリスを挟んで本当の兄妹のように遊んでいた。

　やがて、その頃の思い出話に花が咲いた。アリスの提案で川に魚釣《つ》りにいったら、岩場《いわば》に足を滑らせて当のアリスが溺《おぼ》れそうになったこと、村にやってきた隊商《キャラバン》の馬を見に行ったとき、オルバがこっそり跨《また》ろうとしたら馬が大暴《おおあば》れして大変な目に遭《あ》ったこと、「野生《やせい》の竜《りゅう》を見た」と隣村《となりむら》の少年が言うので、三人でその目撃《もくげき》場所に向かったが、入り組んだ峡谷《きょうこく》の道にすっか

り迷ってしまって、遅くなってからようやく帰り着いたものの、三人揃《そろ》って大目玉《おおめだま》を喰ったこと……。

「どうせ隣村《となりむら》のダグに騙《だま》されたんでしょ？　あの頃から仲悪《なかわる》かったものね。今日の喧嘩《けんか》の相手だって……」

「うるせえ」

図星《ずぼし》を指されてオルバは顔を背けた。ダグとの因縁《いんねん》には他ならないアリスも絡んでいるのだが、決して口には出さなかった。

そうして思い出話に笑い合った一夜が、兄とゆっくり話せた最後の時間だった。

——当時、メフィウス帝朝《ていちょう》とガーベラ王国とはすでに戦争状態にあった。国境線《せん》を先に越えたのはガーベラの騎兵隊《きへいたい》だという話だが、そもそもその国境線の定義《ていぎ》を巡って、二国はかねてから対立をくり返してきたという歴史があった。オルバたちの村にほど近い南方のアプター砦《とりで》も、幾度《いくど》となくガーベラの騎馬軍《きばぐん》の攻撃を受けていたのである。

やがて、いったんガーベラは南方のアプター砦の攻略《こうりゃく》をあきらめ、別のルートを辿《たど》っての切り崩しを狙《ねら》った。そしてそれが誘いの罠《わな》だった。アプターに駐屯《ちゅうとん》していた兵力の大半《たいはん》が帝都《ていと》へ引き上げた頃合《ころあい》を狙い、一気に包囲戦《ほういせん》を仕掛けてきた。

当然、アプター砦は必死の防衛戦《ぼうえいせん》を強いられた。帝都から援軍《えんぐん》が来るまでどんなことをしてでも持ちこたえねばならず、メフィウス軍は、近隣《きんりん》の村々から半《なか》ば強引《ごういん》に兵を徴用《ちょうよう》した。そしてその中にオルバの兄ロアンの姿もあったのである。

当然、母は泣き叫んだ。彩《いろど》りのほとんどない生活の中、ただひとつ母の生きる希望があったとするなら、兄そのものであっただろう。兄を連れていこうとする軍人にすがりつかんばかりだったが、その肩に優しく手を置いてロアンは「大丈夫《だいじょうぶ》だよ」と言った。

「すぐに帝都から助けが来るから、それまでの辛抱《しんぼう》だよ」

それに、商人の手伝いなんかよりよほど給金がいい、と兄は笑っていた。村の若者数名と岩畳《いわだたみ》を越えていくその背中を、オルバは、アリスと並んで見送っていた。自分がもう少し大きかったら、とオルバは思っていた。兄の代わりに自分が砦へいくのに。そうすれば母《かあ》さんも悲しまずにすむし、おれも、手柄《てがら》をあげて軍人に取り立ててもらえるかもしれないのに。

兄がいなくなってから、あれほど働きずくめだった母が、まるで糸が切れたように、ほとんど日がな一日、お祈りだけして過ごすようになった。たまに思い出したように厨房《ちゅうぼう》に立って食事の準備をするのだが、そのとき用意する献立《こんだて》は大体兄《あに》ロアンが都《みやこ》から帰ってくるときに振舞う、兄の好物ばかりのもので、結局その日の食卓《しょくたく》に兄がいないことを思い出すと、母はそれを残さず裏庭に捨てた。

その間、放っておかれた畑をオルバが耕《たがや》し、数少ない家畜《かちく》の世話も自分からした。夕方になると、オルバは崖《がけ》に刻まれた細い道を登って、いつも帝都の方角を眺《なが》めるのだが、きらびやかな鎧兜《よろいかぶと》の列、軍用竜《りゅう》が進軍時《じ》に立てるおびただしい土煙《つちけむり》、竜石戦艦《りゅうせきせんかん》の雄姿《ゆうし》——そんな、オルバの期待に応えるような光景はまるで見えなかった。

そして兄が去って三週間ほどが経《た》ったとき。ここよりも砦《とりで》にほど近い、谷をひとつ越えた村の住民が息せき切って飛び込んできた。

「砦が落ちた」

最悪の知らせとともに。

アプター砦はついにガーベラ軍の前に陥落《かんらく》したのだ。砦を守る将《しょう》や主《おも》だった人員は、兵士たちを残したまま、逃走の途《と》についたという。帝都《ていと》からの援軍《えんぐん》はアプターではなく、ここより北、峡谷《きょうこく》が天然の要害《ようがい》となっているビラクへと送られていた。そう、すでにそこを南 境《みなみざかい》の防衛線《せん》とする旨《むね》を帝都は決めていたのだろう。アプターはその時間稼《かせ》ぎに使われたに過ぎない。

そして間も置かず、砦に陣取《じんど》ったガーベラ軍が近隣《きんりん》の村々を荒らしはじめた。略奪《りゃくだつ》、暴行《ぼうこう》行為――いわゆる乱取《らんど》りである。

村の人間たちは大急ぎで数少ない荷物をまとめ、食糧の蓄《たくわ》えなどほとんどないから、刈り入れの近かった作物のうち持てる限りを持って、飛ぶように村から離れていった。近隣に知り合いがいる者はそちらへ駆け込み、そうでない者たちは、ガーベラの兵隊たちが村を去るまでの間、谷合《たにあい》に避難《ひなん》しようとした。

オルバも当然それに倣《なら》ったが、逃げている最中《さいちゅう》、母の姿がないことに気がついた。

はっとする思いで、オルバは村の方角に振り向いた。岩くれが小山のようにそびえ立つ向こう、夕霞《ゆうがすみ》に村の全景が沈んで見えた。きっと、まだあそこにいる。そこで兄の帰りを待つつもりだ。ひょっとしたら、もう二度と帰ってこないかもしれない兄を。

「オルバ、どこへいくの？　オルバ！」

アリスの声を背に、人波を掻《か》き分けて大急ぎで戻った。

そして辿《たど》り着いた先には、人っ子ひとりいない、死んだように静まり返る村があった。見慣《みな》れた風景なだけに、むしろ異世界に迷い込《い》んだような不気味《ぶきみ》さがあった。

と、谷の向こう側から、人馬《じんば》の群れが近づいてくるのが見えて、オルバはあわてて自宅のほうへと駆けた。裏口を開けると、母がいた。いつものように食事の準備をしようとしている。

「ロアン？」と振り向いた母は、汗だくのオルバの姿を見つめ、不思議《ふしぎ》そうに肩をすくめた。

「まだ遊んでいたの、オルバ？　ちょっと手伝いなさい、すぐに兄《にい》さんが帰ってくるから」

外で、わずかに残された家畜《かちく》を追い回す兵士たちの声が聞こえた。煙が上がるのを恐れたオルバは、大急ぎで母を止めようとした。しかし、

「何だ、何もないぞ」

「しみったれた村だ。ガスコンの連中《れんちゅう》は上手《うま》くやったのに。何人も女を抱けたそうだ」

「せめて酒はないのか。探せ！」

すぐ近くで声がしたかと思うと、戸口《とぐち》が乱暴《らんぼう》に蹴《け》り倒された。

どやどやと入り込んできた三人の兵士たちは、いずれも、簡素《かんそ》な鎖帷子《くさりかたびら》と槍《やり》、そして剣で武

装していた。砂埃《すなぼこり》で黒ずんだ顔の中で、目だけが、唯一《ゆいいつ》白い光を放っている。

「おっ、女がいるぞ」

「何だ、年増女《としまおんな》じゃないか。それより酒はないか。何か喰えるものは」

母を庇《かば》うように抱きすくめたオルバの見つめる先で、彼らは好き勝手《かって》に家を荒らしはじめた。猛獣《もうじゆう》の気を惹《ひ》かないよう息をひそめた草食《そうしよく》動物のように、オルバはただただうずくまっていた。

ガーベラ兵士に戸口《とぐち》を破られたとき、立てかけておいた木剣《ぼっけん》が転がっているのが目に留まる。しょせん子供のおもちゃでしかなかった。そう言われるのが何より嫌で、そう言う奴《やつ》らを見返そうと誰よりも必死だったのに、いまは痛いほどに理解できた。

と、棚《たな》を荒らしていた兵士が、中から粗末《そまつ》な陶器《とうき》の食器を摑《つか》み出し、それも無造作《むぞうさ》に投げ捨てた。派手《はで》な音を立てて割れ、床に散らばる。オルバがはっとしたのは、それが兄ロアンの使っていたものであり、そして、いまのいままで大人《おとな》しかった母が、オルバがひっくり返るほどの勢いで身を起こしたからだ。そのまま兵士に背後からしがみついていく。

「お、何だ。何だ」

「おれと遊びたいらしいぜ！」

赤ら顔の兵士は母を振りほどくと、その場に押し倒した。金切《かなき》り声をあげようとした母の口を手で塞《ふさ》ぎ、鎖帷子《くさりかたびら》の隠《かく》しから鋭いナイフを取り出すと、母の青ざめた顔に突きつける。

「よせよ、女なら何でもいいのか、おまえ」

「若い女の味もいいが、こういう、うば桜《ざくら》も悪くないんだ」

そう言って赤ら顔が下卑《げび》た笑《え》みを見せたとき、張り詰めていたオルバの感情の糸が切れた。奇声《きせい》をあげて突っかかっていく。決死の突撃《とつげき》だったが、腕のひと振りであっさり後ろへと吹き飛ばされた。

棚に背中と頭をぶつけ、一瞬朦朧《いっしゅんもうろう》としたものの、オルバは歯を噛《か》みしめてすぐにまた向かっていこうとした。と、その棚の上から、がしゃんと派手な音を立てて落ちてきたものがあった。包みにくるまれた細長いもので、その包みの先端《せんたん》部分が破けて、銀色の光沢《こうたく》をオルバの目に放射している。

（これは——）

反射的に覆《おお》いかぶさったオルバは、急いで包みを破った。果たして、それは長さ六〇センチほどの小剣《しょうけん》だった。柄頭《つかがしら》が丸いのはメフィウス製の特徴《とくちょう》だ。細身《ほそみ》の刀身《とうしん》にあわせて柄もやや細く、子供の手にもしっくりと馴染《なじ》む。

反射的にそれを握りしめていたオルバの目に、刀身に掘られたある文字が飛び込んできた。

（オ、ル、バ）

わずか一瞬——、母の悲鳴と、赤ら顔が乱雑《らんざつ》に自分の鎖帷子を脱ぎ捨てる音、家を荒らしまわる兵士たちの立てる物音や、オルバ自身の中に恐ろしい勢いで駆け巡った黒い血のたぎりが、遠方に追いやられ、その一瞬《いっしゅん》の間に凝縮《ぎょうしゅく》された思考《しこう》が答えを導き出した。

他ならぬ、『オルバ』と刻印《こくいん》された剣。自分はもちろんそんなものが家の中にあるなどとは知らなかった。母や、他の知り合いがわざわざ彼のために用意してくれたものとは思えない。となると、これはきっと兄ロアンからの贈り物ではないのか。

ロアンは奉公《ほうこう》で得た給金はすべて母に手渡していたはずだ。それに剣など普通の街で買い求められるものではない。おそらくは、アプター砦《とりで》に向かったあと、兵士として支給された武器のうちこのひと振りを、砦にいる鍛冶師《かじし》に頼んで名前を刻印してもらったのだ。いまだに子供っぽい夢を捨てきれない弟のために。

そして、砦や街を巡回《じゅんかい》する隊商《キャラバン》にそれを預けた。家にあるということは、母が受け取ったのだろう。その後オルバ自身の手に渡らなかったことから考えて、彼女は意図《いと》的に息子《むすこ》の目から遠ざけたに違いない。オルバにはそれが危険だと判断した上でのことか、あるいは、剣を手にしたオルバがロアンのように遠くへいってしまうことを恐れたためか。

いずれにせよ――、

「おい、おまえの持っているそれは何だ？」うずくまったオルバの背後から兵士が声をかけてきた。「大事そうに抱えて、よほどのものらしいな。おい、そこをどいて見せてみろ」

「これは、おれのものだ」

「それを判断するのはおまえじゃない、おれなんだよ。さあ、よこせ」

せせら笑った兵士がオルバの肩に手をかけ、強引《ごういん》にその場をどかせようとした。もう充分だった。そうだろう、オルバ。彼は内なる声に自ら応えた。

「見せろと言って――ぎゃっ」

振り向きざまに、オルバは上から下へと剣を振り下ろした。腕から血しぶきを上げてよろめく兵士のその脇をすり抜けて、母に伸しかかっていた男めがけて突っ走る。

赤ら顔が、目をひん剝《む》いて母から跳び退《の》いた。すぐさま手斧《ておの》を取って、次に降りかかったオルバの一撃《いちげき》を受け止める。オルバも両足を踏ん張って何とか剣を届かせようとするが、いかんせん刀身《とうしん》は短く、さらに子供の力では手斧を押し退けることもできない。逆にあっさり力負けをして、オルバは横倒《よこだお》しにさせられた。

「このガキ」

殺意の一撃が振り落とされる。オルバは横へと転がった。一《いっ》回転をしたその目と鼻の先に、斧の刃《やいば》ががっしと喰い込む。血液もが凝固《ぎょうこ》するようなその一瞬、

「やめて！」

赤ら顔の足先に母がすがりついていた。逆上《ぎゃくじょう》した赤ら顔はその手を蹴《け》り飛ばすと、振り返り、斧をよりいっそう高く振り上げた。それを見たオルバの、黒い血の昂《たか》ぶり――長い時間をかけて、少年の体内でどろどろに溜《た》まっていた不安、苛《いら》立ち、怒り、その他様々《さまざま》な感情――が、いまようやく形あるものへ鋳造《ちゅうぞう》されるかのごとく、とある一点から放出されようとしていた。

立ち上がった。そして剣を持った両の手を自分の腋《わき》近くに押しつけると、身体《からだ》ごと、兵士の無《む》防備な背中にぶち当たっていった。

鎧《よろい》を脱ぎ捨てていた男の背中は、最初、思いのほかすんなりと刀身《とうしん》を受け入れた。それからやや硬い抵抗があった、が、それもあっという間に諸手《もろて》をあげてオルバの前進を歓迎し、そしてしまいには男の胸から切《き》っ先《さき》が突き抜けた。

赤ら顔の男はよろめき、それにオルバもつられそうになったので、あわてて剣を手放した。赤ら顔は背中から壁にぶつかった。ようようオルバのほうへと向き直ったあと、何か恨《うら》み言を言おうとしてか、ぱくぱくと口を開閉《かいへい》させてから、ごぶっと多量の血を吐いて、真《ま》っ赤《か》な舌を垂らしながらへたり込み、そして、動かなくなった。

「手前《てめえ》！」腕を斬《き》られ、痛みに顔をしかめていた兵士のひとりが叫んだ。

「ドゥーガを、貴様《きさま》、やったな。ガキの分際《ぶんざい》で」

もうひとりも大声でわめいて、オルバへ駆け寄ってくる。剣のないオルバはそのまま体当たりを受けて、またも床に転がされてしまった。腹を蹴《け》り上げられ、背中を踏みつけられた。

「親子《おやこ》仲良く、首を軒先《のきさき》に吊《つ》るしてやる」

四つん這《ば》いにさせられたオルバの首筋《くびすじ》に、剣先《けんさき》が突きつけられた。手をひねり上げられた母親もまた、同じ姿勢でオルバと並べられる。力を振り絞《しぼ》って身をよじろうとも、背中を踏みつけた大人《おとな》の体重を跳ね除けることなどできなかった。

「放せっ」

「ああ、すぐにな。手前が死体になったそのあとでだ！」

オルバは獣《けもの》のような叫びをあげて、生と死の間に忽然《こつぜん》と訪れたその一瞬《いっしゅん》を彷徨《ほうこう》した。ひゅうっ――と風切《かざき》る音が垂直に叩《たた》き落とされる。最後に、兄ロアンの名前を叫んだそのとき、

「何をしている」

ぴたりと風切り音が止《や》んだ。はっと頭《こうべ》を巡らしたオルバは、しかしそこに想像《そうぞう》したような兄の姿を認めることはなかった。

新たに家の中へと入ってきたのは、やはりガーベラ戦士であった。ただしこちらは押しかけてきた兵士たちと異なって、一部の隙《すき》もなく全身を武装しており、甲冑《かっちゅう》も銀白色《ぎんはくしょく》に輝いている。顔はまだ若かった。

いっとき、兵士たちはその闖入《ちんにゅう》者に怯《ひる》んだかに見えたが、

「ご覧《らん》のとおりですよ、『騎士見習《きしみなら》い』どの」

「戦いに勝って、正当な報酬《ほうしゅう》をいただいているんだ。少しばかり功績《こうせき》を立てなさったからといって、しょせん騎士にはあられぬ身、まさか止めるような野暮《やぼ》なことはなさらないでしょうな」

ふたりは顔を歪《ゆが》めて説明した。慇懃《いんぎん》な態度をよそおいながらも、どこかその男を軽んじている空気があった。

「それに、見なさい。仲間が殺されたんだ。ガーベラの誇りある戦士が、仇討《あだう》ちもせずに済ま

せられるわけがないでしょう」

　言うなり、兵士はオルバの身体《からだ》を足で転がすと、逆手《さかて》に握った剣の狙《ねら》いを定めた。天を仰いだオルバの目に見えたのは、切《き》っ先《さき》と、そして、横合《よこあ》いから閃《ひらめ》いたひと筋の光だった。

「何をする！」

「情《なさ》けない。仇討《あだう》ちだと？　こんな子供相手《あいて》に、何の誇りだというんだ」

　甲冑姿《かっちゅうすがた》の若者は抜刀《ばっとう》していた。どうやらオルバの心臓《しんぞう》を貫《つらぬ》くはずだった剣を横から弾《はじ》いたらしい、とわかったときには、兵のひとりが斬《き》り倒されていた。もうひとりがだみ声に近い声で何事か怒鳴《どな》った。それはどうやら甲冑姿の名前らしかったが、そのときのオルバにはよく聞き取れなかった。

「な、仲間を……よくも、貴様《きさま》」

「おまえらのような下劣《げれつ》な輩《やから》に、仲間などと呼ばれたくはないな」

　血に濡《ぬ》れる剣先《けんさき》を突きつけられ、兵士はあとずさった。

「下劣だと。貴様も同じような身の上だろうが。それを、たまたま手柄《てがら》を立てる機会にたいそう恵まれたからと、調子に乗りやがって――。普段から、騎士《きし》、騎士、と口癖《くちぐせ》のように唱えているようだが、おまえなどが本物の騎士になれるものか。ガーベラ王家と血縁《けつえん》でもないおまえなど、一生『見習い』のままさ。身のほど知らずめが！」

　そろそろとあとずさっているかに見えた兵士が、さっと後ろ手にひったくったものを前へと突き出した。十字弓《ボウガン》だ。細長い台座《だいざ》に固定されていた弓が、引き金ひとつで放たれる。

その刹那《せつな》、甲冑姿の若者がひらりと身を翻《ひるがえ》した。踊るように一回転したその動作ひとつで、矢を避けざま距離を詰め、そして兵士の頭部を撥《は》ねていた。わずかばかりの停滞《ていたい》もなかった。撥ねられた頭部が宙を舞い、家の壁に当たってごろりと床に転がる。

「ガーベラは騎士の国。これ以上名《な》を汚《けが》すようであれば、死して戦死の栄誉《えいよ》を受けよ」

端正《たんせい》な顔立ちといい、戦いぶりといい、そしてつぶやいたその言葉といい、それはまるで、オルバがいままで読んできた本の中からあらわれた英雄そのもののようであった。

「隊長、何の騒ぎです！」

家の外から投げかけられた声に、「何でもない」と彼は応じ、剣の血を拭《ぬぐ》った。

「メフィウスの子か？」

オルバは問われ、一瞬《いっしゅん》、何と答えていいものかわからなかった。「メフィウス」などという国の名前をことさらに意識したことなどない。オルバたち村の人間にとって、村の周囲せいぜい十数キロメートルのみが生きていく世界なのであって、国や、その領土《りょうど》争いのことも、それほどに関心はなかった。

答えられないオルバに薄く笑いかけた男は、血だまりに沈む兵士をちらりと見やった。オルバはさっと身をこわばらせ、母の肩をいっそう強く抱く。手近《てぢか》に武器はないかと視線を巡らせていると、

「早くここから離れなさい」

若者は言った。

「母を守るために――か。きみのほうがよほど騎士《きし》の精神を胸に宿している。騎士の何たるかを忘れ去ってしまったガーベラの人間たちよりよほど。さあ、ここから出ていくがいい。略奪《りゃくだつ》や暴行はできる限りわたしが止めてもみせようが、そのすべてを把握《はあく》できるわけではないからな」

その目は、どことなく兄ロアンに似ていた。すすり泣く母の肩を支えてオルバはそろりそろりと裏口へ向かい、それから母の手を引いて一目散《いちもくさん》に駆け出した。日没後《にちぼつご》の道、寒々とした風が頬《ほお》を叩《たた》いた。ロアン、ロアン、とつぶやく母を急《せ》き立て、時には怒鳴《どな》りつけもしながら、一時間後に、ようやくアリスや村の人々と合流できた。

その後、アリスの父のつてを辿《たど》って、北に一五キロほど川を上ったところにある村へと向かった。

甲冑《かっちゅう》姿《すがた》の若者が徹底《てってい》したものか、オルバにもわからなかったが、少なくともそれ以降、ガーベラ領土《りょうど》となったアプター周辺で乱取《らんど》りは行われなかった。

が、オルバたちが逃げ込んだ先の村にも、なお、火の手は迫っていたのである。

前触《まえぶ》れはほとんどなかった。突如大挙《とつじょたいきょ》して押し寄せてくるや、『彼ら』はすぐさま略奪《りゃくだつ》を開始したのである。一式《いっしき》黒ずくめの装具《そうぐ》を身にまとった男たちだった。食糧、衣類、金品《きんぴん》はもちろんのこと、少しでも値打《ねう》ちのありそうなものはすべて力ずくで奪い取られていった。人間も例外ではなかった。村の至るところで女性がさらわれ、抵抗する男たちは馬上から槍《やり》を突き刺され、剣で頭を撥《は》ねられ、そして銃火《じゅうか》にさらされた。

その混乱の中、オルバは母を見失った。焦りと恐怖でたたらを踏んでいたその矢先《やさき》に、

「アリス！」

兵士に羽交《はが》い絞《じ》めにされたアリスを見つけた。引きずっていかれそうになりながら、逃げて、とアリスは何べんも叫んでいた。無我夢中《むがむちゅう》でオルバは跳びかかっていった。人ひとりを殺した感触《かんしょく》がまだ両手にまざまざと残っていた。それと同じことをするのだと決めた。兵士が背負っている剣めがけて手を伸ばした。

柄《つか》に手がかかった瞬間《しゅんかん》、後頭部《こうとうぶ》に強い衝撃《しょうげき》を受けた。目の前が明滅《めいめつ》し、意識がふっと薄れかかる。その寸前《すんぜん》、「オルバ」というアリスの声がまたも聞こえた気がした。

気がついたときには、オルバは大の字になって地面の上に横たわっていた。ずきずきと頭が痛む。意識はまだ薄ぼんやりとしていて、夢かうつつかも定かではなかった。

「オーバリー将軍、いかがなさいます」

どれくらい経《た》ってからか、そんな声が聞こえた。男女の悲鳴が、近く、そして遠くで放たれ

ていく中、オルバは薄目《うすめ》を開けて、いましがた声がしたほうをそっと窺《うかが》った。

馬上《ばじょう》で、奪ったばかりらしい酒瓶《さかびん》を煽《あお》っている男がいた。甲冑《かっちゅう》を軽々と着こなした、禿頭《とくとう》の、威風漂《いふうただよ》う巨漢《きょかん》である。そんないかめしい容姿《ようし》なのに、やたらと薄い唇《くちびる》には紫《むらさき》色の紅《べに》を引いており、それを吊《つ》り上げて笑った姿は一種異様《いよう》なものに見えた。

「めぼしいものがなくなったのなら、火を放て。ガーベラになど麦のひと粒《つぶ》も残してやらん」

そう言うと、将軍と呼ばれたその男は酒瓶《さかびん》を投げ捨てた。飛沫《しぶき》がオルバの頬《ほお》にかかる。

「よいか、この村はガーベラに焼かれたのだ。兵たちに徹底させろ。女を奪うのもいいが、ことが済めばひとり残らず殺すのだぞ。売り飛ばしてもならん。おまえが監督《かんとく》せよ」

ほどなくして、悲鳴も絶叫《ぜっきょう》も絶えた。代わりに熱風《ねっぷう》が肌《はだ》を焼き、いがらっぽい臭《にお》いが充満《じゅうまん》しはじめる。ようよう起き上がったときには、辺りは火の海と化していた。

誰ひとり、生きている者はなかった。オルバは大声で母を、そしてアリスの名を呼んで、火《ひ》の粉《こ》を手で払いながら村中をさ迷い歩いた。しかし目に留まるのは惨殺《ざんさつ》された村人たちの姿ばかり。老人の、女性の、そして子供たちの姿もあった。

（オーバリーだと）

オルバはひとり、おぼつかない足取りで村の北へと歩いていた。目的地などはない。服のあちこちが焼け焦げ、頭から垂れた血と煤《すす》とで全身が赤黒くなっていた。

（オーバリーといえば……アプター砦《とりで》の）

聞き覚えがあった。砦《とりで》が兵を急募《きゅうぼ》していたとき、村にあらわれた軍人が確かその名を言っていた。砦の守護《しゅご》を任された歴戦《れきせん》の将軍である、と。

では、あれはメフィウス軍だ。砦が陥落《かんらく》したのち、オーバリーをはじめとする部隊はガーベラの追撃《ついげき》部隊に先駆《さきが》けて北上、そしてオルバたちが逃げ込んだ先の村を焼いた。ガーベラに利用されないため、そして、おそらくは帝都《ていと》に戻る前にせめてもの『戦利品《せんりひん》』を得ようとしたためか。

（殺してやる）

オルバは念じた。身体《からだ》のどこを振り絞《しぼ》っても、もう一滴《いってき》たりとも力は残されていなかったのに、ただ前へ前へと足を運ばせるその原動力は、ひたすらに念じつづけた殺意によるものだった。

誰を殺すのか、オーバリーか、ガーベラの兵士か、それともメフィウス皇帝《こうてい》その人をか、そして何をどうすればそんな目的が達せられるのか、明確な答えなどあろうはずもないまま、ただひたすらに歩きつづけた。

二章　ふたりの少年

1

その後、メフィウス領《りょう》ビラクへ潜《もぐ》り込んだオルバは、盗みをくり返した。ためらいも葛藤《かっとう》もなかった。裸足《はだし》で毎日毎日地面《じめん》を駆け回って、周囲の人々や警備《けいび》員に顔が覚えられる直前、違う区画へと足を伸ばし、同じことを何度となくやって、それからまた次の場所を目指した。同じ境遇《きょうぐう》にある同年代の少年たちともつるむようになった。彼らといっしょに、ゴミ捨て場から拾ったものや盗んだものを道端《みちばた》に並べて売ったり、時にはナイフひと振り懐《ふところ》に呑んで、酒場から出てきた羽振《はぶ》りのよさそうな商人たちを脅《おど》しつけ、金をむしり取ったりもした。

そんな日々を送る中、あるとき、オルバが親しくしていた同年代の一団のうち、数人が大怪《おおけ》我《が》をするという事件が起こった。他の若者たちのグループが仕掛けてきたらしい。子供には子供の縄張《なわば》り争いがあった。そしてそれは常に武力をともなうものだった。

ここで引いてはすべてを奪われる。すべて——といっても、かろうじて明日へと命をつないでいけるだけの、最低限の生命線でしかなかったのだが、逆にそれを断たれれば全員が野垂《のた》れ死ぬということを意味する。

「どうせ死ぬなら戦って死ね。それ以上に勝つ気でいる奴《やつ》は、おれについてこい」

オルバは弱気になりかけた子供たちに檄《げき》を飛ばした。一方的に奪われるだけなのは二度とごめんだった。オルバは残ったグループ少人数をまとめ上げ、数で圧倒的に勝る相手のグループに報復《ほうふく》した。

といって真正面《ま》から斬《き》り込んだのではない。彼は、手はじめに、敵グループの情報収《しゅうしゅう》集を徹底的《てってい》に行った。そうして相手がなるべく少ない人数でいる場所とタイミングを見計らっては、襲撃《しゅうげき》をくり返した。

オルバが何より重要視《し》したのは情報である。敵味方《てきみかた》をきっちりと把握《はあく》し、敵であるならその数、力、動向、そういったものに関して、常に最新の情報を得ねばならない。

（大人《おとな》と子供をわけるのはこの違いだ）

とすらオルバは考えていた。何も知らない子供は、誰が敵であるかもわからないまま、ただ奪われる。自分で敵味方を区分し、敵を知るならば、奪う側である大人になれる。

オルバが一四になる頃には、同世代の少年たちのリーダー格になっていた。最初は知り合いの一〇人ほどのグループだったのが、日を追うごとに増えていき、しまいには一〇〇人以上に膨《ふく》れ上がった。

しかしオルバの抱える黒い血のたぎりが晴れることはなかった。彼は腕《うで》っ節《ぷし》が立ち、言葉を一〇〇ほども費やして口論《こうろん》するよりは、拳《こぶし》で片をつけたほうが何倍も早くて済む、といったタイプの人間であるのは確かだったが、同時に、仲間たち数名と夜を明かして酒を飲んで騒いだり、はしゃいだり、おしゃべりするよりは、ひとりでじっと小暗《こぐら》い部屋の片隅《かたすみ》で膝《ひざ》を抱えて、物思《ものおも》いにふけることのほうが好きなタイプでもあった。

だからひとりきりの夜を好んだオルバは、そんなとき、いくらかの時間を書物に割いた。本の世界に没頭《ぼっとう》しながら、ふとそうした折に兄ロアンのことを思い出し、アリスのことを考えて、そして母の行方《ゆくえ》に胸を痛めた。

あとどれくらい力を蓄《たくわ》えればいいのか。そもそもこれを『敵』と戦うための力と呼べるのか。そしてあとどれくらいの夜がおれの頭上《ずじょう》に巡るのか。自問と不安には果てがない。それでもオルバは思い悩む時間を惜しんで、彼なりにできることを着々と進めていた。

ビラクへやってきてからおよそ四年。

その日も、普段どおりの一日のはずだった。普段どおり、とは、彼が経営している違法賭博《とばく》場からの上がりを数えて金庫に入れたあと、ビラクの裏通りで顔の利く銃密売《みつばい》商人との一席を設け、剣と銃の訓練《くんれん》を一時間ずつ、それから一週間後《ご》に決行するつもりの、商船襲撃計画を幹部クラス数人と練り直す、というきわめて忙しいものだ。

一週間後の計画は大掛《おおが》かりなものだった。西方の都市国家群《ぐん》へ届けられる、金塊《きんかい》と物資をたっぷり積んだ飛空船《ひくうせん》——正式名称《めいしょう》は竜石船《りゅうせきせん》という——を、ビラクから南西一二キロの位置にある峡谷《きょうこく》で待ち伏せて、襲撃《しゅうげき》をかけるつもりだった。こちらも単座飛空艇《たんざひくうてい》を三隻《せき》ほど用意できた。オルバをはじめ、数人の小隊長に操縦訓練《そうじゅうくんれん》をすでに課している。

だが、大掛かりな計画だっただけに、いかに少年としては手慣《てな》れたやり方を心得ていたとはいえ、穴も大きかった。

オルバの成功をやっかんでいた、かつての敵対グループの少年たち数名が、スパイとして彼のグループに潜《もぐ》り込んでおり、その計画の詳細《しょうさい》をビラクの警備隊《けいびたい》に洩《も》らしたのだ。

当時アジトとして使っていた酒場の二階を急襲《きゅうしゅう》され、オルバは警備兵《へい》に取り囲まれた。反撃《はんげき》しようにも武器は手もとになく、逃げ道もすべて塞《ふさ》がれてしまっていた。縄《なわ》を打たれた瞬間《しゅんかん》、オルバはまたも自分が奪われる立場の人間になってしまったことに、血が滴《したた》るほど唇《くちびる》を噛《か》んだ。

(野郎)

なおも抗《あらが》おうとしたオルバは、警備兵たちの拳《こぶし》を顔や身体《からだ》のあちこちに浴びながらも、体内にふたたび黒い血のざわめきを感じていた。

(くそ、くそ、くそっ)

(まだだ。まだ、おれは生きている。メフィウスにも、ガーベラにも、どんな奴《やつ》らにだってたやすく殺されてたまるもんか。生きてやるぞ。生きて、必ず――)

牢獄《ろうごく》に入れられた彼は、大量の違法《いほう》武器所持《しょじ》、商船を襲《おそ》う計画書などで有罪はあきらかとなり、また、これまで積み重ねてきた集団強盗や違法賭博などの罪も次々と暴き立てられた。

取調べにかけられた時間など一日とない。ふたたび狭苦《せまくる》しい穴倉《あなぐら》に放り込まれたオルバは、背中に焼きごてを押しつけられた。烙印《らくいん》である。×印の中央に一本長い縦線《たてせん》を加えたそれこそが、奴隷《どれい》の証《あかし》であった。

その痛みから高熱を出してしまい、牢獄《ろうごく》の中、ひとり悶《もだ》え苦しんでいたオルバは、その晩、さらに奇妙《きみよう》な運命に見舞《みま》われることとなった。

「——なるほど、似ている」

顎《あご》を摑《つか》まれ、持ち上げられた感覚がある。振り払う力どころか、目を開けて相手の顔を見る気力さえ残されていなかった。あらゆる感情すら原型を留めず、脳みそは火であぶられ、ぐらぐらと煮立《にた》っている——。

「尋問《じんもん》を聞いたところ、声もそっくりです」

「似てるとはいっても、限界はある。現に、角度によっては別人のようだ。もう少し似ていれば、使い道もあったろうに。さて、これで何が起きるというのだ？」

「わたしの見立てたところによりますれば、この男、面白い卦《け》を持っております。幸運さえ味方すれば、いずれ必ずや旦那《だんな》さまのお役に立ちますでしょう」

「剣《けん》奴隷だぞ？　明日をも知れぬ命のこ奴に、わたしの手伝いなどできようか。先にその見立てを知っておれば、別の処遇《しよぐう》を考えたものを」

「いいえ。明日をも知れぬ運命に投じられてこそ、この男は望みどおりの逸材《いつざい》となるはずです。言い換えればいまのこ奴《やつ》には何もできますまい。剣奴隷《けんどれい》として過ごす日々の果て——無論《むろん》、わずか一日でこの首を刈《か》り取られ、無残《むざん》に死に絶える運命もあり得るわけですが——そうですな、三年、いえ、二年以上生きますれば、あるいは」

「では期待せずに待つとしよう。どうあれ、この男、素顔《すがお》で奴隷にするわけにはいかんのは確かだ」

それからオルバは、烙印《らくいん》を押されたときと同じく数人がかりで押さえつけられ、顔面を息苦《いきぐる》しく圧迫《あっぱく》する何かを装着《そうちゃく》させられた。それも拘束具《こうそくぐ》の一種かと思ったのだが、ひんやりとした鉄の感触《かんしょく》がしたのも一瞬《いっしゅん》、すぐに火のような熱さを帯びて、オルバの肌《はだ》を焼きはじめた。悲鳴をあげてのた打ちまわる間にも、焼け爛《ただ》れた肌と鉄とが癒着《ゆちゃく》していく。

カツカツと遠のいていく足音が聞こえたのは、どれくらい経《た》ってからか。オルバは息も絶え絶えに、暗い、石の床に横たわっていた。仮面《かめん》の熱は引いていたが、体中はなお燃えるように熱く、もはや自分が、夢の中にいるのか起きているのか、あるいは果たして生きているのかどうかすらもわからなかった。

翌朝《よくあさ》、いまだ痛みと疲労に苛《さいな》まれる身体《からだ》を引きずられるようにして、オルバは地下牢《ろう》から連れ出され、素《す》っ裸《ぱだか》の男たちが押し合いへし合いしている台車《だいしゃ》に放り投げられた。

車を引きずる中型竜《りゅう》ホーバンは、平べったい胴体《どうたい》と、八本の長い足をした、移動に適した竜である。意識が朦朧《もうろう》とする中、オルバはその竜に引かれながらビラクから遠ざかっていった。旅路《たびじ》が終わりを告げたのは、おそらく二日ほどのちのことだったろう。食事は一日一度、それもたった一杯《いっぱい》の飲み水と干《ほ》し肉だけだったので、オルバをはじめ、男たちは会話する気力もなくしてぐったり伏せっていた。

「これはまた、妙《みょう》な奴隷だな」そう言ってオルバの顔を覗《のぞ》き込んだのは、白い髪《かみ》と髭《ひげ》で顔を覆《おお》われ、赤銅色《しゃくどういろ》のたくましい肉体をした男だった。「すでに名の知れた剣闘士《けんとうし》なら、個性をアピールするためにこうした仮面や鉄兜《てつかぶと》を被《かぶ》ることはよくあるが、まったくの新顔《しんがお》だと？」

男はオルバの顔を摑《つか》み、引っぱろうとした。肌をむしられるような痛みを覚えたオルバは、咄嗟《とっさ》にその腕を蹴《け》り上げた。「貴様《きさま》！」と武装《ぶそう》した兵らがオルバを殴《なぐ》りつけようとするのを、「よせ」そのひと言だけで制すると、男は顎鬚《あごひげ》に埋もれた唇《くちびる》でにやりと笑った。「どうやらただの仮面じゃないようだな。素性《すじょう》はどうあれ、その鼻っ柱《はなばしら》の強さは気に入った。もっとも、ただ気の強いだけの奴なんてのは、ここに三日もいれば飼い慣らされた犬同然《どうぜん》になるがな。おれは貴様に『お座り』と『待て』を教えるよう、おおせつかったブリーダーだ。逆らえばこうなるということを手はじめに教えておいてやろう」

そう言うと、男はハンマーのようにでかい拳《こぶし》を、裸の背中に叩《たた》き落としてきた。ぐう、と息が洩《も》れ、オルバは声もなく崩れ落ちた。

「おれはゴーウェン。長いつき合いになればいいがな。早ければ一〇日後にはおまえは殺し合いをさせられる。期待はせずにおくとしよう」

そこが剣奴隷《けんどれい》の養成場《ようせい》であり、さらに、自分が仮面《かめん》をつけられていることに気がついたのはその夜のことである。鏡《かがみ》を見て愕然《がくぜん》となったオルバは、何の冗談《じようだん》だと憤《いきどお》り、必死に顔から引き剝《は》がそうとしたが、肌《はだ》にぴったりとくっついたように、というよりもまるで肌の一部になってしまったかのように取ることができない。

一時間ほども格闘《かくとう》したのち、息を喘《あえ》がせ、身体中《からだ》びっしょり汗を掻《か》きながら、鏡に映った、奇妙《きみよう》な姿をした自分に彼は殴《なぐ》りかかった。

ぴしりとひびが入り、鉄《てつ》仮面が歪《ゆが》んで映し出される。

(人を、どこまで蔑《さげす》む。こんな馬鹿げた真似《まね》までして、どこまで落とし込もうとする)

(必ず生きてここを出てやる。おれにこんな真似をさせた連中《れんちゆう》、すべてを見つけ出して同じ目に遭《あ》わせてやる)

半《なか》ばすすり泣いている自分の声を聞かない振りをしながら、その場に崩れ落ちた。

翌日《よくじつ》、ゴーウェンは訓練《くんれん》場でオルバを面前《めんぜん》に呼び出すと、その足もとに自分の握っていた剣をひょいと放った。

「好きなように突きかかってみろ」

正気か、という目でオルバは相手を見やった。素手《すで》で、それも足首を鎖《くさり》につながれた状態では、さしもの彼とて、いますぐには脱走《だっそう》を考えることなどなかったろうが、いまはゴーウェンのほうこそ素手だし、しかも「訓練の間だけは」と足首の鎖をも外されたのだ。

オルバは剣を拾い上げるなり、その腰を屈《かが》める動作を『溜《た》め』にして、ひと息に突きかかった。

奇襲《きしゅう》にも等しい。容赦《ようしゃ》しなかった。狙《ねら》いは喉《のど》もと。殺すつもりだった。

しかし思ったほどの半分も腕は伸びず、おまけに膝《ひざ》を思いきり蹴《け》られて転倒《てんとう》させられた。立ち上がり、もう一度同じことをした。同じ結果になった。突いた瞬間《しゅんかん》、素早く側面に回ったゴーウェンに肘《ひじ》を押さえつけられたのだ。

「少しは心得《こころえ》がありそうだな。しかしいまはその心得が邪魔《じゃま》になる。忘れろ」

三度目に斬《き》りかかったオルバをたやすくいなすと、ゴーウェンはそう言った。

頭ごなしに何かを言われることになど慣れていないオルバだ。頭が沸騰《ふっとう》しそうなほどの怒りに衝《つ》き動かされ、オルバは何度となくゴーウェンに挑《いど》みかかった。何より、相手が本気でないことがオルバをもっとも苛立《いらだ》たせた。だから彼はゴーウェンを罵《ののし》って、挑発《ちょうはつ》し、いっそ殺せとわめいて無謀《むぼう》な突進をくり返しながら、その実、相手の隙《すき》を少しでも見つけられないものかと目を光らせていた。

「おれに自分を殺させる気か、オルバ？」

オルバが自己流《じこ》で磨《みが》いてきたはずの剣は、見事なまでに通用しなかった。

「が、残念だったな。おまえはもう何ひとつ持っていない。名前も、身分も、着るものも、食べるものも、おまえひとりではどうにもできない。そう、命さえもだ。自分の生死すら奴隷《どれい》には自由にならんのだ。取り戻したければな、売った金《かね》以上の金で買い戻すしかないんだよ」

ただ一方的に打ちのめされるだけの訓練《くんれん》は地獄《じごく》の苦行《くぎょう》にも等しかったが、しかし、昼を過ぎれば、あるいはそれにも勝る苦痛が、てぐすね引いてオルバを待ち構えていた。

仮面《かめん》の『呪《のろ》い』である。夜中、疲れきって横たわっているとき、不意に炎《ほのお》のような熱を発しては、はじめて装着《そうちゃく》させられたときと同じように、オルバの顔面を溶かさんばかりに焼くのだ。ほとんどが夜になってからのことだが、その間隔《かんかく》は不定期で、三日ばかり何も起きないでいることもあれば、三日三晩、決まって同じ時刻に熱を発することもあった。

そんなとき、オルバにできることなど何もない。ただただ地面の上を転がって、鎖《くさり》につながれて赤剝《あかむ》けていた足首から血を流し、ただただ苦痛が一秒でも早く去ってくれるよう願いつづけるしか。

(——狂う)

狂う、狂う、狂う。

地面を転がりながら、オルバは幾度《いくど》となくそんな危惧《きぐ》を抱き、いっそ、そうなったほうがどれだけましかもしれない、とさえ思った。白い波しぶきに意識を連れ去られる寸前《すんぜん》、しかし最後の最後で踏みとどまろうとする力が働いた。歯を喰いしばり、骨も砕けよとばかりに背を反り返らせて、オルバは耐えに耐えた。地面を掻《か》きむしり、仮面を掻きむしって、指の爪《つめ》は何度となく割れた。

泡《あわ》を吹いて苦しむその姿に、他の奴隷や、その奴隷を監視《かんし》するタルカス剣闘会《けんとうかい》子飼《が》いの兵たちも、さすがに気味《きみ》悪がった。本当の魔法《まほう》による呪いではないのか、という噂《うわさ》が広まって、オルバを買い取った奴隷商人タルカスに苦《にが》い顔をさせた。

「商品は商品だ。呪いだろうと魔法だろうと知るものか。一度も金を稼《かせ》がせずに死なせるようなことだけはするなよ！」

そう命じたタルカスこそ、ある種、もっとも豪胆《ごうたん》な男だったろう。オルバは放っておかれて野垂《のた》れ死にせずに済んだ。

（死ぬものか）

長い長い夜。痛みと狂気の誘惑《ゆうわく》に骨身《ほねみ》が削《けず》られ、一秒ごとに死を望むような、そんな永遠に明けないと思われた夜も、いずれは終わりを告げる。オルバ自身が闇《やみ》に命を投げ出さない限り、必ず夜明けは来た。疲れきって、もはや一滴《いってき》ほどの力も残っていない身体《からだ》を横たえながら、仮面越しに朝の光を感じる。よろよろと持ち上げた手でその仮面を鷲《わし》づかみにし、指に力を込めながら、彼は誓《ちか》いを立てた。

（誰かがおれの心臓《しんぞう》をひと突きにしない限り、おれは、自分では死なない）

ゴーウエンの言うとおりだ。おれの命はおれのものではない。といって無論《むろん》タルカスのものなどでもない。

（おれの命は、おれからあらゆるものを奪った、あらゆるもののためにある）

母や、アリス、そしてもしかしたら兄ロアンに生きて再会するまで、おれの心臓《しんぞう》はそのためだけに鼓動《こどう》を打って、それらを奪い取ったものたちへ辿《たど》り着くためだけに筋肉は躍動《やくどう》して剣を振るい、そしてそれらの目的のために屍《しかばね》の山を築いていく。

オルバはそれ以後、修練《しゅうれん》にのめり込んだ。剣はもはや固体ではなく、オルバと一体のものだった。形のない憎《にく》しみを抱え、それをどうすれば晴らせるのかもわからないまま、いく先さえ不安に満ちていた頃とは違う。剣は憎しみに形を与えた。剣は憎しみを斬《き》り裂く指針《ししん》となった。生きる望みすべてと言い換えてもよかった。

「生き残りたければ、相手を殺す技術を身につけろ、そして、ともに自分をも殺すのだ。自分で自分を殺せない奴《やつ》は、しょせん他人に殺される。例外はない」

ゴーウエンはよくそう言った。そしてオルバはその言いつけを守った。感情を殺した。炎《ほのお》のように四六時中《しろくじちゅう》ごうごうと燃えさかっていたのでは、自分をも焼き尽くしてしまうからだ。しかし同時に、その火を絶やしてもならなかった。だからオルバは夜中、静かに横になりながら、あるいは仮面《かめん》に顔を焼かれながら、ひそかに薪《まき》をくべ、胸中の怒りも憎しみも熾火《おきび》となってくすぶらせつづけた。

やがて迎えたデビュー戦。闘技場《とうぎじょう》に足を踏み入れたオルバは、こちらを取り巻く大《だい》観衆に迎え入れられた。

空と大地が大《だい》音声に包まれる中、オルバは自分と同じく剣を手に取った男と戦い、そして殺した。相手が自分より若かったのか、年上だったのか、それすらも覚えていない。ただ、殺した瞬間《しゅんかん》、いままで以上の歓声が汗みずくの背中に降り注《そそ》いできた瞬間だけを、やけに克明《こくめい》に覚えている。

「死ね」

観衆たちを振り仰ぎながら、オルバはわめいた。

「死にやがれ」

声そのものは歓声に掻《か》き消されながらも、オルバは血に染まった剣を掲げながら、彼ら全員に呪《のろ》いの言葉を吐きかけつづけた。

そして一週間と時を隔《へだ》てず、第二戦を行うこととなった。曲がりくねった短刀《たんとう》を手にした、髭面《ひげづら》の男だった。何事かおめいた。罵声《ばせい》だったかもしれないし、信仰《しんこう》する神の名だったかもしれない。猛威《もうい》を振るって襲《おそ》いかかる斬撃《ざんげき》を二度、三度と受け止めた。そのたびにオルバは剣の握りを改めた。足の配置を変えた。実戦の最中《さいちゅう》に戦いを学ぼうとした。

側面を撃《う》とうとした刀を払い下げる。相手の身体《からだ》が目の前でひらいた、、、。

オルバは真《ま》っ向《こう》から剣を振り下ろした。剣が顔の半《なか》ばまで喰い込んだ。血と骨と脳漿《のうしょう》が四方《しほう》に散った。手が痺《しび》れていて、ほとんど何の感触《かんしょく》もなかった。それが、三度目の殺人のすべてだった。

オルバが剣闘士《けんとうし》になって二年近い月日が流れた。その間、数えきれないほどの戦いがあった。夜空いっぱいを埋める星ひとつひとつを数えてなお、終わらない夜がいくたびもあった。が、一年を過ぎた辺りから鉄仮面《てつかめん》の呪《のろ》いは次第にその症《しょう》状《じょう》をあらわさなくなり、さらに半年が経《た》つ頃には、一時期の、狂気じみた痛みが嘘《うそ》のように大人《おとな》しくなった。とはいえ、ただの仮面に戻ったかといえば、依然《いぜん》、引き剝《は》がすことはできず、剣の柄頭《つかがしら》で叩《たた》こうが、ハンマーで殴《なぐ》ろうが、へこみひとつつかず、かえって自分の命を危うくさせるだけなので、仮面を取る望みだけは先延《さきの》ばしにせざるを得なかった。

そして――、オルバがバ・ルーの闘技場《とうぎじょう》で大型竜《りゅう》ソゾスの暴走を喰い止めてから五日が過ぎた今日、

「タルカスが上機嫌《じょうきげん》なわけがわかったぞ」朝食の席で、ゴーウェンが出し抜けに言った。

「メフィウスとガーベラが和平《わへい》交渉をしていたことは知っているだろう。一〇年戦争にいよいよ幕引きするつもりらしい、ってな」

「ええ」シークが頷《うなず》いた。「メフィウスの皇子《おうじ》と、ガーベラの王女が政略《せいりゃく》結婚をするのだそうですね」

「メフィウスには皇室《こうしつ》の結婚にいろいろな儀礼《ぎれい》がある。聖臨《せいりん》の谷で行われる誓《ちか》いの儀式《ぎしき》もそのひとつだが、そこで催《もよお》される演目《えんもく》に、剣闘士の戦いがあるのだよ。それを我らタルカス剣闘会が一手《いって》に担《にな》うことになったそうだ」

カインが口笛《くちぶえ》を吹いた。手先《てさき》の器用《きよう》な彼は、先ほどからテーブルの上で、タルカスに頼まれた時計の修理をやっていた。

「じゃあ、おれたち、皇室の方々の前で殺し合いをやれるってわけ」

「皇子さまのご尊顔《そんがん》も拝《おが》めるということさ。楽しみだね、オルバ」

シークが言うと、オルバは相変わらず猫背《ねこぜ》で本に目をやりながら、

「やることに変わりなどねえよ。何ひとつ。甲冑《かっちゅう》や剣に花飾りがつくくらいだ」

素《そ》っ気《け》なく言い捨てた。

2

ギル・メフィウスが帰ってきたのは、明け方になってからだった。厩舎《きゅうしゃ》に馬を預け、裏門に向かったギルは、すぐにシモン・ロドルームの姿を認めて、渋い顔になる。そして予想どおり、繰《く》り言を聞かされる羽目《はめ》になった。

「若君《わかぎみ》、感心しませんな。こう連日連夜《れんや》、遊びほうけられては」

「おまえも待ち伏せとは趣味《しゅみ》が悪い」

背後を振り返り、ともに遊び歩いていた仲間たちに肩をすくめる。皆、ギルと同じ、年の頃、一七、八の彼らは、貴族《きぞく》の子弟《してい》らであり、家督《かとく》とは縁《えん》のない次男三男《じなんさんなん》ばかりの集まりだった。

「わたしとて、年頃《としごろ》娘の帰りを待ちわびる父親のような真似《まね》などしたくありません。が、若君もガーベラ王女とのご婚礼《こんれい》を控えられた身。これまでのように、とはいきませんぞ。自覚を持っていただかなくては」

「わかっている。そうにらむな。婚礼を控えているからこそ、いまのうちに独り身の自由を満《まん》喫《きつ》しておきたかったのさ」

「いつもいつも尻拭《しりぬぐ》いするこちらの身にもなっていただきませんと」

「だから、わかっていると言ったろう」

かっといつもの癇癪《かんしゃく》を起こしかけたギルだったが、

「おわかりになっていただけたのなら、急いで身支度《みじたく》をお整えください。陛下《へいか》が帝《みかど》の間にてお待ちです」

「父上《ちちうえ》が？」

怒りの表情は血の気もろともさっと引き、狼狽《ろうばい》の色に取って代わる。それを、皇子《おうじ》の友人らがこっそり笑っているのをシモンは見逃さなかった。

「では、また」

「皇子、ご成婚《せいこん》の暁《あかつき》には、またひと晩中騒《さわ》ぎましょうぞ」

それでもさすがに表向《おもてむ》きの態度ばかりは慇懃《いんぎん》に、彼らは遠ざかっていった。いずれも父は名の知れた貴族でありながら、連日連夜《れんじつれんや》、皇子とともに遊び歩いている。峡谷の国《きょうこく》メフィウスには珍しい馬を駆っての市街レースやら、名家《めいか》の婦女子《ふじょし》を誘っての川遊び、賭《か》け事に、狩りの真似事《まねごと》、そして酒を煽《あお》って、意味のないどんちゃん騒ぎ。

（彼らだけの責でもあるまい）

シモンは思う。長きにわたる戦いで、民《たみ》も兵も疲れていた。ようやくガーベラとの戦いに終止符《しゅうしふ》が打たれたとはいえ、政略《せいりゃく》結婚による幕の閉ざし方など、誰しもが望んでいたものではない。おまけにガーベラに奪われた南方のアプターを中心とした領土《りょうど》はそのままになっていて、この和平《わへい》交渉で割を喰ったのはメフィウスのほうだ。

メフィウス、ガーベラ、その二国に挟まれる形で、エンデ公国《こうこく》がある。領土はさほど広くないが、魔法王朝《まほうおうちょう》のはじまりにまで血統《けっとう》を遡《さかのぼ》れるという歴史の長い国であり、海を挟んでの湾岸《わんがん》諸国《しょこく》とのつながりが深い。さらには血筋《ちすじ》を同じくする東方の強国アリオンとも長きにわたって親交があるため、いざ大陸の中央覇権《はけん》を競うとなると、侮《あなど》れる相手ではなかった。

エンデは一〇年戦争には口を挟まず、両国《りょうこく》相手に細々とした交易《こうえき》をつづけるだけの縁《えん》を保っていたが、ことここにいたって、ガーベラと軍事的同盟《どうめい》を結ぶ気配《けはい》を見せた。その情報をいち早く察知《さっち》したメフィウス皇帝《こうてい》は、

(ガーベラ王の首が我が目前に差し出されるまで、決して抜いた剣は収めぬ)

と、竜神廟《りゅうじんびょう》へ誓《ちか》いを立てた三年前の宣託《せんたく》をあっさり翻《ひるがえ》し、ガーベラに和平を申し入れた。無《む》論《ろん》、心変わりの理由がわからぬガーベラではない。彼らにもいくばくかの葛藤《かっとう》はあったろう。エンデと結び、メフィウスをこのまま討《う》つという選択肢とて充分あり得た。が、戦いがもたらした痛手《いたで》と疲弊《ひへい》はガーベラのほうが著《いちじる》しい。この状況でエンデと組んで軍事《ぐんじ》行動を起こそうものなら、むしろそのエンデによって領土《りょうど》を好きにされかねない恐れとてあった。

ガーベラにしてみれば、同じく苦境《くきょう》に立たされているメフィウスが相手ならば、アプター領の例にあるように、相手の足もとを見る余裕《よゆう》さえ得られる。そういったことを秤《はかり》にかけた結果、ガーベラはメフィウスとの縁組《えんぐみ》に応じたのである。

(皇帝陛下《こうていへいか》も、無論、苦渋《くじゅう》の決断ではあったろうが)

グール・メフィウスは国内外から『竜心《りゅうしん》皇帝』などと囁《ささや》かれている。半分は文字どおりの畏《い》怖《ふ》の象徴《しょうちょう》として、しかし、半分は単なる皮肉《ひにく》によって。

ガーベラとの戦争が六年目に突入した頃――例の宣託《せんたく》が為《な》された時期だ――、グールは指《し》揮《き》系統《けいとう》の混乱を防ぐために皇室《こうしつ》の権限《けんげん》を一方的に強化した。主だった貴族から構成された評議《ひょうぎ》会《かい》はその権威《けんい》を半《なか》ばまで失い、現在はほとんど名ばかりの存在に過ぎない。

かくいうシモン・ロドルームもそのメンバーであった。ロドルーム家にはいまのところ後継《こうけい》者がなく、一二年前、シモンは評議会の議長となった代わりに、西方の城塞《じょうさい》都市を中心とした自分の領土を別の貴族《きぞく》に委譲《いじよう》した。となると、いまは治めるべき領土も、指揮することのできる兵隊もない、こちらも名ばかりの名門《めいもん》貴族。

他の貴族も立場は似たようなものだった。皇帝に代々追従《ついじゆう》するだけで権威を保ってきたような連中《れんちゆう》はともかく、少なからず国の発展を願う意欲《いよく》のある者たちにとっては、いまのメフィウスは息苦《いきぐる》しい場所でしかない。

さっき皇子《おうじ》とつるんでいたような、貴族の次男坊《じなんぼう》連中にも充分同情《どうじよう》の余地《よち》がある、とシモンが思うのは、彼らには約束された地位も未来もないことだ。戦争が終われば、戦場で名を挙げて功績《こうせき》を立てたり、広がった領土の一部分を貰《もら》い受けたりということもできなくなる。無論、戦国の世である。戦《いくさ》そのものがこの先なくなるわけではなかろうが、厭戦《えんせん》気分に包まれつつあるここメフィウスで、果たして機会が訪れるのは五年後、一〇年後、はたまた二〇年後か。

『竜心皇帝』の呼び名が皮肉なのは、国内では思うままに権力《けんりよく》を振るう独裁《どくさい》者であっても、ここ最近は国外に対して影響《えいきよう》力を発揮《はつき》できないことにある。

（いまのメフィウスの象徴《しようちよう》としてはあるいはふさわしかろうが）

そんな自分の思いとてよどんでいるな、とシモンは、皇太子《こうたいし》の準備が終わるのを待ちながら自嘲《じちよう》気味に考えた。評議会議長から退《しりぞ》いたいまのシモンは、ほとんど皇子の守役《もりやく》のようなものだ。

急いで部屋から飛び出してきたギルの服装や髪形《かみがた》に注文をつけながらともに歩いていく。

「いちいちうるさいぞ、シモン。口やかましい女官《じよかん》のようだ」

「慣れていただきませんと。妻を娶《めと》られたら、毎日がこの調子ですぞ」

「何を慣れるやら、だ。このおれが、三つも年下の妻の言いなりになどなるものか」

「ガーベラの王女ビリーナどのは、お若いながらも多々《たた》苦労を重ねたお方。皇子《おうじ》も気を引き締めて相対《あいたい》なさいませ」

「何だ、まるで戦《いくさ》のような口振《くちぶ》りだな」

「結婚生活とは、戦ですよ。勝者も敗者も曖昧《あいまい》なだけに余計《よけい》性質《たち》が悪い。前もってその敵の情報を知ることも重要です。いまから話して聞かせましょう」

冗談《じょうだん》めかしたつもりが藪蛇《やぶへび》になった、とギルが顔をしかめるのにも構わず、シモンはビリーナ姫の逸話《いつわ》を語りはじめた。

五年ほど前のこと、ガーベラに謀反《むほん》騒ぎがあった。メフィウスとひそかに通じた地方領主《りょうしゅ》たちの仕業《しわざ》である。彼らは手はじめに先代《せんだい》国王のいた離宮《りきゅう》を襲撃《しゅうげき》し、占拠《せんきょ》した。そこにたまたま遊びに来ていたビリーナ姫も、祖父の先代国王ともども、彼らの人質《ひとじち》となった。しかし、当時わずか九歳《さい》であった姫は、謀反人《にん》相手にもまったく臆《おく》せず、自分以外の人質の解放を求めて、堂々と渡り合ったらしい。

また、ガーベラは他国と比べれば竜骨《りゅうこつ》の化石《かせき》がいまだ盛んに採掘《さいくつ》されており、それを原《げん》材料に精製《せいせい》される無重量金属《きんぞく》、いわゆる竜石《りゅうせき》は大きな財源《ざいげん》となっている。そしてその金属でつくられるガーベラ式の単座《たんざ》飛《ひ》空艇《くうてい》はとみに有名であり、ビリーナ姫はその操縦《そうじゅう》の達人《たつじん》としても知られていた。

「確か、ガーベラでは飛空艇のレースを数年に一度行っていて、見事準《じゅん》優勝を飾られたこともあるとか」

「女人《にょにん》が飛空艇に乗るのか？」

げんなりした様子《ようす》でギルは言った。

「やれやれ、一四にもなって、まだまだお子さまのようだ。女があんな乗り物で空を飛ぶなど、メフィウスじゃ考えられない。宮殿《きゅうでん》の庭園で、おれの妻が飛空艇で空を舞うところを想像《そうぞう》してみろ。おれまで指を差されて笑い者にされてしまうぞ。歴史あるメフィウスの第一皇子に生まれて、どうして自分の花嫁《はなよめ》さえ自由にならないのだろう。そこらの街で気立てのいい美人でも探したほうがまだしもだ。シモンよ、いまからでも何とか結婚を取りやめにはできないものかなあ」

そう平然と嘆《なげ》いてみせたが、むしろ大声で嘆きたいのはシモンのほうだった。畏《おそ》れ多くも帝《てい》朝《ちょう》を継ぐべき第一皇子が、国家国民《こくみん》のためより、個人の好みを優先させようと半《なか》ば本気でいらっしゃる。

胸中、シモンは思う。

（皇子も悪い方ではない。邪悪《じゃあく》な企《たくら》みで騒乱《そうらん》を起こすほど、というだけのことだが）

（そして、父君《ちちぎみ》は英雄ではある。南方の領土《りょうど》をいくぶんかは失いはしたが、エンデを牽制《けんせい》しつ

つ、五分に近い状態でガーベラと和平《わへい》を結べたのも手腕《しゅわん》だろう。しかし)

(こちらも、いい父親ではない)

「父上《ちちうえ》、お呼びでございましょうか」

ふたりして皇帝《こうてい》の私室に通された。まだ時間が早く、宮廷《きゅうてい》の広間は開いていない。しかし気の短い皇帝グールは、朝食の席においても、謁見《えっけん》を求める数多い人間たちを次々と通し、話を聞くことにしていた。

そして多くの貴族《きぞく》――のちにギルの臣下《しんか》となるべき人物たち――の前で、父は息子《むすこ》を公然《こうぜん》と罵倒《ばとう》したのだ。

「わしが呼んでからどれくらい経《た》っている？　おまえはまだ領土《りょうど》のひとつも、兵のひとりも持っていないのだ。仕事ひとつ与えられていない身のおまえに、わしの目の届かないところで何ほどのことができよう。どうせまた下らない夜遊びに興《きょう》じていたのであろうが」

「いえ、父上、わたしは……」

「わしから唯一《ゆいいつ》生まれた男子がそなたのような怠《なま》け者であろうとは。帝朝《ていちょう》の長い歴史においてもっとも不幸で、もっとも救いがたい事実だ」

シモンは皇子《おうじ》の震える背中を見つめていた。そしてその肩越《かたご》しに、怒鳴《どな》り散らす皇帝の姿をも視界《しかい》に収めていた。皺深《しわぶか》い顔に、やや癇癪《かんしゃく》の度合いが進んでいる。

「ビリーナ王女はたいそう勇ましい姫御《ひめご》であるらしいな。銃も飛空艇《ひくうてい》も、並の男以上に扱えると聞く。おまえでは釣《つ》り合わぬ。何か男らしい功績《こうせき》を立ててから娶《めと》るべきであったかもしれん。竜殺《りゅうごろ》しの名誉《めいよ》を得るか、竜人族《りゅうじんぞく》の生き残りを見つけて捕えるか、遺跡《いせき》に埋まっているはずの宇宙船を発掘《はっくつ》するか――そう、英雄伝《サーガ》の主人公にふさわしい功績をな」

皇帝は愉快《ゆかい》そうにテーブルを叩《たた》いて、居並んだ家臣《かしん》たちの笑いを求めた。何人かが追従《ついしょう》すると、満足そうにつけ加えた。

「いつしかおまえのほうがドレスを着させられ、ベッドに抱き上げられんように気をつけるがいいわ」

（お気の毒なことを）

と、シモンはもちろん口には出さずにつぶやいていた。居並ぶ顔の中には、皇帝の後妻《ごさい》メリッサの長女、イネーリの姿もある。高く髪《かみ》を結《ゆ》い上げ、透《す》きとおった肌《はだ》をしたこの少女の前では、ギルもいくらか男を気負うような場面をシモンは何度か見てきた。つい先日も、そのイネーリ姫に誘われて剣闘《けんとう》見物に出かけたらしいが、彼女もまた顔を伏せ、笑いを噛《か》み殺している。

結局、朝食の席上、ギルはほとんどひと言も発することはなかった。

「あれはあれで気の毒かと思うこともありますな」

帝《みかど》の間から出てすぐに、フェドム・オーリンがシモンに話しかけてきた。歳《とし》はシモンよりだいぶ若いが、身にまとった脂肪《しぼう》はひと回り以上大きい。ビラクの砦《とりで》と周辺地帯《ちたい》を任されている貴族《きぞく》だった。ガーベラとの和平交渉を進めた中心メンバーのひとりでもあり、死んだような目をした他の諸侯《しょこう》よりはまだ見込みがある、とシモンは彼を見ていた。

とはいえ、大人物《だいじんぶつ》とはとても言い難いのも事実だった。

「皇子《おうじ》は、あの頼りない肩にこれから国ひとつを背負わねばならないのです。果たしてそれが市井《しせい》に生まれる運命と比べ、幸運と呼べるかどうか」

しかつめらしく首を振ったかと思えば、ふと声をひそめて、

「いまや皇室《こうしつ》への反発は強まるばかり。グール皇帝《こうてい》はそれでもまだ尊敬《そんけい》と畏怖《いふ》を集めるに実績の余りあるお方だが、ギル皇子は、となると。このままでは、よからぬことを考える輩《やから》が出てこないとも限りませんなあ。いやいやしかし、国の未来を思えば、それこそ単純に謀反人《むほんにん》と決めつけてよいものかどうか」

そういう「輩」が彼自身であることはあきらかだ。シモンが自分の味方になり得る人物かどうか、こんなあからさまな揺さぶりで測ろうというのだから、ガーベラとの一〇年戦争でメフイウスが失ったものは、実際に数えられた戦死者数《せんししゃすう》以上のものがあったのかもしれない。

「皇子はお若い」と、シモンは顔色ひとつ変えはしなかった。「何もかもがこれからであろう。陛下《へいか》とてお若いときから竜心《りゅうしん》であらわれたわけではない。我々はそのお若い皇子を支え、ともにこれからの国家をつくり上げていかねばならぬ」

「ははあ。さすがにシモン公《こう》、未来に目が向いておられる」

フェドムはしきりに弛《たる》んだ顎《あご》を撫《な》でさすった。シモンは思わず笑《え》みをこぼしそうになる。は

て、この御仁《ごじん》、いまの優等生的《てき》な言葉でわたしの何を汲《く》み取ったやら、だ。

シモンは確かにいまのメフィウスを案じていたし、いまのままの皇子でいいはずがないとも考えていた。

だが、そうした危惧《きぐ》が、じきに彼の予期しない方向に転びはじめる。

そしてシモンはその当事者にはなれなかった。皇子ギル・メフィウスの運命の変遷《へんせん》を間近《まぢか》に体験したのは、よりによってフェドム・オーリンのほうであったのだ。

3

メフィウス帝朝《ていちょう》といったところで、「帝朝」にふさわしい威光《いこう》を誇っていたのは、現在の皇帝グール・メフィウスから七代も前の話だ。

現在は山々を斜めに貫《つらぬ》くドーミック平《だいら》が領土《りょうど》のすべてであり、その中央に「宇宙移民船《いみんせん》の舳先《へさき》をへし折ってつくられた剣」として名高い黒の塔《とう》、そして塔を囲む形で円形に広がる帝都《ていと》ソロン、そして天然の要害《ようがい》である入り組んだ谷のいくつかに、城とも呼べない小規模《しょう》の砦《とりで》が築かれていて、それに守られる形でいくつかの主要《しゅよう》都市、そして大小の村々が点在《てんざい》するに過ぎない。砦とそれに付随《ふずい》する都市、村は、それぞれ地方官吏《かんり》として、数少ない領土を喰い合うような形で貴族《きぞく》らが統率《とうそつ》していた。

夕刻。

ギル・メフィウスは猛《もう》スピードで愛馬《あいば》を駆けさせていた。

西にはドーミック平がぎらぎらと赤く照り輝いており、東には、尾根へと連なる断崖《だんがい》が闇《やみ》に沈んで真《ま》っ黒《くろ》い壁のようにそそり立っている。左手に登る斜面を見上げれば、三代前までメフィウス家が居城《きょじょう》にしていたという岩山がある。竜《りゅう》と人力《じんりき》と、そしてメフィウスには珍しいことに魔道士《まどうし》数名の力さえ借りて彫《ほ》り抜いたという、石灰岩《せっかいがん》の館《やかた》である。新たに城を築いてからは評議会堂《ひょうぎかいどう》として用いられていたが、現在もそれは名目《めいもく》のみだ。

ギルはその歴史的な建造物には目もくれず、メフィウス建国王《けんこくおう》や数多くの英雄《ヒーロー》たちの彫像《ちょうぞう》が立ち並ぶ天然の隘路《あいろ》を通って、市井《しせい》の街へと駆け下っていった。

（くそっ）

どんなに頭を空《から》っぽにしようとつとめても、去来《きょらい》するのは父の顔と、あざけるような声と、そしてうつむいて肩を震わせていたイネーリの姿。

「明日の予定ですって？」

昼頃《ひるごろ》、またイネーリを誘ってみたのだが、彼女はくるっと目を回すチャーミングな仕草《しぐさ》で、

「今朝《けさ》、父君《ちちぎみ》に叱《しか》られたばかりじゃありません？　豪胆《ごうたん》も確かに皇帝《こうてい》の素質《そしつ》かもしれませんが、少しはご自重《じちょう》なさいませ」

スカートの裾《すそ》をつまんでお辞儀《じぎ》する。上目遣《うわめづか》いにこちらを見つめた瞳《ひとみ》は、しかし試すような

気配《けはい》を含んでいた。そして、父のことを出されて言葉に窮《きゅう》していたギルをすぐに見限ると、「御機嫌《ごきげん》よう」と言い残して去っていった。

馬を走らせながらギルは奥歯《おくば》をぎりっと噛《か》みしめた。

（あれは、おれをそそのかしている）

上目遣《うわめづか》いのあの甘い眼差《まなざ》し。イネーリは言外《げんがい》にギルを嘲弄《ちょうろう》したのだ。

──そう、まだ父親が怖いのね？

──父親の言いつけを守ることしかできない子供なんて、わたくしの相手じゃないのよ。

──さあ、さっさとお部屋に戻って、ひとりで遊んでらっしゃいな！

今日は少しも酔《よ》いが回らない。陽《ひ》が落ちるといつも酒とともに口にする黒睡蓮《くろすいれん》の粉《こな》は、すぐにわずらわしいすべてのことを忘れさせてくれるはずなのに、今日に限って効き目が悪かった。だからいつもの倍近《ばいちか》くの量を口に含んだ。一瞬《いっしゅん》、強烈に酩酊《めいてい》してのち、ギルは突然馬《うま》の早乗りをしたくなった。仲間は呼ばない。今日はひとりきりでだ。

父に優しい言葉のひとつもかけてもらったためしのないギルだった。笑顔すらほとんど見たことがない。

まだ一〇になるかならずかのとき、野生の竜狩《りゅうが》りに同行したことがある。そのとき、「肝試《きもだめ》し」と称《しょう》して、銃で射殺《しゃさつ》されたばかりの竜の首に足をかけた。絵画に描かれる英雄みたいに腕組みして顎《あご》をそびやかした我が子に、グールは、

「見よ、竜殺《りゅうごろ》しの英雄だ。息子《むすこ》は竜を喰らって天へと駆け上ろうぞ」

と白い歯を剝《む》いて笑った。

ギルは、そんな幼い頃の記憶《きおく》を後生大事《ごしょう》に抱え込んでいる自分が歯がゆくてならなかった。

逆に言えば、父親との微笑《ほほえ》ましい思い出などその一度きりしかない。

（父は、よほど自分が憎《にく》いのだろう）

そう思う。自分が英雄の器《うつわ》でないことくらいはわかるつもりだ。剣の修練《しゅうれん》の途中《とちゅう》、何度となく父は嘆《なげ》いた。さっきのように、公然《こうぜん》と。家臣《かしん》たちは皆《みな》父の味方だ。唯一《ゆいいつ》自分を庇《かば》ってくれた母も五年前に病死した。

そして一昨年《いっさくねん》前、父は名門家《めいもんけ》の未亡人《みぼうじん》メリッサを後妻《ごさい》として娶《めと》った。ふたりの姉妹を連れ子にして。まだ夫の喪《も》が明けきらぬうちに、と宮殿《きゅうでん》内で囁《ささや》かれる陰口《かげぐち》の数々とはまた別の理由で、ギルはメリッサを好きになれなかった。彼女は無論《むろん》母などではない。古い家臣たちと同じく、父の側に立ち、父の目で自分を見下《みくだ》す存在でしなかった。

そのとき一四だった長女のイネーリも――。当時から妙《みょう》に官能《かんのう》めいた眼差しでこちらを見下す彼女の姿を思い描いて、ギルは腹立ちまぎれにひときわ強く馬の脇腹《わきばら》を蹴《け》った。

「おや？」

駆け下りてくる馬をよけた人間たちの中に、フェドムの姿があった。妾宅《しょうたく》へ出かけた帰りである。供《とも》の者たちへ、「いまのは皇太子殿下《こうたいしでんか》ではなかったか？」と訊《き》いた。

「まさか？」

「このような時刻に、供《とも》も連れず」

「それがあり得るから、我らが殿下《でんか》なのだ」自分でもさして面白くなさそうに皮肉《ひにく》を口にして、

「ええい。また妙《みょう》なことにならねばよいが。誰か、あとを追え。面倒《めんどう》ごとになるようなら、わたしの名前を出して丁重《ていちょう》に連れ戻してまいれ」

と命じた。


中央通りには常《つね》以上の人混《ひとご》みがあった。苛立《いらだ》たしい思いで馬の足をゆるめたギルは、笑いさざめく彼らの間を無表情に通り抜けようとした。当然、皇族《こうぞく》らしい格好《かっこう》などしていない。市井《しせい》の者は、祭りや儀礼《ぎれい》ごとのときに出回る絵姿《えすがた》でしか皇子《おうじ》の顔を知らないので、そのまま気づかれずに抜けられるはずだ。

案《あん》の定《じょう》、誰も声をかけてくる者などなかったが、馬を歩かせていくうち、ギルのほうが彼らを無視できなくなった。何やら楽しそうに騒いでいる人々の姿が癇《かん》に障《さわ》る。キタラや笛の軽やかな音色《ねいろ》までもが、自分を小《こ》馬鹿にしているように思えてきた。そこかしこで起こる笑い声は、他ならぬ自分を指してのものではないのか？

心臓《しんぞう》の鼓動《こどう》が高鳴る。ようやくのことで効いてきた薬がギルの思考《しこう》を溶かしはじめた。視界《しかい》にある風景さえもがぐにゃりと溶け崩れたかと思えば、粘《ねば》りの悪い絵の具みたいに不恰好《ぶかっこう》な色

に見せはじめる。

を曳《ひ》いていき、やがて人間たちの姿がそれに重なって、さながら自分を嘲笑《ちょうしょう》する小悪魔《こあくま》の列

(やめろ)

どいつもこいつもねじくれた爪《つめ》で自分を指差し、笑っている。見てごらん、あれがメフィウスの皇太子《こうたいし》だ。父親にいつまでも怯《おび》える子供みたいなあの男が。女ひとり自由にできない、あんな情《なさ》けない男が。

死んでしまえばいいのに。この国にも誰の役にも立たないあんな男なんて、いますぐ死んでしまえばいいのに。

(やめろ!)

おぞましい色の連なりがぞろりと蠢《うごめ》いて自分を取り囲んだ。そのまま圧迫されそうな恐怖が、ギルを憎悪《ぞうお》に、そして恐怖に駆り立てた。宮殿《きゅうでん》から銃を持ってこなかったのを彼はひどく悔《く》やんだ。こいつらすべてに鉛《なまり》の弾《たま》をくれてやれば、さぞ気分も晴れるだろうに――、、、

「ギル殿下?」

いきなり轡《くつわ》を取る者がいた。一瞬《いっしゅん》、それが悪魔の具現化《ぐげんか》した姿のように見え、馬上《ばじょう》でおののいたギルだったが、よくよく目を凝《こ》らすと、何度か顔を合わせたことのある男だと気づいた。

佩剣《はいけん》を帯び、また、拳銃《けんじゅう》をも腰にぶら下げているところからして、平時から武装《ぶそう》を許された近衛士官《このえしかん》のひとりだろう。軍服《ぐんぷく》姿でしか知らないものだから、礼服《れいふく》に身を包むとまるで別人の

ようだった。

「このようなところに、何用でいらっしゃいます？」

「いや」

と皇子《おうじ》は平常心《しん》をよそおって首を振った。近衛《このえ》師団《しだん》は皇帝直属《こうていちょくぞく》だ。すなわち父の側の人間であり、どのみちギルにとっては親しく口を利きたい相手ではなかった。

士官《しかん》クラスとなれば格式《かくしき》ある家柄《いえがら》から選ばれるが、師団を形成する兵に関しては、君主《くんしゅ》による自由な人選が許されている。ギルも、一五の誕生日を迎えた二年前から、自分直属の兵士を選ぶ権限《けんげん》が与えられていたが、そうしたものはほとんど形だけのものであって——貴族《きぞく》や軍人たち以外の人間が、何か褒章《ほうしょう》に足る功績《こうせき》を為《な》した場合、名目だけの『近衛兵《へい》』の肩書きが栄誉《えいよ》とともに与えられることはよくある——実際は父の師団をいずれ直接受《う》け継ぐこととなるのである。

「おひとりでおられるのは危険です。宮廷《きゅうてい》に遣《つか》いを出しましょう」

「よい、余計《よけい》なことはするな。それより、これは何の騒ぎだ」

「ああ」

と、四〇代半《なか》ばほどの近衛士官は照れくさそうに目を細めた。通りの中央を指差す。天蓋《てんがい》を取り払った馬車の上に、若い男女が着飾《きかざ》って並んでいた。

「今宵《こよい》は、娘の結婚式でして」

笑う。

その父とよく似た顔で、幸せそうに微笑《ほほえ》む娘がいた。純白のドレスは、宮廷でよく見かけるそれとは比べ物にはならないほど質素《しっそ》なもののはずなのに、妙《みょう》にまばゆい。一生に一度のこと、と大胆《だいたん》になったのか、胸の谷間を露《あら》わにしたデザインのドレスは、肉感的《にくかん》な身体《からだ》のラインを浮き上がらせている。

「皇子もご結婚を控えられた大事な御身《おんみ》。部下を呼びますから、すぐにお城へ――」

名前も知らない近衛士官の言葉など、ギルの耳には半分も届いていなかった。

笑い、歌い、踊る人々の輪が、さながら影絵《かげえ》のお芝居《しばい》みたいに黒っぽく揺らめいている。取るに足らない市井《しせい》の笑《え》みが、歌声が、踊りが、ギルに恐れをもたらした。

なぜこうも幸せなように振る舞えるのだろう。メフィウスの皇位《こうい》継承者《けいしょうしゃ》である自分さえ、自分の足もとも見えないような日々を送っているというのに。いや、平民《へいみん》だからこそ、何の恐れも抱かずに過ごしていけるのか。人生を選び取ることのない彼らだ。与えられたものを受け取り、奪われたものを嘆《なげ》く。自分もただそれだけの日々を送れるのなら、どんなにか楽だろう。

無性《むしょう》に腹立たしくなった。いつも以上に激しい動悸《どうき》が脳髄《のうずい》を鋭く突き上げる。どく、どく、どく、どく、という鼓動《こどう》が、ギルの身体を震わせる。影絵たちがそれにあわせて縦に揺れる――。

そのとき、ギルの唇《くちびる》が半円《はん》形に搔《か》き開いた。笑ったのである。

何を馬鹿なことを。皇子《おうじ》である自分が、身分の低い人間たちの幸せを羨《うらや》むなどと。領土内《りょうど》にあるすべてはいずれ自分のものになる。そのことを思い知らせてやればいい。与えられるだけの幸せなら、奪われるのも一瞬《いっしゅん》だということを、教えてやればいいのだ。

「初夜権《しょやけん》だ」

「え？」

ふたたび轡《くつわ》を取ろうとした近衛士官《このえしかん》が顔を上げる。ギルは口もとの涎《よだれ》を拭《ぬぐ》いつつ、はっきりとした口調《くちょう》で言った。

「皇族《こうぞく》の初夜権を行使する」

「皇子！」

士官の叫びに、周囲の顔が揃《そろ》ってこちらを向いた。

（ようやくおれを見たか）

酩酊《めいてい》の極《きわ》みにありながら、ギルはなおも笑った。もしも手もとに鏡《かがみ》があったとしたなら、ギルは、先ほどの白昼夢《はくちゅうむ》で見た悪魔《あくま》の姿そのものをおのが顔に見たことだろう。

（ようやくおれがおまえらの一部などではない、ただひとり生きた、ただひとり、真の人間であることに気づいたか）

メフィウスの皇族男性《だんせい》には初夜権という権限《けんげん》がある。領内《りょうない》で婚礼《こんれい》をもって結ばれた男女がいれば、ほぼ例外なく、その花嫁《はなよめ》との初夜を過ごす権利を花婿《はなむこ》から奪うことができる、というものだった。

処女《しょじょ》の血が不浄《ふじょう》なものだと信じられていた時代があり、力を持った王族《おうぞく》や祭司《さいし》が花嫁と同衾《どうきん》することで、その血を祓《はら》うためのもの――であったというが、実質は、その初夜権を回避《かいひ》するための高い税金をむしり取る方便《ほうべん》であったともいう。法律が定められたのは二〇〇年近い前のことであり、すなわち竜人族《りゅうじんぞく》との相次《あいつ》ぐ戦いが人類の文明を疲弊《ひへい》させていた最中《さいちゅう》のことである。

現在、初夜権は形骸化《けいがいか》している。近衛兵を選ぶシステムと同じように。

「場所を用意しろ、近衛士官。おれの言うことが聞こえぬか？　メフィウス皇家《こうけ》に逆らい、おまえばかりかあの花嫁も断頭台《だんとうだい》に登らせたいか？」

ギルを中心に波紋《はもん》が広がっていくがごとくに、驚きと混乱が円形に伝播《でんぱ》していく。笑いが静まり、歌が止《や》み、踊りの輪が乱れた。馬車の上にいた若い男女の顔も凍りついている。逆にギルは笑いが止まらなくなった。初夜権は、彼の知る限り一度も行使されたことがない。もちろん父のグール・メフィウスもだ。

父その人が言われたではないか。歴史に名を残すようなことをせよと。イネーリもおれをそそのかしたではないか。父を超えてみせろと。いまがそのときでなくて何だというのだ。

しんと静まり返る世界にあって、ギルひとりだけが心底から愉快《ゆかい》だった。

半時間後《ご》、ギルは近くにあった安酒場《やすさかば》の二階に花嫁を待たせていた。酒場の警備《けいび》は、他ならぬあの近衛士官《このえしかん》に任せてある。ひとりでにやにや笑いながら、酒瓶《さかびん》を手に階段を上る。ぎしぎしと木のきしむ音が妙《みよう》に心地《ここち》よい。

ドアを開け放つと、ベッドの上でぴくりと人影《ひとかげ》が身じろぎした。薄暗《うすぐら》い。灯《あか》りといえば、枕《まくら》もとにある、煤汚《すすよご》れにまみれたランプだけ。

「皇子《おうじ》さま」女性は手を揉《も》み絞《しぼ》りながら訴えかけた。「どうぞ……どうぞ、お見逃しを。税金なら支払います。お許しを！　まだ、まだわたしは、殿方《とのがた》に身を委《ゆだ》ねたことはないのです。自分の夫にさえ……」

「だからこその初夜権《しよやけん》だろう」ギルはせせら笑った。「血の汚れはすべてこのおれが引き受ける。あとは安心して夫と存分《ぞんぶん》に睦《むつ》み合うがいい」

上半身《じよう》の服を脱ぎ捨て、ギルはベッドににじり寄ろうとした。悲鳴をあげて花嫁《はなよめ》がベッドの上であとずさる。薄い衣越《ころもご》しに尻《しり》の肉が盛り上がって見えた。ギルの喉《のど》が鳴った。

どんどんどん、とそのとき、激しくドアが乱打《らんだ》された。舌打《したう》ちして振り返ったギルは、近衛士官が室内に入ってくるのを目撃《もくげき》して、きゅっと目を吊《つ》り上げた。

「花嫁の初夜に父親が乱入してくるとは穏《おだ》やかではないな。国によれば、王族の初夜に立会人《たちあいにん》が招かれる風習《ふうしゆう》もあると聞くが、貴様《きさま》はそうではあるまい。下がれ」

「で、殿下《でんか》、どうぞお考え直しを。これでは、メフィウス皇室《こうしつ》の名折《なお》れです！」

「何を言う。貴様などが、皇族《こうぞく》の正当な権利を侮蔑《ぶべつ》できる身分か。いまのは死罪《しざい》にも値する侮蔑であるぞ」

近衛士官ローン・ジェイスは、皇子の目を正面から見た。焦点が定まらず、口からは細かい泡《あわ》が洩《も》れている。黒睡蓮《くろすいれん》の症状《しょうじょう》だ、とひと目で彼は見抜《みぬ》いた。皇子は彼をにらみ据《す》えたまま、取り留めのないことを口走りつづけている。

「おれは……わたしは、メフィウス皇族……いや、グール・メフィウスその人の分身《ぶんしん》であるのだ。国そのものに歯向《はむ》かうというのならば、いいだろう、貴様とその一家は、洩れなく剣闘場《けんとうじょう》へ送り込んでやる。竜《りゅう》どもの牙《きば》にかかって、ひとり残らずその胃袋《いぶくろ》におさまるがいい。それが嫌なら去れ。なあに、すぐに済む。そのあとで婚礼《こんれい》を再開すればよかろう。おれも、あとで祝いの品のひとつでも届けさせてやる」

ギルの白い背中がこちらを向いた。

（あっ――）

その無防備《むぼうび》さに、一瞬《いっしゅん》、ローンは目眩《めまい》がするほどの激しい逡巡《しゅんじゅん》に襲《おそ》われた。

ライラはたったひとりの娘だ。近衛士官という激務《げきむ》にあった彼は、自分がいい父親でいられたかどうか自信がない。一〇年以上も前、ローンの誕生日のときもそうだった。家に帰り着いたのは深夜《しんや》近く。自分でさえその日が誕生日であることなど忘れ果てていたのだが、ライラはテーブルの上に突《つ》っ伏《ぷ》して眠っていた。妻がその両肩《かた》に毛布をかけながら、「頑張《がんば》って起きてたんだけどね」と笑った。娘が自分でつくったのだろう、手には白い花輪《はなわ》がしっかりと握りしめられていた。

その小さな手に自分の手をそっと重ねながら、この娘の幸せのためならどんなことでも引き換えにできる、と思った。たとえ自分の命であろうとも。

気がつけば、ローンはギルに跳びかかっていた。前のめりに倒れた皇子《おうじ》もろとも床の上を転がる。何をする、という叫びが脳髄《のうずい》で破滅《はめつ》の音とともに渦《うず》を巻いた。

が、ローンもまったくの考えなしであったわけではない。皇子はあきらかに覚醒《かくせい》作用のある薬を使っている。ここで意識を失わせれば、目が覚めた際には、ひょっとしたら何も覚えていないかもしれない。そうでなくとも、夢の中の出来事だったか、くらいには思わせられるのではないか。そのためには大勢《おおぜい》の人間の協力が必要となるだろうが、ローンはいかなる手段でも用いるつもりだった。

一方のギルは狂乱《きょうらん》状態にあった。父その人を超える、あるいはその名を徹底《てってい》的に汚《けが》し抜く、という段になって、猛獣《もうじゅう》のような気配《けはい》を背に感じ、そしてそのまま伸しかかられた。父が振るう力そのものであるかのようだった。

「おのれっ」

『父』と揉《も》み合った彼は、相手の腰にぶら下げてある拳銃《けんじゅう》に気がついた。必死でそれを掴《つか》もうとする。ローンも気づいた。無言での争奪戦《そうだつせん》の末、拳銃が互いの手から抜け落ちた。床が硬い音を立てる。ともに伸ばした手はどちらが早かったか。

ズドン！　と銃声《じゅうせい》が鳴り響《ひび》いた。

供《とも》の者からの知らせを受け、フェドムはおっとり刀で安酒場《やすさかば》の前に駆けつけていた。

（初夜権《しょやけん》だと！）

辺りを見ると、路地《ろじ》の目立たないところに、人影《ひとかげ》が、闇《やみ》の一部と同化したかのようにして溜《た》まっている。すべての目がぎらついているのを見て、さっとフェドムの肌《はだ》に寒気《さむけ》が走った。じくじくと湿った導火線《どうかせん》を彼は連想《れんそう》した。どうせ爆発などしない、と捨て置かれたそれは、しかし強烈な火種《ひだね》のひとつが偶発《ぐうはつ》的にでも投げ込まれれば、あっという間に爆発しかねない。

喉《のど》を鳴らしつつ、フェドムは酒場の前へと詰め寄った。近衛兵《このえへい》数名が扉《とびら》を固めている。彼らの顔にも当惑《とうわく》の色があった。上官から呼び出され、理由も説明されないままにこの酒場を警護《けいご》することとなったのだ。フェドムは評議会《ひょうぎかい》メンバーの肩書きを持ち出して彼らの間を抜けた。

ズドン！　という銃声が鼓膜《こまく》を震わせたのはそのときだ。

立ち止まったのも一瞬《いっしゅん》、フェドムは階段を駆け上がった。武芸《ぶげい》に優れた供の者を先頭にして、扉を開けさせる。彼らは一様《いちよう》に息を呑んだ。硝煙《しょうえん》の臭《にお》いが鼻をつく。安普請《やすぶしん》の床に、血溜《ちだ》まりが広がっていた。

（――）

この状況下にあって、奇跡《きせき》のように沈黙《ちんもく》が吹き渡った。

しばらくは何も考えることができずにいたフェドムだった。言葉もなく、目にした事実を脳が認めるのを拒《こば》むみたいに、ただぼんやりとそれを見つめる。しかし、現実がじわじわと脳細胞《のうさいぼう》を侵食《しんしょく》していくにつれ、フェドム・オーリンの胸中にとある考えが湧《わ》き起こった。自分でも馬鹿げた考えだった。あまりにも。

（……いいや）

フェドムは多量の唾《つば》を呑み込んだ。これは、天啓《てんけい》ではないのか。いまこそ古びた帝国《ていこく》の殻《から》を突き破り、新たに、血の通った、本当の意味でいまの乱世《らんせい》にふさわしい国づくりをせよ、との。それを他ならぬ『自分』にやれ、と、天は告げられたのではないか。

血生臭《ちなまぐさ》い、安酒場《やすさかば》の二階が、いま、フェドムの目にはぱあっと黄金色《こがねいろ》の光に包まれた気がした。自ら身震《みぶる》いするような興奮《こうふん》と恐怖を覚えつつ、そうとなれば急がねばならない、という焦りにも急《せ》き立てられた。

彼はまず、この部屋に誰も入ってこないよう部下に命じると、ベッドの上で震えながら抱き合っていた父とその娘に近寄った。

「——覚悟《かくご》はできております」近衛士官《このえしかん》は言った。「ですが、娘や、わたしの家族に罪はありません。すべてわたしひとりが負うべきこと。どうか、わたし以外の人間にはお慈悲《じひ》を。その願いさえかなえていただけるのでしたら、いますぐにでも、剣闘場《けんとうじょう》にて、竜《りゅう》に素手《すで》で立ち向かいましょう、この首をギロチンに捧《ささ》げましょう、竜に四肢《しし》をくりつけられて八《や》つ裂《ざ》きにでもなりましょう」

「ほう」

フェドムの頬《ほお》は震えていた。ちらりと見下ろした先では、こちらに裸《はだか》の背を向けた男が横たわっている。ぴくりとも動かない。もはや息はあるまいと思われた。

「案ずるな」フェドムはやはり震える声で言った。「まだ、息はある」

「は？」

「聞こえなかったか。まだ息はある。案ずるな、皇太子《こうたいし》殿下《でんか》はご健在《けんざい》であらせられる」

あまりの驚きに、ローン・ジェイスは無言になる。フェドムは早口でまくし立てた。

「よいか、家族を守りたいのなら、これからわたしの言うことを一言一句《いちごんいっく》洩《も》らさずよく聞くがいい。もし他の誰かの口からこのことが少しでもわたしの耳に入れば、まずは貴様《きさま》とその家族、血縁《けつえん》にある者すべてを竜の胃袋《いぶくろ》に入れてやる。わかるか、つまり、いまはまだそうではない、と言っておるのだ。わかるな？」

近衛士官ローン・ジェイスは、ふと視線を上げた。返り血に染まった胸に娘が泣きすがっている。その頭越《あたまご》しに、フェドムの顔があった。焦点の定まらぬその双眸《そうぼう》は、あたかも先ほどのギル皇子《おうじ》その人のもののようだった。

三章　新たなる仮面《かめん》

1

ここ数日、さすがにタルカスは常《つね》以上に忙しく、あちこちを飛び回っていた。そして忙しければ忙しいほどに活《い》き活きとする男でもある。足に翼《つばさ》が生《は》えているかのようなフットワークの軽さは、彼が得意の絶頂《ぜっちょう》にあることも示していた。

やれタルカス剣闘会《けんとうかい》専用の競技場を建設するのだとか、新種の竜《りゅう》をダース単位で購入《こうにゅう》する予定があるのだとか、タルカスが剣奴《けんど》たちに語った未来設計《せっけい》はスケールが大きい。普段、うまの合わないオルバにさえ、

「皇族《こうぞく》の方々の前で実力をアピールできたら、褒美《ほうび》も思うがままだぞ、オルバ。相手も飛びっきりの奴《やつ》を用意する。いい戦いにしてくれ。なあに、気負わなくても、普段のおまえどおりにやってくれさえすればいいんだ」

満面の笑《え》みで肩を叩《たた》いてきたのだが、正直、薄気味《うすきみ》悪かった。それを聞くとゴーウェンも苦《にが》笑《わら》いを浮かべたが、すぐに真顔《まがお》になって、

「タルカス剣闘会がこの業界でも大手《おおて》であるのは間違いないにしてもだ。それでもタルカスが皇族や他のお偉方《えらがた》とコネを持っているなど、聞いたこともない。唯一《ゆいいつ》、ビラク領主《りょうしゅ》のフェドムとかいう貴族《きぞく》が剣闘ギルドの長官をつとめていて、タルカスも会合で何度も顔を合わせたことがあるらしいが、それにしても、いままで一度だって、そのフェドムから直接仕事《しごと》をもらったことなどないはずだ。そう考えるとでかすぎる仕事だよ、これは。他のところにも協力を依頼したほうがいいとおれは何度も言ったんだが、タルカスに突っぱねられている」

「心配性ですね、ご老体《ろうたい》」シークが肩をすくめる。「いいじゃない。不興《ふきょう》を買ったところで、飛ぶのは我々の首じゃあるまいし。剣闘士はまた別の闘う場所を探すだけだろうしさ」

オルバもそれに関しては同感だった。場所はどこだろうと大差ない。剣闘士にできることは命を担保《たんぽ》にいくばかりかの金を得ることだけだ。そして自由への道のりが一歩でも近づくのなら、どこだろうと赴《おもむ》いて戦う。それだけのことだった。

それからさらに数日経《た》って、いよいよ聖臨《せいりん》の谷へ出発するための準備がはじまった。武器や甲冑《かっちゅう》を荷車に積み込み、竜たちを檻《おり》から出すという骨の折れる作業を行う。

だだっ広い竜舎《りゅうしゃ》の中、ホウ・ランが竜たちを誘導《ゆうどう》していくのをオルバは何とはなしに見守っていた。ここでも何人かの調教師《し》を見てきたが、ホウ・ランほど竜を意のままにできる人間は知らない。「おれならソゾス三頭を使って曲芸《きょくげい》をさせられる」と吹いていたとある熟練調教《じゅくれんちょうきょう》師《し》などは、毎日決まった時間に餌《えさ》を与え、鼻面《はなづら》を撫《な》でてやる、ただそれだけの日課を行っている最中《さいちゅう》、気まぐれを起《き》こしたゾゾスにあっさり喰い殺されてしまった。

竜《りゅう》とは本来そうしたものだ。人間の示す愛情も、躾《しつけ》も、ある程度までは効果をあげるように見えて、しかし確実なものなど何ひとつない。長期間飼《か》い慣らされていたはずの竜が、自分の棲《す》みかに、落とし穴や壁が崩落《ほうらく》するような手の込んだ罠《わな》を仕掛けて複数の人間を陥《おとしい》れたという例すらあるほどで、その知能のほどとて実際は定かではなかった。

そんな竜たちなのだが、オルバの知る限り、ランの命令が効果をあげなかったところなど見たこともない。それも鞭《むち》を使ったり、餌で誘導《ゆうどう》したりするのではなく、ランの吹く低い口笛《くちぶえ》が鳴っただけで、彼らは訓練《くんれん》された兵士のように整然と並び、ランの手招きひとつでのしのしと巨体《きょたい》を運びにかかるのだ。

が、そんな中にも個体差《さ》はあるらしく、

「オルバ。見ていないで手伝え」

やや膨《ふく》れたように言うランは、一頭の中型竜バイアンに手をこまねいていた。檻《おり》の隅《すみ》に腰を落としたままいっこうに動こうとしないのだ。それでもランの命令を無視しているのは何やら気にとがめるところでもあるのか、隅っこに顔を向けたまま、こちらを意地《いじ》でも向こうとしない様子《ようす》だった。

「何をすればいい？　鎖《くさり》で首をつなぐか」

バイアンに麻酔銃《ますいじゅう》の効き目はほとんどない。しかし鎖で引こうにも人手《ひとで》が要《い》った。中型竜のバイアンはソゾスなどと比べるとはるかに小柄《こがら》だが、それでも肩までの高さは大人《おとな》の頭とほぼ同じ位置にある。体長は三メートルほど。ごつごつとした体皮《たいひ》はそれそのものが甲冑《かっちゅう》のような手触《てざわ》りだ。凶暴《きょうぼう》なトカゲそのものといった風貌《ふうぼう》をしていて、小さな角《つの》がトサカのように並んで生《は》えていた。

「オルバが乗ればいい」

「どういうことだよ」

オルバは呆気《あっけ》に取られた。バイアンに乗っての剣闘《けんとう》競技がないわけではないが、人を背に乗せることなど慣れていないバイアンに苦心しながら、つまりいつ竜に振り落とされて踏み潰《つぶ》されるかわからない状況で、それでも敵と殺し合いをせねばならない、というスリルあるシチュエーションを観客に楽しませるためのもので、魔術《まじゅつ》や薬の力がない限り、バイアンを重戦車《じゅうせんしゃ》のように扱うことなどはあり得ない。

「竜は獣《けもの》とは違う。退化《たいか》したといっても、竜には竜の知性がある。それを人間は理解できないだけ。オルバなら大丈夫《だいじょうぶ》。きっと心を開いてくれる」

少女は唇《くちびる》をほころばせたまま、歌うように言った。しかしその内容はオルバに「死ね」と命じているようなものなので、さしもの剣闘士も理解に苦しむ。が、先ほど述べたとおり、彼女ほど竜の扱いに長《た》けた者など見たことがないのも事実だ。それに彼女特有《とくゆう》の無防《む》備な笑《え》みを見ているとなぜかどんな素《す》っ頓狂《とんきょう》なことでも信じられる気がするから不思議《ふしぎ》だった。

オルバはそろそろとバイアンに近づいた。竜《りゅう》は後ろ足で土を蹴《け》る仕草《しぐさ》をしたが、唸《うな》り声ひとつ立てるでもなく、気ぜわしげにふた股《また》に割れた舌を出し入れしつつ、ガラス玉のような目でオルバを見下ろしていた。すぐに肝《きも》が据《す》わった。傍《かたわ》らに移動すると、その足を伝って背中へと飛び乗る。一瞬《いっしゅん》、竜の背中が跳ねた。振り落とされまいとオルバはその太い首筋《くびすじ》に両腕を回す。竜の存外《ぞんがい》に熱い血潮《ちしお》が、触れた箇所から伝わってくるかのようだった。それで竜の心境《しんきょう》にどのような変化があったものか、当然オルバにはわからない。が、バイアンはそのままのしのしと足を運んで、少女が誘導《ゆうどう》する先へと歩いていった。

「この子はまだ産まれて半年」誘導しながらホゥ・ランは言った。

「半年もすれば、身体《からだ》は大人《おとな》に引けを取らなくなる。けど、心の中はまだまだ子供。それなのに、調教師《ちょうきょうし》の中には、その見分けもつかない奴《やつ》がいる」

滑車《かっしゃ》つきの新たな檻《おり》の中にバイアンを四頭《よんとう》入れた。その檻を引くのはソゾス二頭と、ホーバン一頭。ソゾスのほうが血の気が多いと思われがちだが、実際はバイアンこそが竜の中ではもっとも気まぐれな種で、いかにホゥ・ランといえど、数多いバイアンを完全には制御《せいぎょ》しきれないため、彼らは檻の中で行程《こうてい》を過ごすこととなる。

そうして皆が蒼惶《そうこう》と準備に追われ、出発まで一時間を切った頃になって、突然、練兵場《れんぺいじょう》に小型竜が駆け込んできた。

テンゴが三頭、数珠繋《じゅずつな》ぎになっている。バイアンよりさらにひと回り小さな竜で、小回りが利くために戦場では馬の代わりに用いられることが多い。鳥に似た大きな頭をしており、長い首を地面近くに伏せながら、二本の細い足で跳ねるように駆ける。

急停《きゅう》止したその竜から、ほとんど跳ね飛ばされる勢いで先頭の騎竜者《きりゅう》が転げ落ちた。

「く、くそ、これだから竜は——」

口に入ったらしい砂を吐き捨てるその男は、紫《むらさき》色のローブで肥《こ》え太った身体を覆《おお》っている。見たところ、荒稼《あらかせ》ぎしている豪商人《ごうしょうにん》といった体《てい》だ。後ろの二頭には、それぞれふたりずつが騎竜しており、彼らが降り立って主人らしきその男に手を差し伸べるより早く、ホウ・ランが彼の足もとへと駆け寄っていた。

先頭のテンゴが足を折ってうずくまっていた。酷使《こくし》されたのだろう、大きく開いた口から白い吐瀉物《としゃぶつ》が洩《も》れる。ランがその首筋《くびすじ》を撫《な》でさすろうとしたとき、

「奴隷風情《どれいふぜい》が、閣下《かっか》に近づくでない」

ぴしりと鞭《むち》の一撃《いちげき》が飛んできた。とっさに跳び退《の》こうとしたランだったが、足首をかすめて倒れ込む。しかしランも逃げず、真《ま》っ向《こう》から、その武装《ぶそう》した兵士をにらみつけた。まだ若い兵士は、ランの髪《かみ》や肌《はだ》に気づいてか、さらに怒りの形相《ぎょうそう》となった。

「竜神崇拝《りゅうじんすうはい》の部族か。蛮人《ばんじん》めが、生意気《なまいき》な——」

定まった土地を持たない辺境《へんきょう》の遊牧民《ゆうぼくみん》たちを、非《ひ》文明人と見下《みくだ》す風潮《ふうちょう》はどの土地でも強い。

そういう意味では、オルバのときもそうだったが、タルカスはとことん実利主義者《じつり》だ。

兵士はもう一度鞭《むち》を振りかぶろうとした。

直後、低い呻《うめ》き声をあげて硬直《こうちょく》した。横合《よこあ》いから伸びたオルバの手が、彼の手首を摑《つか》んでひねり上げたのだ。背筋《せすじ》を反らせて身悶《みもだ》えるのを前に蹴倒《けたお》し、

「どこの『閣下《かっか》』か存じ上げねえが、ここにはここの流儀《りゅうぎ》がある。奴隷風情《どれいふぜい》に構われるのが嫌だというなら、わざわざ奴隷の巣窟《そうくつ》に足を踏み入れることもないだろう。お引き取り願おうか」

兵士から奪い取ったばかりの鞭で、地面を一撃《いちげき》する。

「こ、この、身のほど知らずめ」

兵士が腰の剣を抜刀《ばっとう》しざま立ち上がろうとしたとき、

「待て。オルバ、待つんだ！」

と、背後からタルカスが駆け寄ってきた。ローブの男に負けず劣らずでっぷりした身体《からだ》に鞭打って全力疾走《しっそう》してくる。

「こ、この、大馬鹿者《おお》めが。本来、おまえなどが口を利ける方ではない。さっさと準備に戻れ！

――おお、フェドムさま、何かご無礼《ぶれい》がありましたなら、平《ひら》にご容赦《ようしゃ》を。わざわざ、こんなむさくるしい場所に直接足《あし》を運んでいただけるなど、思いも……」

「ああ、よい。おぬしのほうこそ下がれ、タルカス」

ローブの男は、揉《も》み手で近寄《ちかよ》ってきた剣奴《けんど》商人につれなく手を振ると、

「わたしは、そちらの男のほうに用があるのだ。オルバ？——そう、オルバといったな、貴様《きさま》」

ランの肩を支えつつ立ち去りかけていたオルバの仮面《かめん》に、指を突きつけた。

呆気《あっけ》に取られたのはタルカスも無論《むろん》だが、オルバ自身もだった。そもそも、外界《がいかい》の人間が剣《けん》奴隷を名前で呼ぶこと自体、極めて稀《まれ》なことだ。

足を止めたオルバに、フェドムという、どこかで聞き覚えのある名前の男は、一種異様《いよう》な、いままでオルバが見てきたどんな人間の表情にも似ないやり方で顔を歪《ゆが》めた。それが、奴隷に対しての嘲《あざけ》りを押し殺した、まるでこちらの機嫌《きげん》を窺《うかが》うような笑《え》みだと気づいたのは、ずいぶんあとになってからだ。

このとき、そんな奇妙《きみよう》な表情を忘れさせるくらい、彼はオルバにとって予想外の言葉を口にしたからである。

「わたしのことを覚えているか？　いや、覚えているはずはなかろうな。あのときのおまえは意識をほとんど失っていた。メフィウス帝朝評議会員《ていちょうひょうぎかい》にして、ビラク領主《りょうしゅ》。剣闘《けんとう》ギルドの長《おさ》もつとめるわたしこそ、おまえにその仮面をつけさせた男だ」

タルカスの事務室に当の主人抜《ぬ》きで入るのは、これがはじめてのことだった。だが無論そんなことは気にもかからない。オルバが喰い入るように見つめるのは、何より、目の前にいる男——フェドムと名乗った、メフィウス貴族《きぞく》の重鎮《じゅうちん》だ。

「何だ、その目は。剣でも持っていたら、すぐさま抜刀《ばっとう》してわたしの首を斬《き》り落とさんばかりだな」

素手《すで》でくびり殺すこともできなくもない、とオルバは考えていたが、さすがに口に出すような真似《まね》はしなかった。フェドムの他には小姓《こしょう》らしい少年と、青白い顔をした書生風《しょせいふう》の青年、そして武装《ぶそう》した兵士がひとりきりで、いかにも不用心だ。

「わたしを恨《うら》んでいるのだろうが、それはお門違《かどちが》いというものだ。おまえが投獄《とうごく》されたのは何もわたしの差し金などではない、おまえ自身の罪によるものだろうが」

「では」

相手が名乗って以降、はじめてオルバは口を開いた。

「なぜ仮面《かめん》などつけやがった？　貴族《きぞく》の戯《たわむ》れという奴《やつ》か。奴隷《どれい》相手なら、どのような目に遭《あ》わせてもいまさら構いはしない、と？」

「口の利き方に気をつけんか、貴様《きさま》」

兵士が怒鳴《どな》りかかるのをフェドムは「構わぬ」と言い置き、

「明日の命をも知れぬ奴隷にそんな戯れをするほどわたしも暇《ひま》ではない。しかし……明日をも知れぬといえば、そう、よくぞ今日この日まで生き残ったものだ。あのときはただの子供にしか見えなかった。それが、二年もの間、剣闘士《けんとうし》として生き抜くとは……何という幸運だろう。いや、幸運などではなくて、これも、おまえらがよく口にする、宇宙創世《そうせい》の瞬間《しゅんかん》より、生まれ

落ちるすべての人間に定められていたという、運命の黄金率《おうごんりつ》とやらか？」

と、背後にいた青年に振り返る。青年はうっすら笑《え》みを浮かべてかすかに顎《あご》を引いたきりだ。メフィウス貴族《きぞく》に対して、ある意味でオルバの態度よりも不遜《ふそん》であったが、フェドムは気にした素振《そぶ》りも見せず、

「それに、あのときは子供同然《どうぜん》だったが、二年で体格もずいぶん大人《おとな》になった。仮面《かめん》をつけていなければ同じ人間だとは思われぬほどだが……ふむ、タイミングも悪くなかった。あと半年もしていれば、ますます身体《からだ》が成長してしまい、かえってまずくなるところであったな」

無論《むろん》、相手が何を言っているのかまるで理解できないオルバだ。フェドムは何やら旧友《きゅうゆう》に再会したかのような懐《なつ》かしがりようだが、オルバにしてみれば、この仮面は二年もの間、常に顔と外界《がいかい》とを鉄で遮《さえぎ》ってきた代物《しろもの》であり、そして一時期は火のような熱さを発して顔を焼きつづけてきた、いわば呪《のろ》いの品なのである。

のた打ち回り、血も滲《にじ》まんばかりに爪《つめ》で地面を引っかいて、鎖《くさり》でつながれた足を骨をも砕けよとばかりに振り回し、そしてそのたび、オルバはこの仮面をつけねばならなかった運命を、その運命に自分を落とし込んだ、あらゆるものを呪った。

そう、この仮面はオルバの二年間そのものであり、また、彼が苦難《くなん》にあっても決して死を受け入れず、母や兄、そしてアリスを奪ったなにがしかの手から、必ず取り返してみせる、という意志《いし》そのものの象 徴《しょうちょう》でもあった。

それを、突然、見知らぬ貴族が目の前にあらわれて、「これはわたしがつけたものだ」と言う。フェドムの言うとおりだった。もし手近《てぢか》に剣が、いや剣といわず、短刀《たんとう》だろうが、手にずっしりと重い壺《つぼ》だろうが、とにかく殺傷《さっしょう》能力のある何かが近くにあれば、フェドムがそう明かした刹那《せつな》、跳びかかって相手の頭を粉砕《ふんさい》していただろう。いまからでももちろん決して遅くはない。

が、フェドムはそんなオルバの心中《しんちゅう》を知ってか知らずか、またも機先《きせん》を制した。

「よかろう、オルバ。その仮面を、いまこの場で外してやろうではないか」

「何？」

「それだけではない、おまえをいまから奴隷《どれい》の身分《みぶん》から解放してやる。もう剣を取って殺し合う必要はない。といって、自由の身にしてやる、というわけではないがな。簡単なことだ。交換《こうかん》条件だよ。いまからほんの少しの間だけ、おまえの身柄《みがら》をタルカスからわたしに預けてくれ。ただそれだけのことだ」

「待て」

「そしてその間、わたしの言うことに逆らわず、言われたままにするのだ。恐れる必要はない。奴隷同士《どうし》で殺し合いをするよりははるかに簡単なことだ。ただ人形のように従っておればそれでいい。しかるに――」

「待て！」

オルバの口から思わず叫びが洩《も》れていた。口ごもったフェドムの前で、彼は苛立《いらだ》たしげに頭《かぶり》を振りながら、

「仮面《かめん》をつけた張本人《ちょうほんにん》であるあんたが、いまになっておれのこの仮面を外してやろう、だと？　そして剣奴《けんど》からも解放してやるから、言われるがままに従えだと？　いったい何の冗談《じょうだん》だ。いまここで仮面を外す理由とやらは何だ。そもそもつけさせねばならなかった原因は。貴様《きさま》らは、そうして取るに足らないと決めつけた人間の運命を、いとも簡単に操《あやつ》って、いったい、どれほどの楽しみが得られるというんだ」

言葉そのものは淡々《たんたん》としながらも、そこに込められた二年間の痛苦《つうく》をいくばかりかは感じ取ってか、フェドムがぎょっとしたようにあとずさり、代わって兵士が主人を守るように進み出てきた。仮面の奥から眼光を白々と輝かせながら、オルバは兵士の肩越《かたご》しにフェドムの姿を見《み》据《す》えている。

「仮面を外し、奴隷《どれい》から解放し、そしておれを買い取って、それで何をさせるつもりだ。あんた子飼《こが》いの暗殺者《あんさつしゃ》にでもなれというのか」

「ま、待て。待てというのに」

今度はフェドムが制する番だった。兵士の背に隠《かく》れつつ、額《ひたい》の汗を拭《ぬぐ》い、

「わからぬか。しかしこちらもそれほど時間があり余っている身ではないのだ。従えぬというのなら、いっそのこと殺してやるとでも言えば納得《なっとく》するか？」

「まだそちらのほうが話は早い。おれの為《な》すべきこともな」

兵士の喉仏《のどぼとけ》が上下した。眼前《がんぜん》にいるのはただ丸腰《まるごし》の相手だというのに、さながら、肉食獣《にくしょくじゅう》が黄金色《おうごんいろ》の瞳《ひとみ》をぎらぎらさせているのを目前にしているかのようだ。

貴族《きぞく》と奴隷。本来、同じ目線《めせん》で立つことすら許されない両者の間に、立場を逆転させた威圧《いあつ》感がじわじわと室内を占《し》めつつあったとき、

「まあお待ちください」

口を挟んだのは、書生風《しょせいふう》の青年だ。一歩前へ踏み出し、オルバとフェドムの間に立った。

「これは複雑極《きわ》まりない話。確かに一から順を追って説明するには時間が惜《お》しい。彼にまず納《なっ》得《とく》してもらうためにも、どうでしょう。仮面を外してみせることからはじめられては？」

「一度外せば二度とはつけられない、と言ったのはおまえだぞ」フェドムが不満げに言った。

「その上でこ奴《やつ》が従わぬと言うのなら、それこそ殺すしか他に道はなくなる」

「やりようはいくらでもあります。信じていただきたい」

ふたりのおかしなやり取りを耳にしながら、オルバは、この、青年のように見えていた男が、実際は相当歳《とし》を負っていることに気がついた。声はややしわがれ、髪《かみ》にも白いものが混じっている。

「わかった、ヘルマン。やってみせよ」

フェドムの許可を得て、ヘルマンと呼ばれたその男がオルバのほうへと近づいた。反射的に

あとずさったオルバだが、その仮面《かめん》に相手の指がぴたりと吸いついたのを感じて、愕然《がくぜん》となる。

オルバは、自分の剣や槍《やり》の届く距離を見定《みさだ》め、そして敵の攻撃が届く範囲《はんい》を一瞬《いっしゅん》で見極《みきわ》めることができた。それがオルバをこの二年間生きながらえさせてきた才でもある。

それなのに、ヘルマンは音もなく、ごくあっさりとこちらの懐《ふところ》へと忍《しの》び込んできたのだ。

「恐れるな」

笑いかけるようにヘルマンは言った。指を仮面にあてがったまま、なおも顔を寄せてくる。

「その仮面はいかなる怪力《かいりき》でも外れない。また、外すための鍵《かぎ》が存在するわけでもない。この二年で、きみ自身が一番よくわかっているだろうがね」

オルバは、そう言うヘルマンのほうこそ仮面をつけているのではないかと疑った。ぴったりとした人皮《ひとかわ》を顔に貼《は》りつけて、本来の顔を隠《かく》しているのではないか。だから妙《みょう》に皮膚《ひふ》が突っ張って、光の当たり具合からすると若者のようにも見えたのではないか。

何より、こちらを覗《のぞ》き込むようなふたつの目。表情など無きに等しいのに、目だけが刃《やいば》にも似た輝きを放っている。あらゆる強敵《きょうてき》と対峙《たいじ》してきたオルバだったが、そのどれにも似ない、しかしどれよりもはるかに凌駕《りょうが》した戦慄《せんりつ》に射すくめられた。

「おれに触れるな」オルバはおののきながらも、自分でそう認めたくない一心《いっしん》で歯を剥《む》いた。

「大体、鍵がないってんなら、どうやってこの仮面を外す」

「鍵は、このわたしの思念《しねん》にこそある。恐れるなと言ったろう。さあ、二年ぶりに解き放ってやろう」

何かオルバが言い返すより早く、ざわりと蠢《うごめ》く気配《けはい》があった。他ならぬ、オルバ自身の内側で。

凄《すさ》まじい音が鳴った。世界そのものに亀裂《きれつ》が入ったかのようなその音を道づれにして、オルバの仮面が縦にずれた。ともにいつづけた二年の時を惜《お》しむみたいに未練《みれん》がましくゆっくりと左右に開いていったかと思うと、あとは一瞬で下へと落ちた。カランと床を叩《たた》く音は奇妙《きみよう》に甘美《かんび》。立ちすくむオルバの頬《ほお》を、そのとき風がひらりと撫《な》でた。

不意にまぶしいものを感じて、彼はとっさに目を手で庇《かば》った。ヘルマンが何か魔術《まじゆつ》的な攻撃を仕掛けてきたのかと思えるほどだったが、しかしその実、答えは出ていた。ある意味で、間近《まぢか》で命を狙《ねら》われるよりも衝撃《しようげき》的で、身をおののかせるほどの事実。

オルバは――剣を取っては、もはや何も恐れるもののない、自他共《じたとも》に認める一流の剣士《けんし》である彼は、子供のようにびくびくと怯《おび》えながら、自分でもじれったく思えるほど緩慢《かんまん》に目を開けていった。

そこに、立ち尽くすフェドムの姿があった。いや、彼だけではない。そこに居合《いあ》わせた兵士も、小姓《こしよう》の少年も、ぽかんと口を開けている。身じろぎひとつしない。

すると、突然《とつぜん》兵士の若者が動いた。はっと我に返ったと見るや、彼はいきなりその場にひざまずいたのだ。

「こ、皇太子殿下《こうたいしでんか》？」年若《としわか》の彼は震える声で言った。「これは、ご、ご無礼《ぶれい》つかまつりました。まさか殿下であるとはつゆ知らず……どうぞ、ひ、平《ひら》にご容赦《ようしゃ》を！」

「まさに」と言ったのは、フェドムだった。彼の肥《こ》え太った身体《からだ》もぶるぶると震えていたのである。「まさに、だ！　しかし……しかし、ヘルマン。以前のこ奴《やつ》はこれほど、これほどまでに瓜《うり》ふたつではなかったはずだ。二年という時間を考慮《こうりょ》しても、まさか、鏡《かがみ》で映し合わせたようにこうまで……」

「それが、魔道《まどう》というものですよ」ヘルマンはくぐもった声で笑った。「言ったはずでしょう？　幸運さえ味方すれば、この男、旦那《だんな》さまのお役に必ず立つでしょう、と」

しばし、その場にいるすべての口から音が途絶《とだ》えた。

オルバ自身も、声を、そして明確な意識を失っていた。恐る恐る触れた頬《ほお》は生身《なまみ》のものだ。鉄の感触《かんしょく》はない。あの、硬く、冷たい仮面《かめん》はすでになく、そこには、あたたかく、柔らかい皮《ひ》膚《ふ》そのものがあった。夢でも見ているのか、と半《なか》ば呆然《ぼうぜん》とオルバは考えていた。

「鏡を見るか？」

ただひとり冷静でいるヘルマンが、勝手《かって》にタルカスの机を手探りすると、手鏡《てかがみ》を取り出してオルバに投げてよこす。手にしたそれを、オルバは息を呑む思いで眺《なが》めた。

青白い顔をして、目をひん剝《む》いた男がこちらを見つめ返していた。この二年、鏡を見るたびに眼前《がんぜん》にあらわれた、あの虎《とら》を模《も》した鉄の仮面はどこにもない。これでもう間違いはないのだという思いがこみ上げるより早く、オルバはとある違和《いわ》感になおもその喜びを阻害《そがい》されていた。

確かに自分の顔だ。それなのに、何かが異なる。目も鼻も口も、確かに面影《おもかげ》を残しつつも、しかし微妙《びみょう》に角度や形を変えている気がするのである。

二年も経《た》ち、自分の顔すら忘れてしまったためだろうか？　いや——しかし、それぱかりが原因とも思えない。やはり以前に比べて妙《みょう》に目が突っ張っている気がするし、唇《くちびる》はやや薄くなり、鼻は逆にわずかばかり盛り上がったように見える。

「さて」

それまで流れていた沈黙《ちんもく》を、フェドムは不自然なまでの唐突《とうとつ》さで打ち破った。

「こうとなれば、もはやおまえの意思《いし》など問題ではない。おまえは二年前、そのように定められたのだろう。神か、魔物《まもの》か、太古《たいこ》の竜神《りゅうじん》か、あるいは名前も存在も知らぬ、何らかの力によって。でなければ、これほど似通《にかよ》うはずもない」

何のことだ、とオルバが訊《き》く間も惜《お》しんでか、フェドムは即座《そくざ》に言い放った。

「おまえは、もはやオルバなどではない。もちろん剣奴《けんど》隷《れい》などであるものか。仮面を外されたその瞬間《しゅんかん》より、おまえはまったく違う人間に生まれ変わった。それも、ただの、どこにでもいるような平凡《へいぼん》な人間ではない。いいか、おまえは今日この瞬間から、畏《おそ》れ多くも、メフィウス帝朝皇位《ていちょうこうい》継承者《けいしょうしゃ》、ギル・メフィウスその人となったのだ！」

2

フェドムは、タルカスの剣奴《けんど》養成場《ようせいじょう》からすぐさまオルバを連れ出した。あまりにあっさりとしていたので、それが剣奴隷《どれい》からの解放を意味するのだとはしばらく気づかなかったほどだ。タルカスとはいつの間にか話がついていたらしい。

こんなにも突然に剣奴としての地獄《じごく》が終わるとはもちろん思いもしなかったオルバだから、実感も何もあったものではなかった。そしてそれ以上に、自分がいったい誰の手の上にあり、誰の意思でこれからの運命を転がされようとしているのか——少年時代からいまのいままで、そうさせられてきたように——まったくわからなかったのだ。

フェドムはメフィウス領土内《りょうどない》のあちこちに邸宅《ていたく》を持っていた。そのうちのひとつに連れ込まれたオルバだが、なぜかその間、マントで顔を隠《かく》すよう言い含められていた。

絨毯《じゅうたん》を敷《し》き詰めた一室にオルバを案内したフェドムは、ドアに鍵《かぎ》をかけ、それでようやくマントを取ってもいいと告げた。室内にいるのは養成場にも来ていた兵士と小姓《こしょう》だけである。あのヘルマンという魔道士《まどうし》は姿を消していた。

マントを取ると、またもその場にいる全員がしげしげと顔を覗《のぞ》き込んできた。

「何度見ても——これは。いっそわたしのほうが担《かつ》がれているのではないかという気がする。お

まえこそが本当はメフィウス皇子《おうじ》ギルその人であり、わたしを試しているのではないか、とな

「わからないことばかり言いやがって。メフィウス皇子だと？　いったい何の話だ。剣闘士《けんとうし》のおれにもわかるように話してくれ！」

オルバはいい加減苛立《かげんいらだ》っていた。いまさら不遜《ふそん》な口振《くちぶ》りにも腹を立てず、「もっともだ」と頷《うなず》いたフェドムは、順を追って説明をはじめた。話は二年前にさかのぼる。オルバが投獄《とうごく》された日からだ。

フェドムはビラクの領主《りようしゆ》である。本来、オルバのような小悪党《こあくとう》が捕まったからといって、その報告が耳に入ることもないが、そのときはなぜだか都市警備隊《けいびたい》からの急報《きゆうほう》を受けた。独房《どくぼう》にて横たわるオルバの姿をひと目見た彼は、あっと思わず驚きの声をあげたという。

「おまえが、メフィウスの皇太子殿下《こうたいしでんか》によく似ていたのだ」

フェドムはしばし考えた。ただでさえ奇行癖《きこうへき》の囁《ささや》かれる皇子だった。剣闘士として闘技場《とうぎじよう》にあらわれるなどとはさすがに誰も信じないだろうが、出自《しゆつじ》をいちいち疑われては皇族《こうぞく》の威信《いしん》に触れるし、何よりのちのち何か問題になったときに、これまたフェドムの責任が問われる。

そこで、彼はオルバの顔を隠すことに決めた。そのための仮面《かめん》であったという。

無論《むろん》、それだけではあるまい、とオルバは考えた。自分が皇太子に似ているなどとは驚きだが、それで魔道士の助けを借りるとなるといささか大仰《おおぎよう》だ。顔面を炎《ほのお》で焼き尽くすようだった、あの痛み。仮面を外したとき、自身でさえ違和《いわ》感を覚えたおのれの顔。それらすべて、最初か

ら計算されていたことではなかったか。腹腔《ふくこう》にふたたび怒りを煮えたぎらせながらも、オルバは平静《へいせい》をよそおった。

「仮面《かめん》をつけた理由はわかった。では、それを外した理由とは何だ？」

「先ほど言ったとおりさ」

「皇子《おうじ》になれ？　影武者《かげむしゃ》をやれという意味かよ」

「ほう。おまえはおまえで考えていたようだな。そのとおりだ。皇子によく似ているという、ただそれだけの理由でおまえは国家に尽くすことができるのだ。誉《ほま》れに思うがいい。それも、奴隷《どれい》からの解放——自由と引き換えにしてだ。これ以上の話はあるまい」

「メフィウスはガーベラと和平《わへい》を結んだはずだろう。また違う戦争が起こるってのか？」

「影武者とは、戦場でのみ役立つ存在ではないさ。和平を知っているなら、皇子の婚礼《こんれい》も知っているだろう」

「おれはそのために剣奴《けんど》として呼ばれているんだ」

「では、別の用向《ようむ》きでおまえは聖臨《せいりん》の谷に赴《おもむ》くこととなる」

フェドムが言うには、この婚礼を快く思わない連中《れんちゅう》は国《くに》内外に山ほどいるらしい。ひょっとして何か騒ぎを起こして婚礼を邪魔《じゃま》立《だ》てしようとする者もあるかもしれないし、中には、皇子やガーベラ王女の暗殺《あんさつ》を目論《もくろ》む者とてあらわれるかもしれない。

「皇子の身に危険が及ぶ可能性は高いだろう。無論《むろん》、我々とて万全《ばんぜん》の警護《けいご》は行うつもりだ。し

かし、何せお互い同盟関係《どうめい》をいち早く築きたいというので、急遽決《きゅうきょ》まった婚礼だ。万《まん》が一《いち》とい
うこともあるのでな、保険としておまえを使うことにしたのだ」
少しの時間をオルバは思考《しこう》に費やした。急な話、という意味ではいま自分の置かれている立
場とてそうだ。婚礼は三日後。つい先ほどまで剣闘士《けんとうし》だった男に、その三日後は皇子として振
る舞えという。
（下らねえ話だ）
そう一蹴《いっしゅう》したいところだし、裏のない話とも思えないが、ここまであからさまに国家の機密《きみつ》
になり得る事情を伝えられている以上、すでにこれはオルバ自身の命にかかわることである。
断れば、死。先ほどオルバ自身が揶揄《やゆ》した脅《おど》し文句だが、相手とて否定はしていない。二年ぶ
りに外気にさらした顔の皮膚《ひふ》にはうっすら汗が浮いていた。いままでの剣闘勝負とは違う。戦
って、そして抗《あらが》って勝てる相手ではない。い、い、い、い、いまのままでは。
（メフィウスの皇子か――）
ちらりとある考えが胸に浮かんだ。ぶ厚い胸板《むないた》の向こうで心臓《しんぞう》が激しく高鳴っている。
オルバは小さく息を吸い、表面上はなおも冷静でいるふうに取り繕《つくろ》いながら訊《き》いた。
「影武者を引き受けるとして――いつまで皇子として振る舞えばいいんだ？　その、婚礼が終
わるまでの間か？」
「なかなかどうして、話が早いな」フェドムは満足げに笑った。「もちろんおまえを王女との

初夜《しょや》の床にまで忍《しの》び入れるわけにはいかん。我々がいいと判断するまでの間だ。そう長いことではない」

「もうひとつ訊《き》かせてくれ」

「何だ。言ってみろ」

「用済《ようず》みになったおれを殺さない保証はどこにある？」

「何？」

「王族《おうぞく》同士の婚礼《こんれい》に影武者《かげむしゃ》を用いたとわかれば、ガーベラは誇《ほこ》りを傷つけられたということになり、ふたたび戦火《せんか》が開かれかねない。少しでも影武者のことを知る者はのちのち邪魔《じゃま》になる。死人に口なしというだろう？」

　オルバは室内にいる兵士と小姓《こしょう》とに目線《めせん》をくれた。まだ少年じみた小姓が青ざめ、兵士も少なからず動揺《どうよう》の気配《けはい》を見せる。フェドムは上機嫌《じょうきげん》から一転《いってん》して舌打《したう》ちした。

「奴隷風情《どれいふぜい》が、いっちょう前に駆け引きをやっているつもりか。余計《よけい》なことを案ずるな。……そうだな、そうは言っても納得《なっとく》はすまい。もちろん、皇子《おうじ》と同じ顔のおまえをそのまま放逐《ほうちく》するわけにもいかぬ。しかし、さっき言ったこととも矛盾《むじゅん》しないと思うから言うが、影武者が役立つのは婚礼のときばかりでもなかろう？　普段は、何か理由をつけて顔を隠《かく》さねばならない不自由さはあろうが、わたし子飼《こが》いの人間として、それなりの生活は送らせるつもりだ」

　オルバはまたしばし黙り込んだ。当のフェドムさえ驚くほど皇太子《こうたいし》に酷似《こくじ》しているというこ

の顔。確かに使い道はあるだろう。無論《むろん》、それがすべての保証につながる事実ではないものの、

「わかった」オルバは首肯《しゅこう》した。「いいだろうぜ。悪くない条件だ。ただし、たった三日で誰もが皇太子と認める身振《みぶ》り手振《てぶ》りを覚えられる自信はないけどな」

「それさえ聞ければいい。交渉成立《せいりつ》だな」

笑《え》みを浮かべたフェドムは、多忙《たぼう》の身でじっとこの場に留まっているわけにもいかず、すぐに席を立った。

「また来る。小姓のディンをつけるゆえ、しばらくの間、とりあえずの礼儀《れいぎ》作法を学ぶがいい」

それからの三日、オルバにはあわただしい時間が流れた。宿舎《しゅくしゃ》の掃除や、竜《りゅう》の世話、剣の訓《くん》練《れん》をせずに済む代わり、あるいはそれよりも心身《しんしん》をすり減らす作業に従事させられた。何からはじめられるかと思えば、ただ単純に突っ立つだけの姿勢、その矯正《きょうせい》からである。胸を張って、背筋《せすじ》を伸ばし、顎《あご》を引く。なおかつ歩く姿はあくまでもゆったりと。小姓のディンは愛らしい顔立ちにも似合《にあ》わずなかなかの調教師《ちょうきょうし》ぶりを発揮《はっき》して、オルバの一歩一歩にいちいち厳《きび》しい注文をつけた。

普段は気も遣《つか》わない部分のこととあって、正直、息も絶え絶えになるくらいに疲れ果ててしまったが、すぐにまた別の訓練が待っていた。ディンは手鏡《てかがみ》を用意していた。次は何だ、と問うオルバに、

「笑い方です」

と、本人がにっこりしながら手鏡《てかがみ》を渡してきた。

その過密《かみつ》なスケジュールは、三日の間、気の休まる時間もなかったほどだ。それでにわか皇《こう》太子《たいし》になれるとも思っていなかったオルバだし、ふとした折にはあまりに馬鹿《ばか》馬鹿しい思いがして、すべて放っぽり出してしまいたい思いに駆られることもあったものの、その都度《つど》、オルバは剣奴《けんど》時代の自身がそうであったように、

(何のためにこの二年を生き抜いてきた。何のために、愚《おろ》かな飼い犬のように、命じられるがままに命を懸《か》け、そして他人を殺してきた)

胸の奥で常に灯《とも》りつづける青い鬼火《おにび》に薪《まき》を投げ込んで、己《おのれ》を駆り立てる炎《ほのお》を燃やしつづけた。

(ここで逃げ出せば、即《そく》殺されるか、よくてもせいぜいまた剣奴に逆戻《ぎゃくもど》りだ)

あまりに突然だったのでにわかには気づきがたかったが、これは、光明《こうみょう》だ。いく先に光ひと筋さえ差し込まない、真《ま》っ暗闇《くらやみ》を手探りで歩いてきたオルバにとって、いまのこの恐るべき環境の変化は、まぎれもない、前進の証《あかし》であった。この二年、血反吐《ちへど》と脳漿《のうしょう》、臓物《ぞうもつ》の合間に溺《おぼ》れながらも、手が届くはずもないとどこかで冷静に知りながらも、決して認めなかった、伸ばすことをやめなかったこの手が、天空にも等しい目的を掴《つか》むための。

少なくとも、オルバ本人はそう信じ、少年の教育を素直に受けつづけた。陽《ひ》が暮れると、これもディンに言われるがまま湯のはった浴槽《よくそう》に身を沈め、身体《からだ》を清められた。伸ばし放題《ほうだい》に伸

び、後ろでひとつにくくっていただけの黒い蓬髪《ほうはつ》はばっさり切られた。ついでに剃刀《かみそり》で顔を剃《そ》られ、さらに湯から上がれば、上質なリネンの下着、絹《きぬ》の上衣《うわぎ》に、ビロードのズボンが用意されていた。

眠るのは、乱暴に身体《からだ》を投げ出しても、たっぷり余裕《よゆう》をもって受け入れてくれるベッド。少年たちのリーダーであった頃、数度、夜をともにした女性の柔肌《やわはだ》を思わせる肌触《はだざわ》りだった。

(おれは、どこにいる)

うとうとと眠りと目覚めの間をさまよいながら、オルバはふと自問の声を聞いていた。

(……兄《にい》さん、眠れないんだ)

(手を握っていてよ。――)

(兄さん――)

聖臨《せいりん》の谷――とは、移民《いみん》宇宙船が、この惑星《わくせい》へ降り立った最初の土地であるという。五〇〇年以上も昔、すなわち神話《しんわ》的な時代の話である。そう聞けば、いかにも神聖《しんせい》で、歴史のあるご大層《たいそう》な土地のようだが、実際には、同じような伝承《でんしょう》のある場所など、世界中にごまんとあるのが実情だった。

谷の、南に奥まった場所。断崖《だんがい》をくり貫《ぬ》いて、内部に木や大理石《だいりせき》による小宮殿《しょうきゅうでん》が築かれていた。通路の壁には、宇宙船聖臨からメフィウス建国までの神話的出来事《できごと》の数々をあらわした浅浮《あさう》き彫《ぼ》りがある。多くの宝石類《るい》で飾りつけられているため、鉄かごの火に照らされて陰影《いんえい》がゆらゆら蠢《うごめ》くたび、命あるものかのように息づいて見える。

そしてもっとも奥まった場所に広々と開けたホールは、大勢《おおぜい》の紳士淑女《しんししゅくじょ》でひしめき合っていた。崖《がけ》内といってもこちらには灯《あか》りがふんだんにあって、掲げられるグラスのきらめきがあちこちからこぼれ落ちている。

ホールの隅《すみ》には楽師団《がくしだん》が陣取《じんど》り、古風《こふう》な曲から、いま流行のテンポの速い曲まで、リクエストに応じて様々に奏《かな》でていた。即興《そっきょう》で踊り出す者もいて、あちこちで笑いが絶えなかった。

「皇子《おうじ》」

そう声をかけてきた者がある。いや、

「殿下《でんか》、おめでとうございまする」

「ギル皇子」

「ご結婚、おめでとうございます」

いき交う人々皆《みな》すべてが、彼を「皇子」「ギル殿下」と呼び、笑顔で挨拶《あいさつ》をしてくるのだ。それに対し、鷹揚《おうよう》な笑《え》みと、軽く手を挙げる仕草《しぐさ》で応じよ、と、教えられていたとおりのことをオルバはした。

隣《となり》にはぴったりとフェドムが寄り添って歩いている。

「よいか、オルバ」

今朝方《けさがた》、馬車でオルバを迎えに来たフェドムは、彼自身もまた決死の戦いに挑《いど》む戦士《せんし》のような緊張《きんちょう》を漂わせながら、言った。

「パーティーでの列席者たちは、ガーベラ側は無論《むろん》、メフィウス側の者たちとておまえの正体を知らされておらぬ。どこから情報が洩《も》れるかわからんからな。——皇族《こうぞく》としての立ち居《い》振る舞いなど、しょせん三日かそこらで習得《しゅうとく》できるものではない。おまえは何もするな。何も考えるな。何も見るな。わたしの言ったとおりに動き、わたしの言ったとおりにしゃべる。それだけだ。いいな？」

とはいえ、どうにも身体《からだ》が浮くような感じがして歩き方ひとつ定まらない。鎖《くさり》で足をつながれていた頃に比べても、よほど歩きづらい気がするほどだ。

何より、大勢の人、人、人。目もくらむほどの綺羅《きら》をまとった彼らは、誰ひとりオルバを無視しようとしない。近づく者は会釈《えしゃく》をし、礼をし、手を挙げて近づいてくる。そしてにこやかに「おめでとうございます」と口にするのだ。

遠くにいる者とてオルバを指差す。顔を寄せ合って、彼を見ながら何かをしゃべり合う。

いいや、オルバではない。彼らがその目で見て、その口で挨拶《あいさつ》をしている相手はオルバなどではない。わかっている。わかってはいるものの、たった三日では、いきなり自分を皇太子《こうたいし》のように思い込むことすら不可能だ。

オルバはさっそく歩き方ひとつ忘れていたし、家臣《かしん》たちへの礼の返し方もろくにできずにいた。が、対する相手はそれを花嫁《はなよめ》との初顔合《はつかおあ》わせによる緊張《きんちょう》のせいだと思ったらしい、どこか微笑《ほほえ》ましいような目線《めせん》で見送られた。

「もう少しは胸を張れ」フェドムがしつこく耳打ちした。「剣闘士《けんとうし》だろうが。こんな場所で怯《おび》えきってどうする」

くそったれが、と吐き捨てることもできず、オルバは意識すればするほど無様《ぶざま》な歩き方になったし、表情も硬く引きつりつづけた。皇子《おうじ》らしい振る舞いどころか、そもそも、鉄仮面《てつかめん》を外され、素顔《すがお》でいることにさえ、オルバはまだ慣れていないのだ。

テーブルの上に視線を馳《は》せれば、いかにこのホールに大勢《おおぜい》の人々がいようと、とてもじゃないが食べ尽くせないだろうというほどに食べ物が並んでいる。おまけに皿のひとつでも空《あ》きを許さない、というふうに、ひとつの皿に空白が目立つようになればすぐに料理満載《まんさい》の皿と取り替えられていくのだ。

この腕を伸ばしてひと抱えにする、おそらくその量だけで、剣奴《けんど》の食事一年分《ぶん》以上の値打《ねう》ちがあろう。少年時代、軒《のき》に並んで色とりどりに輝いて見えたフルーツや、香ばしい香りが食欲を刺激《しげき》していた肉の丸焼きも、あのときはよほど大きな仕事を片づけたあとでない限りは手にできなかったし、それも微々《びび》たる量でしかなかったのだが、いまやそれさえ問題にならない高価な食材の山が目の前に積まれている。

（こんなものを毎日口にしているような輩《やから》が、村を焼いたのか）

いまは考えまいと思っても、長いこと憎《にく》しみの対象《たいしょう》として胸に刻みつけてきたメフィウス貴《き》族《ぞく》の中にいれば、思い起こさずにはいられない。

（おれたち民《たみ》が、一年を通じてやっとのことで収穫《しゅうかく》して、それでもほんのわずかばかりの蓄《たく》え《わ》にもならない食糧を、力ずくで奪って、焼き、人をも殺していく一方で――）

袖《そで》の長い礼服《れいふく》の下でオルバの拳《こぶし》が握りしめられる。

（こんな場所で無駄《むだ》になるほどの量のものを喰らい、飲み、踊り、笑い、そしてそれを文明だと、貴族らしい生活だと誇らしげな顔で言う。民を見下《みくだ》し、嘲笑《あざわら》いながら）

（くたばりやがれ）

（貴様《きさま》らこそ下卑《げび》た、人喰《ひとく》いの野蛮人《やばんじん》どもだ。いますぐここに火を放ってやる。炎《ほのお》の中で丸焼《まるや》きになるがいい。おのが手足を喰らって、それでなお笑っていられるなら、それこそ貴族の誇《ほこ》りだと讃《たた》えてやる！）

ひとしきり怒りの波が過ぎ去れば、熱が昂《たか》ぶった直後の、寒々しさしか残らない。

まだだ、とオルバは苦労して笑顔を顔に貼《は》りつけながら、奥歯《おくば》を強く噛《か》みしめていた。いずれは丸焼きにし、殺し、今度はこちらが奪《うば》う番になるにしても、それはいまではない。いまのオルバでは何もできない。皇子の影武者《かげむしゃ》としてフェドムがこちらを利用するというのなら、降って湧《わ》いたこの立場を、いずれは自分が利用してやるのだ。それまでは、力を蓄える意味でも、情報を得る意味においても、フェドムの言うとおりに従わねばならない――。

と、辺りがざわめいた。オルバも、ホール内の空気が変わったのを肌《はだ》で感じて顔を上げる。いままでオルバのみに吹きつけてきた注視《ちゅうし》の風が、ふた手に割れたのだ。

ホールの向こうから姿をあらわしたひとりの少女へと、自然にオルバの目も吸い寄せられる。老婆《ろうば》ひとりを供《とも》にして、色白の面《おもて》を伏せがちにしてこちらへしずしずと歩いてきた。

「ガーベラの第三王女《おうじょ》」

フェドムが囁《ささや》いた。予想していたとはいえ、オルバは驚きを隠《かく》せなかった。

(まだ、ほんの子供じゃないか)

正直な感想をオルバは抱いたが、しかし何というのだろう、袖《そで》から伸びた腕もほっそりとして、握ったただけで手折《たお》れてしまいそうなほどなのに、なぜだか弱々しい印象《いんしょう》がない。背筋《せすじ》もぴんと伸びていて、長い髪《かみ》をかすかに揺らめかして歩く姿には、息を呑むほどの気品《きひん》を感じさせる。

長く裾《すそ》を引いたドレスは、凝《こ》った刺繡《ししゅう》や飾りのほとんどない、地味《じみ》といってさえ差し支えない代物《しろもの》だったが、真《ま》っ白《しろ》い絹《きぬ》の生地《きじ》は、女としての色気よりも、まだ幼さの残るあどけない美《び》貌《ぼう》をより無垢《むく》に引き立てていた。

「ビリーナ・アウエル姫。そう、いまはおまえの婚約者だぞ。じき挨拶《あいさつ》に向かう。粗相《そそう》のないように、かと言ってへりくだらずにな。おまえとてメフィウス皇子《おうじ》なのだから」

3

やや時計の針を戻して、一方の、ガーベラ国第三王女ビリーナ・アウエル。

崖《がけ》内の通路をいく彼女を、こちらもオルバ同様、いき違う多くの人々が視線で見送っていた。感慨《かんがい》深げなため息を洩《も》らす者とていた。ビリーナは少女らしくそれらにはほとんど無頓着《むとんちゃく》で、ホールへ通じる道を歩きながら、楽師《がくし》団《だん》が奏《かな》でる音楽に耳を傾けていた。

「まあ、それなりの文化は誇示《こじ》してますわね」

と、隣《となり》を歩くテレジアがしきりに頷《うなず》きながら言った。同感、というふうにビリーナもほっそりした顎《あご》を軽く引いて頷く。それから、ひと言つけ足した。

「いまだに奴隷《どれい》制度のある野蛮人《やばんじん》どもの国にしては、だけれど」

「まあ姫さま。もう少し口をお慎《つつし》みください。せめて、知恵《ちえ》をつけた類人猿《るいじんえん》にしては、とか、殺し合いを好むオーガ族の成れの果てにしては、とか」

「テレジアが近くにいてくれたのなら」とビリーナは笑った。「メフィウスだろうと、辺境《へんきょう》の大雪原《だいせつげん》だろうと、どこにいても、きっと退屈《たいくつ》しないのだろうなあ」

生まれたときから近くにいたテレジアは、ずっとビリーナの守役《もりやく》だ。髪《かみ》にはそろそろ白いものが混じりはじめているのに、意気軒昂《けんこう》としていて、時々いまみたいに危ういユーモアを口にしたりもする。

ホールへ入ると、挨拶《あいさつ》を求めてメフィウス帝朝《ていちょう》の貴族《きぞく》数名が近づいてきたので、ビリーナは如才《じょさい》なく笑いかけ、テレジアはいかにも恐縮《きょうしゅく》したふうに一歩下がって、主人の背後に寄り添った。

メフィウス貴族と実際に言葉を交わしたのはもちろんはじめてではないのだが、そのたびに好戦《こうせん》的な性格と、無理矢理《むりやり》文化人を気取ろうとする浅はかな態度が透《す》けて見えるので嫌になる。

貴族が立ち去ると、ビリーナは呆《あき》れたように肩をすくめた。

「そのくせ、女性に対しては、妙《みょう》に古式《こしき》ゆかしいタイプを求めるのだ。結婚の申し出をしてきた最初の使節団《しせつだん》に、飛空艇《ひくうてい》に乗る楽しさを語っていたら、皆さまの目が、まあ、大きいこと、丸いこと。メフィウスでは乗馬や騎竜《きりゅう》も駄目《だめ》で、そもそもご婦人がたは足の形がわかる服を着ていては駄目なのだそう」

「それでは、姫さまはさぞ男らしく見えていらっしゃるんでしょうね。お相手のメフィウス皇《おう》子《じ》ギルさまがおかわいそう。メフィウスの『誇《ほこ》りと歴史』ある皇族《こうぞく》の中でも、次期皇位《こうい》継承《けいしょう》者《しゃ》ともあろうお方が、まさかガーベラきってのおてんば娘を后《きさき》に迎えねばならないなんて」

「お互い、似た者同士《どうし》」ビリーナはおかしくもなさそうに笑い、髪飾《かみかざ》りの位置を手で直した。

「わたしが男勝《おとこまさ》りのおてんば姫なら、相手も相手、メフィウス帝朝《ていちょう》第一皇子ギル・メフィウス。いい噂《うわさ》のひとつとて耳にしたことがない。使節団も自国の皇子を持ち上げようと必死でお世辞《せじ》を口にしていたけれど、あれはあれでおかわいそう。だって、何を言っても空々《そらぞら》しく聞こえるとご自分たちのほうでこれ以上ないくらい理解していたのだから」

ギル・メフィウス。いまは一七の若さだが、のちにメフィウス帝朝を継ぐことになるだろう第一皇位継承者。絵姿《えすがた》でしか見たことのないその人物こそが、ビリーナの夫となる男だった。

これからはじめて顔を合わすことになる。そして翌日《よくじつ》には、谷の祭壇《さいだん》上でメフィウスの習慣にのっとった祭儀《さいぎ》が行われ、さらに三日をかけてここからメフィウス帝都《ていと》へ向かったのちに、盛大《せいだい》な披露宴《ひろうえん》が行われる予定だった。

それによって成るのは婚姻《こんいん》だけではない。むしろ重要なのは、これでメフィウスとガーベラの和平《わへい》と同盟《どうめい》が成り立つことにある。一〇年の長きにわたってくり広げられてきた戦いも、ようやく幕を閉じるのだ。

もちろんビリーナとてそれを望んでいたが、お相手の皇太子《こうたいし》どのに関しては、まったくもってろくな噂がない。曰《いわ》く、父である現皇帝《げんこうてい》グール・メフィウスとは似ても似つかぬ臆病《おくびよう》者だとか、曰く、夜な夜な若者連中《れんちゆう》と遊び歩いているだとか、曰く、奇行癖《きこうへき》が目立つだとか。

「いわゆる、うつけ者だ」

縁談《えんだん》を持ちかけた当の本人である、ビリーナの父とてそう断言した。

本来、彼女にはリュカオンという婚約者がいた。飛空船一隻《いつせき》を任せられた一《いち》将軍だ。勇猛果《ゆうもうか》敢《かん》にして、対メフィウス戦においては国《くに》一番の手柄《てがら》を挙げていた。第三王女《おうじよ》ビリーナとの婚約が決まったのは戦時中のことだった。

ビリーナも本人と面識《めんしき》がある。あるどころか、ふたりの出会いは、実はいまでも国で語り草になるほどドラマチックなものだったのだが、当時、彼女は弱冠《じゃっかん》九歳《さい》だったので、その四年後に再会し、婚約が決まるまで、彼が男性としてどういう人物なのか、ビリーナは印象《いんしょう》らしい印象を持っていなかった。

そして再会したリュカオンは、戦場での荒々しい活躍《かつやく》話が嘘《うそ》のように、シャイな人物だった。王国の姫《ひめ》相手に気の利いた話ひとつできない、と自嘲《じちょう》気味に笑う顔はいかにも照れくさそうだった。好きとか嫌いとか、そういうことはわからない。ただ、この縁組《えんぐみ》はガーベラという一国《いち》家のためにはふさわしい話だと思えた。

しかし、戦線《せんせん》が膠着《こうちゃく》状態に陥《おちい》って数ヶ月。メフィウスとガーベラとの間ではひそかに和平交渉《こうしょう》が進められていた。皇太子《こうたいし》ギルと王女ビリーナとの婚約が決められたのは、いまからわずか二ヶ月前のことである。

ビリーナは複雑な思いを抱いた。一〇年にもわたるメフィウスとの戦いで、兵や民《たみ》が疲弊《ひへい》しきっているのは肌《はだ》で感じている。メフィウスとの徹底抗戦《てっていこうせん》を訴えている一部の市民や地方領《りょう》主《しゅ》、騎士《きし》たちもいるにはいたが、少数派《は》でしかない。

ビリーナの父アイン・アウエル二世はグール・メフィウスほど豪胆《ごうたん》な性格ではなかった。娘を前に、「頼む」とひと言《い》言った。ビリーナは「お受けします」とだけ答えた。母やテレジアが陰でそっと涙を拭《ぬぐ》っていたのも知っている。

そして先日、何より心身《しんしん》が引き裂かれる思いがしたのは、大好きな祖父《そふ》ジォルグ・アウエルに別れを告げにいったときだった。飛空艇《ひくうてい》や乗馬を愛し、銃の扱いさえできる一方で、凛然《りんぜん》として王女としての気位《きぐらい》を決して損なうことのない彼女が、祖父の前だけでは幼子《おさなご》も同然になる。いつまでもその膝《ひざ》の上に抱き上げられ、語って聞かせてくれる英雄物語に耳を傾けていたいと願いもする。

しかし、それをも振り切って、彼女はここへとやってきた。いや、そんな祖父を、そしてそんな思い出を守るためにこそやってきたと言っていい。国家のため、父のため、そして祖父のため。それこそ敵地へ乗り込む騎士のような気概《きがい》で。

（敵地）

そう、敵だ。ついこの間まで剣を交えていた相手の国。その敵地にビリーナはいる。

彼女も顔を知っている人々をたくさん殺された。無論《むろん》相手も同じだろうとは思うものの、過去は過去、と割り切れるほどにはビリーナも大人《おとな》ではない。

「いらっしゃいましたわ」

そっと耳もとでテレジアが囁《ささや》き、ビリーナは我に返った。ふたりの見つめる方向から、数名のメフィウス貴族《きぞく》がやってくる。中央に、白い礼服《れいふく》を着た若者がいた。

「あれが、メフィウス第一皇子《おうじ》。ギル・メフィウスどのです」

「うん」

とビリーナ。無垢《むく》な少女然《ぜん》とした頬《ほお》が、さすがに緊迫《きんぱく》する。

相手方《がた》も気づいたらしい、肥《こ》え太った貴族《きぞく》が皇子《おうじ》のほうに何やら耳打ちしている。それから、こちらも緊張《きんちょう》した面持《おもも》ちで近づいてきた。

ギル皇子は、ぱっと見、噂《うわさ》で言われるほど暗愚《あんぐ》な男とも見えなかった。細面《ほそおもて》だが、身体《からだ》つきは存外《ぞんがい》がっちりしていそうだ。堂々と胸を張ってさえいれば、精悍《せいかん》な美丈夫《びじょうぶ》とも見えただろう。が、

（お供《とも》の貴族にぴったり寄り添って、まるで手を引いてもらっているみたいな歩き方だ。子供のようじゃないか）

無論《むろん》、相手が同じ第一印象《いんしょう》を抱いていたなどとは知る由《よし》もない。おまけに皇子は落ち着きがなかった。あっちをきょろきょろ、こっちをきょろきょろと、本当に親とはぐれた幼子《おさなこ》のようだ。

いつもの癖《くせ》で、まるで値踏《ねぶ》みするように相手を見つめていたビリーナは、テレジアにこっそり肘鉄《ひじてつ》をもらって、あわてて表情を改めた。

ビリーナの面前《めんぜん》で皇子が足を止めた。礼儀《れいぎ》正しくビリーナは心持ち頭を下げ、挨拶《あいさつ》を待つ。しかし咳払《せきばら》いが一回聞《き》こえてきたのみで、皇子はなかなか口を開こうとしない。例の太った貴族がやはり小声で耳打ちしては、何やら挨拶の文句を教えている様子《ようす》なのだ。

こういうとき、無論《むろん》気づかない振りをして、もっといえば、はじめて結婚相手と対面した恥じらいを感じさせる素振《そぶ》りで、こちらからは目も合わせられない、というような態度をするのが淑女《しゆくじよ》のたしなみだ。そしてビリーナは当然ガーベラの宮殿《きゆうでん》でとことん礼儀作法《れいぎさほう》を学んで育っていた。

「お初《はつ》にお目にかかります、皇子《おうじ》さま」

あ、とテレジアが口を開ける。構わず、ビリーナはふわっとしたドレスの両裾《すそ》をつまんでお辞儀《じぎ》をした。

「ガーベラ国王アイン・アウエル二世の娘にして、第三王女《おうじよ》ビリーナ。以後、お見知《みし》りおきのほどを」

「あ、ああ」

皇子がはじめて口を利いた。そしてその名乗りは、いままでビリーナが耳にしてきたどんな挨拶《あいさつ》の言葉よりもたどたどしくて、おどおどとし、声も小さなものだった。

（こんな男がわたしの夫になるのか）

この日のために猛特訓《もうとつくん》した笑顔と、『慎《つつ》ましく』見えるよう、傾けた小首《こくび》の角度を必死で維《い》持《じ》しつつ、ビリーナの小さな胸に怒りが湧《わ》いた。

（や、しかし）

やや伏せた双眸《そうぼう》に、激しい感情の色が揺らめきはじめる。

（こんな男だからこそあるいは、わたしの意のままに躾けることができるかもしれない）

皇太子《こうたいし》を操《あやつ》ることができるのならば、いずれはこの国の動きそのものも裏でこっそり糸を引くことができる。

（お爺《じい》さまの言われたとおりだ。これも戦いなのだ。血を流さず、誰の命も奪わずに）

そして自分の意のままにすることができれば、戦争で勝利するよりもよほど祖国《そこく》ガーベラに利益をもたらすことができるかもしれない。もっとも、これは彼女の得意とする飛空艇《ひくうてい》や銃による戦いではなく、どころか、彼女がもっとも苦手《にがて》とする分野での戦いなのだが、勝利しようとする強い意志《いし》があれば、必ずや血路《けつろ》は開けるはずだ、とビリーナは信じた。そもそもそうした考え自体、ビリーナが『女』としての戦いと、銃火《じゅうか》の撃《う》ち合いとの違いを明確には理解できていない証《あかし》でもあるのだが、いまのビリーナには強く燃え盛る感情ひとつあればよかった。

そのとき、ビリーナの浮かべる笑み《え》の意味が変わったことに気づいたのは、おそらく子供の頃からいっしょだったテレジアただひとりきりだろう。

花嫁《はなよめ》となるべき女性が胸にひそめた恐るべき考えも知らぬげに、メフィウス皇子ギルはまだ緊張《きんちょう》の面持《おもも》ちで、要領《ようりょう》を得ないことをしゃべりつづけていた。

四章　聖臨《せいりん》の谷で

1

シモン・ロドルームにとって、ビラク領主《りょうしゅ》フェドムの心変わりはどうにも解《げ》せなかった。皇室《こうしつ》の権限《けんげん》強化によって、評議会《ひょうぎかい》もいまや名ばかりの存在になっているとはいえ、シモンも重鎮貴族《じゅうちんきぞく》のひとりだ。他の貴族たちの動向はある程度把握《はあく》していたし、彼らの主義《しゅぎ》主張、そして立場も理解していたつもりだ。

そのシモンが見るところによれば、フェドムはあきらかに反《はん》皇室派《は》のひとりであった。ガーベラとの戦争を実はつづけたがっていた皇帝《こうてい》を説得して、和平《わへい》交渉を進めた一派のリーダーであり、自分なりの基盤をも宮廷《きゅうてい》内につくり上げつつある。重鎮としてはいささか才気《さいき》に物足《ものた》りない部分はあるものの、他の腐《くさ》りつつある貴族連中《れんちゅう》に比べればいくらもマシだ。

しかし、そのフェドムがどうにもおかしい。昨夜のパーティーから――いや、聖臨の谷へと向かう旅路についたときから――なぜか皇子《おうじ》ギルにべったりくっついていて、あれやこれやとまるで乳母《うば》のように世話を焼いている。

（皇子を教育し、自分の意のままにできる人形として育てようというのか？）

そんな考えもちらと脳裏《のうり》をかすめたが、それにしては行動に出るのが少し遅すぎはしまいか。

加えて、皇子本人に関してもそうだ。自分の知る限り、ギル皇子はフェドムとはほとんど言葉を交わしたこともないはず。いつもいっしょに遊びまわっているような若者連中と「あの知謀家《ぼうか》気取りの豚《ぶた》め」と陰で罵《ののし》っているのも聞いたことがある。

それがどうしてか、フェドムの急《きゅう》接近にも彼は鷹揚《おうよう》に――というより、むしろすがるように頼りきっているふうに見える。

皇子と直接会《あ》って確かめようにも、シモンに任された仕事は多い。今回はエンデ公国《こうこく》からの使節団《しせつだん》も祝いに駆けつけているが、それも一週間前に急遽決《きゅうきょ》まった異例《いれい》のことだ。もともとはエンデとガーベラのほうが王族《おうぞく》同士の縁談《えんだん》を結ぶのではないかという話もあっただけに、エンデ、ガーベラともに胸中に含むものは多かろう。シモンはその応対にも追われていた。

一方、

「オルバの恩知《おんし》らずめ！」

鼻息も荒く室内をうろつき回っているのはタルカスだ。

彼にしても突然のことだった。メフィウス貴族のフェドムがいきなりやってきたかと思えば、なぜか有無《うむ》も言わせずオルバを買い取ってしまったのだ。

「あいつを一人前《いちにんまえ》にしてやったのはおれだぞ。くそっ、やっと稼《かせ》げる剣士《けんし》になりそうだ、ってときに、よりによって貴族《きぞく》に横からかっさらわれようとは……」

「ぼくたちにはよくわからないんですがね」

タルカス用にあてがわれた崖《がけ》内の私室に、シークやゴーウェン、それにギリアムといった、主要剣士《けんし》たちも呼び出されている。オルバが突然抜《ぬ》けたため、対戦の組み合わせを変更《へんこう》せねばならなくなったからだ。

「どうしてまた、いきなりオルバが引き抜かれるなんてことになるのです？　そりゃあの子は大した剣士でしょうが、こっちは婚礼《こんれい》を祝う名目《めいもく》で試合をやろうという矢先《やさき》。オルバの腕前《うでまえ》を買えばこそ、戦いに参加させるべきだと思いますがねえ」

「おれのほうが訊《き》きたいくらいだよ、くそったれ。いくら貴族に買われたからといって、恩返《おんがえ》しに最後の一戦くらいはやります、と自分から申し出てきてもいいくらいだ。あの野郎！」

「明日には殺し合いをさせられるかもしれないおれたちだ。確かに門出《かどで》を祝ってやろう、って気分にはなれないが、それでも言葉のひとつくらいはあってよさそうなもんだがな」

「おやあ、ギリアム。きみのような男でも、顔見知《かおみし》りがひとりいなくなって寂しいのかな」

「黙れ、シーク！　おれはあいつとの決着をつけられなかったのが心残りなだけだ」

「まあ、いないものはしょうがない。何とか盛り上がるような組み合わせを考慮《こうりょ》するとしよう」

そう皆をなだめたゴーウェンも、当然、今回の成りゆきには妙《みょう》なものを感じていた。

事情を調べようにも時間がない。タルカスが新たに買い取った新人たちの様子《ようす》も見にいかねばならないし、いつもやっていることとは手順が違うから、それも剣士ひとりひとりに徹底せねばならない。

ただ、剣奴《けんど》としての、心身《しんしん》をすり減らすような日々においてさえ未来を見据《みす》えていたはずのオルバが、いまそれと同じ未来の中にいるのかどうか、それだけがかすかにゴーウェンも気にかかっていた。


周囲があわただしく動いていく中にあって、かつての剣闘士《けんとうし》オルバは、ほとんどただひとり、時間を持て余しているようにも思えた。

影武者《かげむしゃ》を引き受けたはいいが、自分で考えてやれることなど何もない。まさしく彼は人形だ。糸が引かれるままに動き、腹話術《ふくわじゅつ》のごとく、フェドムに囁《ささや》かれるがままにしゃべるしかなかった。


（妙なことだ）

兄を兵士として奪い取っていったのは貴族。村を見捨てたばかりか、あろうことか、自国の領民《りょうみん》に刃《やいば》を向け、アリスを連れ去っていったのも貴族であり、自分を奴隷《どれい》の身分《みぶん》に貶《おとし》め、仮《か》面《めん》をつけたのも貴族だ。

それがどういった運命の気まぐれによるものか、他ならないそのメフィウス貴族が、奴隷の身分から突然ひょいとオルバを拾い上げ、彼ら支配者層《そう》の頂点ともいうべき皇族《こうぞく》の身代わりをやれと命じてきた。

盗みや恐喝《きょうかつ》、銃の違法売買《ばいばい》――最下層《さい》の泥水《どろみず》を啜《すす》って生きてきたような自分が皇太子《こうたいし》とはお笑い草にもならない。先の見えない日々という意味ではいまも奴隷《どれい》も似たようなものだった。

だが――、黒く塗り固められた道の向こう、もしかして、いまならば一点、そう、ただの一点、光明《こうみょう》を見出せるかもしれない、といった期待がある。皇子《おうじ》の影武者《かげむしゃ》となれば、当然、フェドム以外の重鎮《じゅうちん》と接する機会もあろう。その中に、あの村を焼いた張本人《ちょうほんにん》――オーバリー将軍の顔があっても不思議《ふしぎ》ではない。オルバ自身はただの一瞬《いっしゅん》、それも頭を強く打って朦朧《もうろう》としているときにちらりと見かけただけだが、剣奴《けんど》となって二年もの間、一日たりとて忘れたことのないその顔が、いま、現実味《み》を帯びてまざまざと脳裏《のうり》によみがえる。

「ギルさま」

(もし再会したならば)

そのとき、おれはどうすべきなのだろう――仮面《かめん》を取り払った少年剣士《けんし》は、止《と》め処《ど》のない思《し》考《こう》に沈みつづける。この世で考えられる限り、もっとも惨《みじ》めな死を奴《やつ》に与えてやるのはごく当然にしても、やり方というものがある。それに、オーバリーと会うことができれば、その線を辿《たど》って、アリスや、あのときはぐれてしまった母親、それに、これは彼自身、あまり期待しすぎないほうがいい、と何度も念押《ねんお》しせねば考えられないほど、奇跡《きせき》を願うようなものだったにせよ、そう、もしかしたら、他ならぬオーバリーの兵士となっていた、兄ロアンの行方《ゆくえ》をも知ることができるかもしれないのだ。

「ギルさま、皇子、ギル皇子！」

強い調子で呼びかけられて、オルバは「え？」という顔で横を見やった。

ビリーナ王女がそう遠くない距離に腰掛《こしか》けている。谷の一番深くえぐれた箇所を見渡せる場所に用意された祭壇《さいだん》の前。椅子《いす》に腰掛けているのはオルバとビリーナだけで、あとは屈強《くっきょう》な兵士たちが周囲を固めており、祭壇の前では、司祭《しさい》たちが祈りと祝福の文句を唱《とな》えている。

「何をお考えになられていたのです」

「何も」

短くオルバは答えた。儀礼《ぎれい》の間、フェドムは近くにいることはできないので、その間は「何もしゃべるな」と言われていた。前を向きなおり、儀礼に集中している振りをする。

「嘘《うそ》」

これも短くビリーナは断じた。

（何が、嘘、だ）

あまりにそのタイミングが秀逸《しゅういつ》だったので、オルバは無視できず、またも咄嗟《とっさ》にガーベラ国の王女を見やってしまった。

昨日のパーティーとはまた違うドレスを身にまとい、頭には略式《りゃくしき》のティアラをつけている。

こうして間近《まぢか》にして驚くのは、最初に顔を合わせたときにはほんの幼子《おさなご》に見えていたのに、真《ま》顔《がお》で横を向いた姿が時折《ときおり》、ひどく大人《おとな》びてさえ見えることだ。

ととのった目鼻《めはな》立ちのせいだろうか、しかし、それこそどこか人形じみているとオルバは思う。出自《しゅつじ》の違いこそあれ、いまのオルバ自身と似たものがあるのだろう。他の誰かに言われるがままに動き、言われるがままにしゃべる。

そう、考えてみればこの婚礼《こんれい》とてそうだ。わずか一四歳《さい》にして、本人の意思《いし》とは裏腹《うらはら》に、昨日今日《きのうきょう》ではじめて会ったような男のもとへ、それも以前は敵国だったところへ嫁《とつ》がねばならない。王族《おうぞく》に生まれついたその身分に、同情する気こそなれないものの、それはそれでいろいろと苦難《くなん》もありそうに思えた。

（だから、皆、そうなのさ）

ふとよみがえる声。

（誰も、自分が何者であるかなどわからない。誰もが自分の知らない世界に憧《あこが》れるし、自分が本当に生まれてきた意味を一生かけて追い求める。——坊《ぼう》さまだろうと、王族だろうと）

さすがはロアンだ、とオルバは胸中唸《うな》った。まさかこんなときになって、そしてこんな立場になって、いまはじめてその意味を理解するときが来ようとは。

「やはり考え事をしていらっしゃる」

またも唐突《とうとつ》に声をかけられたので、「何がだ」と、オルバはぞんざいな言葉遣《づか》いをしてしまった。くすっとビリーナが笑った。

「さっきから、たまに怖い目をなさったかと思えば、いまみたいな幸せそうな思い出し笑い。お教えくださいい、わたくしの夫となられる方よ。この晴れの日にあなたを悩ませることと、あなたに思い出させずにはいられない出来事とはいったい何なのです？」

儀式《ぎしき》はつづいている。今朝《けさ》殺したばかりの竜《りゅう》を焼き、その骨を谷の底にばら撒《ま》きながら、司《し》祭《さい》が祈りを唱える。かつてこの惑星《わくせい》を支配していたという竜たちの霊《れい》に、国の繁栄《はんえい》と守護《しゅご》を訴えるのだという。

「よもや、竜神《りゅうじん》がよみがえり、この場で神託《しんたく》を下すというわけではありますまい？」

人類がこの星に降り立ったとき、竜はすでに、ただ野をさすらって、食欲を満足させることしか頭にない、つまりは獣《けもの》と同じ存在にまで退化《たいか》していた。

が、この星のあちこちから発掘《はっくつ》される巨大《きょだい》都市の遺跡《いせき》や、用途《ようと》不明な古器物《アーティファクト》、そしておそらくは魔素《エーテル》を利用した魔法《まほう》文明の名残《なごり》らしきものもあって——のちに、人類ではじめて「魔法」を扱うこととなるゾディアスが、それら新しき知恵《ちえ》の恩恵《おんけい》はすべて竜たちの遺跡から得たと語っている——、古代の竜たちは、おそらくは人類がその星に辿《たど》り着く数千年前には、星《ほし》全体を統《す》べる知性体《ちせいたい》であったろうと考えられている。

メフィウスでは特にそうした古代竜たちを「竜神」と呼びならわし、国《くに》全体で信仰《しんこう》していた時代もあった。いまはほぼ形骸化《けいがいか》してはいるものの、こうした重要な儀礼《ぎれい》ごとには、メフィウス辺境《へんきょう》にほど近い場所に住む、竜神信仰をいまも生活に根づかせている遊牧民《ゆうぼくみん》の一族から、祭《さい》儀《ぎ》を取り仕切る司祭《しさい》たちが選ばれ、呼び出されるのだ。

「だから、何も」

オルバはまたも手短《てみじか》に切って捨てた。そうした竜神信仰《りゅうじんしんこう》の歴史については、小姓《こしょう》のディンから簡単な説明を受けていたが、もちろん彼には何の感慨《かんがい》もなかったし、だからビリーナが冗談《じょうだん》を口にしたのだとも気づかなかった。

（あとで本物の皇子《おうじ》と彼女の仲がこじれたとしても、責任なんか取りようもないぜ、フェドムさまよ）

一方のビリーナはビリーナで、彼女なりの思案《しあん》に暮れており、最後にはため息をついた。もともとガーベラでは、竜たちがかつて人間と同じかそれ以上に文明を興《おこ》していたという、いわゆる竜神伝承《でんしょう》そのものが信じられていない。だからこの儀式《ぎしき》に神聖《しんせい》なものを感じることもできず、いい加減《かげん》、すっかり退屈《たいくつ》してしまっていたのだが、隣《となり》をちらりと窺《うかが》うと、ギル皇子《おうじ》——この儀式が終わる頃には正式に夫となる人物——もどこか心ここにあらずといった様子《ようす》。そこで、ちょっとした退屈しのぎ、とばかりにからかってみたのだ。なるべく『地』が出ぬよう、淑女《しゅくじょ》たらんとしてみたものの、皇子はじつに素《そ》っ気《け》ない。ばかりか、突き放すような言い方が癇《かん》に障《さわ》った。

照れているのだろうか、とも思う。昨夜のパーティーのときにも、女性に慣れていない素振《そぶ》りが見受けられた。リュカオンに少し似ているかもしれない、と考え、ビリーナは自分で気を悪くした。ガーベラきっての猛将《もうしょう》と、メフィウス内《ない》にあっても陰口《かげぐち》の囁《ささや》かれることの多い「うつけ者」が似ているなどと。

（ともあれ、これは戦《いくさ》も同じこと。敵を欺《あざむ》き、こちらのペースに巻き込まねば）

ビリーナは気分を害したのを気取《けど》られぬよう、微笑《ほほえ》みを持続させている。これで皇子をめろめろにさせてやればいいのだが。なにぶん色恋沙汰《いろこいざた》にはうとい彼女のこと、はて、なにがしかの成果が挙がっているのか否《いな》かもわからない。とまれ、笑っていれば問題あるまい。

（お爺《じい》さまも、わたしの笑う顔が何より好きだとおっしゃってくだされた。うん、それなら間違いはない）

やがて司祭たちの退屈な祈りも終わり、それからいよいよ剣奴《けんど》の戦いが行われることとなった。

灰となって地面に降り注《そそ》いだ竜の骨に、人間の生き血を与える——という、これも儀式の一《いっ》環《かん》である。とはいえ、やっていることは普段の剣闘《けんとう》とほとんど変わりない。違いといえば、いつもより前口上《まえこうじょう》がやや格式《かくしき》ばっていることだけだ。谷底の剣闘場《じょう》は、地面をならし、四方《しほう》のしきりに何本かの柱が打ち込まれただけの、普段のそれよりよほど簡素《かんそ》なものだった。

そこに、剣士《けんし》たちが東西にわかれてずらりと並ぶ。その端《はし》にタルカスやゴーウェン、他にも知っている顔を多数認《みと》め、オルバの顔に珍しく、少年じみた笑《え》みが浮かんだ。

（あいつら、いまここにおれがいるなんて、考えもしないだろうな）

突然いなくなったことでタルカスなどはおそらくかんかんに怒っているだろうが、まさかこうも間近《まぢか》にいて、しかも高い場所から見下ろしているなど、思いつきもしまい。

ビリーナのほうは、先に聞かされていたこととはいえ、これから奴隷《どれい》同士の殺し合いがはじまるのを暗澹《あんたん》たる思いで眺《なが》めていた。奴隷制度のないガーベラが、メフィウスを野蛮人《やばんじん》の国家と罵《ののし》る原因のひとつがここにある。

（戦争に飽《あ》き足らず、勝手《かって》に『奴隷』などと見下げた階級《かいきゅう》に押し込めた人間たちに殺し合いを強要させて、それを見世物《みせもの》にするか）

宣託《せんたく》の時間も終わり、最初のひと組が進み出てきた。慣れない環境のせいか、剣闘士《けんとうし》たちの動きはどことなくぎこちなかったものの、それも最初の一戦目が終わるまで、すなわち敗者が屍《しかばね》となって大地に横たわるときまでだった。

ガーベラもエンデも、奴隷商会がわざわざ出向いて興行《こうぎょう》を打たない限りは、剣闘など見る機会もない。なので、使節《しせつ》たちも最初のうちは毛嫌《けぎら》いし、あるいは恐れていた様子《ようす》だったが、丁々発止《ちょうちょうはっし》と剣が打ち鳴らされていくうち、やがては握り拳《こぶし》に力がこもりはじめ、思わず身を乗り出して、メフィウスの人々らと同じように歓声を送ったり、拍手をしたりしはじめた。

ビリーナはそれにもうんざりしてしまう。はて、わがきみは……と思い、横をふたたび窺《うかが》う。にやりとした笑《え》みが浮かんでいるのを見て、ビリーナはここへ来て失望《しつぼう》を新たにした。どう見ても心の底からこの殺し合いを楽しんでいる。好きになれないとは思っていたが、まさかここまでとは。

不意に、感情の歯止《はど》めが利かなくなった。相手を蔑《さげす》む気持ちが、嫌悪《けんお》の情にまで変わりつつある。あまりに唐突《とうとつ》だったので、自分のほうがいっそ戸惑《とまど》った。いまのいままでそれを感じまいとして押し殺していた自分の気持ちにも、改めて気づかされた。いかに一国の王女として、自己よりも国家を優先させてきた彼女とはいえ、いまだ一四歳《さい》だった。

（いかん、いかん）

ビリーナは膝《ひざ》の上で拳を力強く握った。

（これも、戦い。これも試練《しれん》であるぞ、ビリーナ。祖父《そふ》に背を叩《たた》かれて送り出されたこの身ぞ。こんなことで意気を萎《な》えさせていかがせん）

剣闘場へシークが進み出てきた。白く塗った退廃《たいはい》的な美貌《びぼう》、という異色《いしょく》の剣闘士に歓声が集中する。対する相手を見やって、おや、とオルバは眉《まゆ》をひそめていた。

（あいつは——）

例の、タルカスがなぜか上機嫌《じょうきげん》で買い取ったという新人のひとりだ。シークの技量《ぎりょう》を考えれば釣《つ》り合う相手ではないのは一目瞭然《りょうぜん》。せっかくの盛り上げどころだというのに、タルカスは下手《へた》を打った。これでは一瞬《いっしゅん》で終わってしまう。

シークが得意の双剣《そうけん》を構える。それぞれが片刃《かたば》の中剣《ちゅうけん》である。一方の新人もおっかなびっくり身構《みがま》えた。まばたきひとつする間もない——、とオルバが考えたそのとき。

地鳴《じな》りのような音が響《ひび》いてきたかと思うと、実際に足もとがぐらっと揺れ動いた。よろめいたその間、剣闘場《けんとうじょう》の向こうからもうもうとした土煙《つちけむり》が湧《わ》き起こる。

何事か、とその煙を見上げた兵士が最初の犠牲《ぎせい》者だった。槍《やり》と銃を携《たずさ》えて剣闘場の周囲を固めていたのだが、突然のことに理解もできぬまま、彼は竜《りゅう》の前肢《まえあし》に踏み潰《つぶ》されて圧死《あっし》した。その血のりが地面を赤々と汚すより早く、土煙のあちこちからぬめりを帯びた竜の鱗《うろこ》が浮き上がり、そして実際に質量をそなえた巨大な姿となって進み出てくる。

大型竜ソゾスであった。その足をつないであるべき鎖《くさり》も、また当然押《お》し込めるべき檻《おり》もなく、自由の身となった竜、それも複数が、突如《とつじょ》としてあらわれたのだった。

「う、うわああっ」

同僚《どうりょう》の死に動転《どうてん》した一《いち》兵士が、銃を構えて発砲《はっぽう》した。狙《ねら》いを外したその瞬間《しゅんかん》、彼の身長を三倍にもした高さから鋭い爪《つめ》を振り下ろされ、一瞬《いっしゅん》のうちに肉壊《にくかい》となって地面に撥《は》ねた。さらに近くにいた別の兵士が、女性じみた金切《かなき》り声をあげ、銃を手放して逃走を開始した。悲鳴と絶叫《ぜっきょう》、それそのものが地鳴りのように轟《とどろ》きはじめる。

「な、何だ、何事だ」

「なぜ竜が暴れている！」

天幕《てんまく》の下でも大勢《おおぜい》の人間たちが怒号《どごう》を交わし合っていた。剣闘で用いるはずの竜が、檻を突き破って暴れまわっているのだ。剣や銃を手に取って警護《けいご》に向かう者、一目散《いちもくさん》に逃げ出す者、部下たちへ指示《しじ》を飛ばす者――様々な人間たちで入り乱れた。

オルバは椅子《いす》から立ち上がっていた。シークらの姿が土煙にまぎれて一瞬見えなくなったのだ。次に出番《でばん》を控えていた剣闘士のひとりがバイアンに蹴飛《けと》ばされた。もうひとり、タルカス商会の人間が無謀《むぼう》にも腹部に飛びつこうとして、ソゾスに踏み潰される。

と、それら竜の間に、ひとりの小柄《こがら》な影が見えた。ホゥ・ランだ。竜たちを止めようとしてか、涙を散らしながら駆けている。危うく竜の肢《あし》に蹴倒《けたお》されそうになる場面が何度かあった。

（銃を貸せっ）

思わずそう怒鳴《どな》って、オルバは護衛兵《ごえいへい》のひとりからライフルを取り上げそうになった。それを中途《ちゅうと》で遮《さえぎ》ったのは、瞬間《しゅんかん》、額《ひたい》のとある一点に感じた、鋭い痛みだった。

あっ、と、理由のつかない衝動《しょうどう》に導かれて、オルバは咄嗟《とっさ》にテーブルの下へと身を潜《もぐ》り込ませていた。その頭上を何かが猛《もう》スピードで走り抜けた。何者かの殺意。それが、形となり、鋭く撃《う》ち込まれたような気がした。

（狙撃《そげき》！）

竜どもの足音、人間たちのあげる悲鳴、怒声《どせい》に混じって、いま確かに鼓膜《こまく》を震わせたのは、ライフルの銃声《じゅうせい》であった。

2

眼下の剣闘場《けんとうじょう》はあっという間に土煙《つちけむり》に覆《おお》われた。戦場そのもののような騒ぎを前に、ビリーナははっと席を蹴《け》った。

竜《りゅう》の暴走、そして犠牲《ぎせい》になっていく人々の姿を見て取るや、彼女の目は反射的に飛空艇《ひくうてい》を探そうとしていた。空から切り込めば、竜たちの注意をひきつけることができる。確か、メフィウスの警備陣《けいびじん》の中に数機《すうき》、旧式《きゅうしき》の偵察艇《ていさつてい》があったはず――、

「おい、貴様《きさま》、それ以上近づくな！」

「無礼《ぶれい》な、ここにいらっしゃる方々をどなたと――うあっ」

整然と居並《いなら》んでいた護衛兵《ごえいへい》たちの間に、乱れが生じた。竜たちの騒ぎによるものではない。何者か、こちらめがけてまっすぐに逃げてきた男があって、それを制しようとした兵士ふたりが、あっという間に斬《き》り倒されたのだ。

(何者！)

声を出したつもりが、しかし唾《つば》の塊《かたまり》となって喉《のど》に引っかかっただけだった。血刀《ちがたな》をぶら下げて彼女を一瞥《いちべつ》したのは、先ほどまで闘技場《とうぎじょう》で戦っていたはずの男。横薙《よこな》ぎに振るわれた一撃《いちげき》から、ガーベラ王女はかろうじて身をかわす。しかし長いドレスの裾《すそ》を踏んで転倒《てんとう》した。

他の護衛兵は竜の暴走に気を取られ、右往左往《うおうさおう》している。ビリーナは素早《すばや》く地面を転がって、斬り倒された兵士の腰から拳銃《けんじゅう》を奪おうとした。その眼前《がんぜん》で火花《ひばな》が撥《は》ねた。地面に喰い込んだ鋼鉄《こうてつ》の刃《やいば》が、短いモーションでふたたび突き下ろされる。

ビリーナの視界《しかい》に、暗い、死の影が落ちかかったその寸前《すんぜん》、刃先《はさき》が静止した。横合《よこあ》いから突然、剣のひと振りがあらわれ、受け止めたのだ。

「きみの相手はぼくだよ」

男の背後から声をかけてきたのは、その男と先刻《せんこく》まで戦っていた剣闘士《し》だった。赤い唇《くちびる》が妖《あや》しげな笑《え》みを浮かべている。

「竜があらわれるや否《いな》や、まっすぐここへ来たね。きみ、何者だい？」

「貴様」

としゃがれ声で怒鳴《どな》った男が、剣を手放し、身体《からだ》を反転させざま、腰にあった短剣《たんけん》を引き抜く。風を巻き起こすほどに素早いその動きで、剣闘士《し》の胸をひと突きにしようとした。が、その剣闘士──シークとて双剣《そうけん》使い。もう片方の剣で短剣を払い落とすと、男の腹部へ剣を突き入れた。

目の前でどうと倒れ伏した男を呆然《ぼうぜん》と見やりつつ、ビリーナは息を呑んだ。

（暗殺《あんさつ》──）

冷たい手で心臓《しんぞう》を握りしめられるような感触《かんしょく》があった。それからふたたびはっとなって、皇《おう》子《じ》ギルのほうを見やる。複数の人影《ひとかげ》が入り乱れる中、彼はテーブルの下に伏せていた。顔だけをそっと出して周囲の様子《ようす》を窺《うかが》っている。無事であったのは何よりだが、彼への失望《しつぼう》の念が高まるのだけはどうしようもなかった。婚約者がいままさに襲《おそ》われていたときに、この男はひとりで震えていたのだ。

と、ギルがこちらのほうを見たので、思わずビリーナはびくりとした。その目に怯《おび》えの色はなく、むしろ――、

「王女、こちらへ来て身を伏せろ」

ギルが――無論《むろん》、その正体はオルバが、やにわに言った。戸惑《とまど》うビリーナの腕を半《なか》ば強引《ごういん》に引いて、同じく伏せさせたのち、シークの名を呼んだ。

剣闘士《けんとうし》が心底驚《おどろ》いたように身をすくませる。ぽかんとなった彼へ、オルバはこんなときなのに冗談《じょうだん》めかしたい思いに駆《か》られた。

「おまえのファンなのさ」それからすぐに真顔《まがお》になって、

「竜《りゅう》は陽動《ようどう》に過ぎない。こちらを狙《ねら》った狙撃兵《そげきへい》がいるはずだ。そいつを探し出せ」

「は、ははっ」

突然一国《いっこく》の皇子《おうじ》に直接名《な》を告げられ、しかも命令を下されて、さしものシークも困惑《こんわく》した。

それに構わずオルバはつづける。

「ゴーウェンにも伝えて、何人か腕の立つ者に協力させろ」

走りはじめたシークは何度かこちらを振り向きながらも、いざ決断するとなると行動は素早かった。血にたけり狂った竜が、数名の人間を貪《むさぼ》り喰らっているその間を駆け抜けていく。その背中を見届《みとど》けつつ、オルバはテーブルの下から顔を出した。そしてすぐさま引っ込める。何度かそんな動きをくり返すうち、はじめてビリーナの耳にも銃声《じゅうせい》が届いていた。

（囮《おとり》？）

ひらめくような思いで彼女は気づいた。そうやってわざと身をさらすことで敵の銃撃《じゅうげき》を誘い、あのシークとかいう剣闘士に敵の居場所《い》を教えようというのだ。この皇子、いったいどれが本当の顔なのか——騒乱《そうらん》の中にあって、ビリーナがそんなことを考えたとき、前方で騒ぎがひときわ大きくなった。列の先頭にいたソゾスが谷をよじ登り、こちらへ接近しつつある。

「殿下《でんか》、王女さま。こちらへ！」

護衛兵《ごえいへい》のうちふたりが駆け込んできた。ようやく正常な機転《きてん》を働かせる者が出てきたらしい。オルバも頃合《ころあい》と判断した。立ち上がってビリーナの手を引く。彼女も逆らわずに従った。

オルバは走りながら、この婚礼《こんれい》を快く思わない者がいるかもしれない、というフェドムの言葉を思い出していた。あるいは、こうなることがはじめからわかっていたからこその影武者《かげむしゃ》なのか。いまは考える暇《いとま》とてない。剣闘士たちの無事も気がかりだったが、狙撃が絶えたことからして、大丈夫《だいじょうぶ》だろう、とオルバは判断を下していた。ゴーウェンならば剣闘士たちをまとめてくれているはずだった。

オルバとビリーナ、手をつなぎ合わせつつ、何度かともに後ろを振り返っては、兵に導かれるまま崖下《がけした》の洞窟《どうくつ》へと急ぐ。

「ここの隠《かく》し通路へ、ひとまず。崖の反対側につづいています」

兵士が洞窟内にあった柱のひとつを拳《こぶし》で殴《なぐ》ると、その横合《よこあ》いの岸壁《がんぺき》が、一部、くるりと回転して人ひとり通れるくらいの空間が空《あ》いた。「さあ、お早く」と王女を急き立《せ》てる。ビリーナがそこへ身体《からだ》をこじ入れた瞬間《しゅんかん》、なぜかその背後でふたたび壁が回転した。

「えっ」

と声を発し、振り返るも、目の前にあるのは真《ま》っ黒《くろ》い闇《やみ》。灯《あか》りひとつない洞窟内では隠し通路のスイッチを探すこともできない。さらには、壁の向こうで何やら言い争いをしている声が聞こえてきた。

よもや敵兵が待ち伏せしていたのでは——と思う間もなく、

「ビリーナ王女」

背後から声をかけられた。やはり甲冑《かっちゅう》を着た兵がふたり、通路の向こうからランプを掲げている。しかしそれはメフィウスの装具《そうぐ》ではなかった。

「王女さま、こちらへお急ぎを。迎えの船が来ております」

「船？　船とは、何のことか」

「王女をこの野蛮《やばん》な土地から連れ出し、高貴《こうき》なる血筋《ちすじ》にふさわしい場所へお連れするための船です」

「おまえたちは――」

ビリーナがとある予感に胸を打たれたとき、ぶ厚い岸壁の向こうから銃声《じゅうせい》らしきものが轟《とどろ》いた。

ビリーナが隠し通路に入った瞬間だった。

「おい、何が起こっている！」

崖《がけ》内の守衛《しゅえい》をしていたらしい兵士が複数、こちらへやって来た。するとオルバたちを導いてきた兵士がすぐにまた柱を叩《たた》き、ビリーナひとりを中に入れたまま通路を塞《ふさ》いでしまった。何事かと色めきたった守衛たちが、もう一度呼《よ》びかけようとする直前、

「わからんよ、おれたちにも。だが、都合《つごう》はいいな」

言うなり、腰の拳銃《けんじゅう》を抜《ぬ》くと発砲《はっぽう》した。

先頭のひとりが血煙《ちけむり》をあげて倒れるのとほぼ同時に、もう片方の兵士が抜刀《ばっとう》して集団の側面から斬《き》りかかった。突然のことに応戦《おうせん》する間もなく、ひとり、またひとりと倒れていく。

オルバはじっと壁に背をつけ、このめまぐるしい展開を見守った。仲間割《わ》れ、というのではないだろう。ビリーナひとりを隠し通路に入れたことから考えて、そう、おそらくはオルバたちを導いた兵らのほうが、竜《りゅう》の暴走、そして皇子《おうじ》ギルの狙撃《そげき》に絡んでいると見ていい。

オルバはそっと屈《かが》み込んで、倒れた兵士から剣を奪い取った。それを背後に隠したとき、目

の前の戦いはひとまず終わりを告げた。

「他愛《たあい》もない」と発砲《はっぽう》したほうの兵士がオルバへと向き直る。「こちらの皇子《おうじ》さまはどうするべきか」

「人質《ひとじち》にしよう。貴様《きさま》もついて来い」

剣を手にした兵が腕を差し出す。先ほどの戦いでは、奇襲《きしゅう》といえ、六人もの兵士を一瞬《いっしゅん》で斬《き》り伏せた腕の持ち主だ。兜《かぶと》の下に覗《のぞ》く顔は傲岸《ごうがん》そのものであった。

「お……おまえたちは、何者だ？」

オルバは震えながら、背中を壁につけたまま横這《よこば》いにあとずさった。返り血を浴びたふたりの顔に嘲笑《ちょうしょう》が浮かぶ。

「ふん、大帝朝《だいていちょう》の皇子さまともあろうお方《かた》が情《なさ》けない。どうせ、たくさんの臣下《しんか》が周りにいなければ何もできんのだろうが」

「そんな奴《やつ》がビリーナさまの夫になろうなどと、片腹《かたはら》痛い。ガーベラの尊《とうと》き血を汚《けが》すところであったわ。さあ、メフィウスのうつけ皇子どの。来い！」

伸ばされた腕から、オルバは悲鳴をあげて逃げる。

「遊んでいる暇《ひま》はない。さあ、さっさと来ないか」

せせら笑いとともに追いすがってきたところを、機敏《きびん》に反転し、隠《かく》し持っていた剣で真《ま》っ向《こう》から斬り伏せた。たなびく血煙《ちけむり》に「ぎえええええ」と叫びを添えながら倒れた相手を飛び越え、あわてて拳銃《けんじゆう》を構えようとした男の肩口《かたぐち》へ突きを見舞《みま》う。銃が床へと落ちた。

「き、貴様」

膝《ひざ》を折った男の頭部へ、剣の柄頭《つかがしら》を叩《たた》き込んで昏倒《こんとう》させた。

そこへ、洞窟《どうくつ》の向こうから、別のメフィウスの守衛兵《しゆえいへい》たちがやってきた。騒ぎを聞きつけたのだろう。オルバは手早く事情を説明し――襲撃者《しゆうげき》ふたりは、血だまりの中に倒れた仲間たちが相打《あいう》ちに持ち込んだことにした――、気絶《きぜつ》している敵を縛《しば》り上げるように命じた。

それから隠《かく》し通路を開けるように促《うなが》したのだが、担当の兵がいなかったのでそれを呼びにいかせる手間《てま》がかかった。

（ひそんでいた敵のほうが熟知《じゆくち》していやがる）

時が惜《お》しい。自分でも気が急《せ》く理由がわからないまま、オルバは舌打《したう》ちを隠した。

ビリーナが隠し通路に消えてから数分、ようやくのことで扉《とびら》が開いた。

オルバがまず耳にしたのは、揉《も》み合っている男女の声だった。

案《あん》の定《じよう》、というべきかどうか、ビリーナの両脇《わき》を男たちが抱え、洞窟の狭い通路を引きずっていこうとしているところだった。

「お放しなさい、無礼者《ぶれい》！」

ビリーナの声が狭い洞窟内に反響《はんきよう》の尾を引く。メフィウスの守衛兵たちがオルバの前へと出た。

「何奴《なにやつ》。王女をどこへ連れていこうとしている！」

「メフィウスの野蛮人《やばんじん》め、近づくな」

そう言い返した敵兵が拳銃《けんじゅう》を引き抜いた。咄嗟《とっさ》に反撃《はんげき》しようとした兵を、

「待て、王女に当たる！」

制しながらオルバも伏せようとした。その瞬間《しゅんかん》、にわかには信じがたい出来事が起こった。

ひとりが銃を構えたことで、片方の束縛《そくばく》を失ったビリーナが、ぴょんと跳ね上がるや、ドレスから足を振り上げたのだ。足のほとんどをはみ出させるほどの勢いに、兵士の手から銃が落ちた。呆気《あっけ》に取られるより早く、オルバも即断《そくだん》した。

「いまだ――銃は使うな、いけっ」

オルバの号令《ごうれい》を受けて、剣と槍《やり》とで武装《ぶそう》した兵らが相手方《がた》へ殺到《さっとう》する。

ひとりが応戦《おうせん》の構えを見せたが、メフィウス側の勢いにあっという間に呑まれた。

「引け、引け！」

結局は王女を置き去りに逃走を開始。

メフィウスの兵らも雄叫《おたけ》びをあげてあとを追うが、何しろ幅の狭い洞窟《どうくつ》だ。立ち止まったガーベラ兵のひとりに銃を連射《れんしゃ》されるとたちどころに連携《れんけい》を失い、あちこちに身を隠《かく》さねばならなくなる。そうして味方の逃走を援護《えんご》した男は、自らの弾《たま》が尽きると、懐《ふところ》からナイフを取り出して、おのが首筋《くびすじ》に突き入れ、果てた。

オルバは最後までその顛末《てんまつ》を見届けてはいなかった。あとはメフィウスやガーベラの問題であり、自分には関わりがない。それよりも見知っている人間たちの安否《あんぴ》が気にかかって、もと来た道を逆に辿《たど》って洞窟から抜け出た。

戻ってみると、いくらか騒ぎは収まっていた。竜《りゅう》たちは長い首を地面に横たえ、あるいは巨《きょ》体《たい》を谷の斜面にもたれかけさせ、血を吐いている。ゴーウェンをはじめとする剣奴《けんど》の銃火《じゅうか》、そしてメフィウス兵らが引いて来た大砲《たいほう》が沈めたのだ。なかなかの活躍をみせたらしく、ギリアムやシークの得物《えもの》はおびただしい血に濡《ぬ》れ、荒々しい呼吸で筋肉が波打っていた。

が、彼らの顔から緊迫《きんぱく》の色は去りやらず、むしろいっそう決死の覚悟《かくご》に塗り固められている。それもそのはず、メフィウス兵士らの構える銃は、その剣奴たちのほうにこそ向けられていたのである。

「どういうことだ、タルカス！」

顔を真《ま》っ赤《か》にしたフェドムが、タルカスを糾弾《きゅうだん》している。

突如《とつじょ》暴れはじめた竜たちは、彼らタルカス剣闘会《けんとうかい》が連れてきたのだし、剣奴のうち数名がギルやビリーナに銃火を向けたのを何人もが目撃《もくげき》していた。タルカスは蒼白《そうはく》な顔で「自分は知らない」と必死に弁明《べんめい》していたが、フェドムは聞く耳を持たなかった。もし自分が銃を手にしていたら、そのままタルカスを撃《う》ち殺しそうなほどの勢いである。

剣奴たちの大半《たいはん》は武装解除《かいじょ》させられ、両手を頭の上で組まされている。しかし銃を向けている衛兵《えいへい》たちの顔にも戸惑《とまど》いがあった。何せ、最初に竜《りゅう》へ反撃《はんげき》したのは、他ならぬこの奴隷《どれい》たちなのだから。

土埃《つちぼこり》がいまだ立ち込め、血と硝煙《しょうえん》の臭《にお》いおびただしい、そんな騒然《そうぜん》とした空気の中、

「待て」

とオルバは進み出た。銃を構えていた兵たちが驚いて道を開ける。オルバをちらりと見やったフェドムは口の端《はし》を歪《ゆが》めた。

「何だ？　おまえがしゃしゃり出るようなときでは――」

「誰に口を利いている？　わかっているのか、フェドム」

はっと口をつぐむフェドムを尻目《しりめ》に、オルバは、はじめて目にするもののようにタルカスを見やりながら鼻で笑った。

「こんな男が、国家ぐるみの悪巧《わるだく》みを働かせるようなタマなものか。大方《おおかた》、何者かに利用された口だろう。何も知らずこの者たちを雇《やと》ったメフィウス側の人間にも責任があると思え。誰とは言わぬがな。もし責任を押しつけ、剣奴《けんど》のひとりでも勝手《かって》に処刑《しょけい》してみろ。そいつの首こそ、おれの――余《よ》の剣で、撥《は》ねてやるぞ」

「そのとおりです」

振り向いたオルバは、驚きに片方の眉《まゆ》を上げた。ビリーナが歩み寄ってくる。ややよろめきがちではあったが、さっきまでの騒乱《そうらん》を思えば、むしろしっかりとした足取りともいえた。

「ああ、姫さま！」

ずっと身を案じていたのだろう、侍女《じじょ》のテレジアが駆け寄ってくるのを薄い笑顔で迎えてから、

「わたしの命を狙《ねら》ったのも剣闘士《けんとうし》なら、それを救ってくださったのも、そちらの剣闘士。この事態、簡単に結論を出せるものではないでしょう」

ドレスは砂にまみれ、顔は汗の珠《たま》を無数に結んで、結《ゆ》い上げた髪《かみ》もあちこちでほつれてはいたものの、瞳《ひとみ》は確かな意思《いし》を備えている。

（あれだけの混乱の直後で——）

よくパニックにもならず、冷静に分析《ぶんせき》している。ついさっきまで、人形のように見えていたはずの彼女が、傷つき、痛めつけられた姿になってはじめて、血肉《けつにく》を備えた、つまり自分と同じ人間であることをオルバは実感していた。

「それに」

異国《いこく》の姫君《ひめぎみ》は不意に目を伏せ、歯噛《はが》みした。

「あれは、おそらく、我らガーベラ——リュカオン将軍の手の者です」

その夜、オルバは崖《がけ》内の一室にいた。昨夜過《す》ごしたのと同じ部屋で、皇族《こうぞく》が宿泊するにふさわしいつくりにはなっている。

事態の全貌《ぜんぼう》がつかめぬ中、いまから彼らのみでメフィウス領《りょう》の都市へ戻るのは危険であると判断し、とりあえずは手持ちの兵力で谷に防衛線《せん》を張りつつ、都市からの救援《きゅうえん》を待つことにしたのだ。

無論《むろん》、ビリーナをはじめとするガーベラ側の人間数名《すうめい》、エンデからの使節団《しせつだん》も谷に足止めを喰っている。何しろ情報は錯綜《さくそう》していた。あの隠《かく》し通路で敵を追っていたメフィウス兵は、谷の反対側に抜け出た瞬間《しゅんかん》、空を飛ぶ竜石船《りゅうせきせん》を目撃《もくげき》している。一〇人乗り程度の高速巡洋艦《じゅんようかん》で、おそらくはつい数分前まで崖の反対側で待機していたのだろう。それでビリーナを連れ出す計画だったのではないか。

ビリーナはそれを「リュカオンの仕業《しわざ》」と言った。リュカオンはガーベラの猛将《もうしょう》。名前くらいはオルバも知っている。となれば、当然、この一連の騒ぎはガーベラの仕組んだものということになる。

(だが――)

とオルバは考えを巡らせていた。あれがガーベラの仕業とするなら、不自然な点が多々ある。

「ギルさま、ギルさま」

呼びかけの声に反応するのがやや遅れた。小姓《こしょう》のディンが、酒瓶《さかびん》数本とグラス三つをテーブルに並べたところだ。すべてオルバが言いつけた品だった。

「また、ご自身のことだと気づくのが遅れましたね」

「そんな名前で呼ばれたことがないんでね」オルバは肩をすくめた。「名前はともかく、さまってのは柄《がら》でもねえ。こそばゆくなるんだよ。他に人がいないときはおまえも無理することはない」

「いいえ。誰がどこで目を光らせ、耳をそばだてているかもわかりません。それに、ぼくもそれほど器用《きよう》な人間ではないのです。普段から『ギル皇子《おうじ》』として接しておかないと、いざというときに態度を切り替えられる自信がないのです。あなたも、慣れていただかなければ。常から皇子であるように振る舞わねば、これもいざというときぼろが出かねません」

まだ一二、三歳《さい》の少年のほうがよほど貴族《きぞく》らしく胸を張ってそう答える。「慣れね」と言いつつ、オルバは天井《てんじよう》から床までの高さを占めた全面窓《まど》に近づいた。

カーテンがかけられているので、そこから谷を見渡すことはできない。バルコニーにも兵が詰めて警護《けいご》しているが、崖から直接張《は》り出したバルコニーそのものが広いので、いまの会話を聞かれた心配はなかった。

そういえば、とオルバは思い出し笑いをした。フェドムに糾弾《きゆうだん》されていたタルカスは、彼が助け舟を出したことで、何度も彼のほうへお辞儀《じぎ》をしていたのだ。涙目《なみだめ》の哀《あわ》れっぽいあの顔は一生忘《わす》れられまい。

「このグラスの数、どなたかお客人《きやくじん》が参られるのですか？」

ああ、と答えたとき、ちょうど外の扉《とびら》を護衛《ごえい》していた兵士から来客を告げられた。

「通せ」

兵士ふたりに左右を挟まれる形で、先ほど、皇子《おうじ》の命令をよそおってオルバが呼んだ人物らが入ってくる。

驚きと緊張《きんちょう》によってか、どこか恐る恐る入ってきたのは、剣奴《けんど》養成《ようせい》係ゴーウェン、それに、剣闘士《けんとうし》シークであった。

3

「よく来てくれた」

と、手はじめにオルバは来室してきたふたりをねぎらった。皇子らしく薄い笑《え》みをたたえたままだが、胸中は無論《むろん》、彼らのいつになく恐縮《きょうしゅく》しきったような態度がおかしくてならない。

いつもは豪胆《ごうたん》なゴーウェンも、口の中でもごもご挨拶《あいさつ》にもならないような言葉をつぶやいたきりだし、シークなどはずっと目を丸くしている。きっと、「皇子がお呼びだ」と声をかけられて以来ずっとそうなのだろうと思うと、いまにもオルバは噴《ふ》き出してしまいそうで、堪《こら》えるのに苦労した。

驚いたのはディンも同じだった。フェドムか、そうでなくともメフィウスの重鎮《じゅうちん》が来ると思っていたのだ。

「ちょっと、これはどういうことです。断りもなしに剣闘士を部屋に招くだなんて。フェドムさまに知られては――」

「おれは皇子だぞ。勝手《かって》も何もあるか。それともおまえの許可なくしては、おれは誰とも会話できんのか」

普段から皇子らしく振る舞えという先ほどの話を蒸し返され、ディンは返す言葉もない。仕方なくオルバの言いつけどおりにグラスに酒を注《そそ》ぎ、それをふたりの来客に振る舞った。

「彼ら剣奴はよく働いてくれた。彼らの活躍なくしては、おれもいまここでこうして酒盃《しゅはい》を傾けてはいまい。救国《きゅうこく》の英雄と称《たた》えてもいいくらいだ」

グラスを合わせるように差し出すと、ふたりは恐縮しきりだった。相手のそんな反応を楽しみつつ、オルバはちびりちびりと酒を舐《な》める。本来、強いほうでもない。『ギル皇子』がなかなか本題に入ろうとしないので、皆、居心地《いごこち》悪そうにしていたが、やがてシークが口火《くちび》を切った。

こういう場においては、意外《いがい》にゴーウエンよりも肝《きも》が据《す》わっているようだが、

「あそこでお声をかけていただいたときも不思議《ふしぎ》に思いましたが、なぜ、わたしどもの、お、お名前を、ご存知《ぞんじ》だったのでありましょうか？」

緊張のせいか、言葉遣《づか》いを間違えている。オルバは薄い笑みを必死で維持《いじ》しながら、

「言ったろう。おまえたちのファンなんだよ」

「ファン、でありますか」とゴーウエン。「し、しかし、自分はここ数年、闘技場《とうぎじょう》では戦って

はおりません。剣闘士《けんとうし》であったときも、さほど名を残すほどの戦いをした覚えもありませんので、あの、まさか、皇子《おうじ》がわたしなどの名をご存知《ぞんじ》のはずは……」

「現に、知っておる」オルバはわざとしかめっ面《つら》になった。「おれがきみらの名を知っていたら何か不都合《ふつごう》なことでもあるか。それとも皇子が剣闘にうつつを抜かすなどとんでもないことだと、とがめる気でいるのか？」

「い、いえ、まさか」

「いや、もういい。下がれ。沙汰《さた》は追って下す」

何の沙汰だかわかりはしないが、ゴーウェンの顔はこわばり、シークがあわてて一歩前へと進み出た。

「お許しください、殿下《でんか》。なにぶん、卑《いや》しき剣闘士の身。このような場に慣れてもおらず、また、皇族《こうぞく》の方とお話しする際の礼儀《れいぎ》作法どころか、言葉遣《づか》いひとつ、ろくに知りもせず……お気分を害されましたならば、このように……」

しどろもどろになるシークを、オルバはじっと冷たく見据《みす》えていたが、

「くっ」

ついに堪《こら》えきれず、噴《ふ》き出した。あとはもう一気だ。オルバは腹を抱えて大笑《おおわら》いしはじめた。ふたりはぽかんとなる。ディンなどは青ざめ、「皇子、皇子」とひたすらたしなめていたが、「誰が皇子なものか」目もとの涙をぬぐって、オルバはもう一度笑った。

「まだわからないかよ、ゴーウェン？　おまえらしくもない。いっそ剣で勝負したほうが話は早いか？」

　壁にかかっていた細剣《さいけん》を引き抜くと、それをすっとゴーウェンの眼前《がんぜん》に突きつける。
「闘技場《とうぎじょう》で使ったことは数えるくらいしかないが、細剣の扱いもあんたに手ほどきを受けたぜ。構えは優雅《ゆうが》に見えるよう、腋《わき》を絞《しぼ》りつつも、肘《ひじ》から先は柔らかく——だったっけ？」

　ひゅんひゅんと剣先《けんさき》に軽いダンスを躍《おど》らせつつ、ゴーウェンの周囲でステップを踏む。あっ、とシークが声をあげた。オルバがにやりと目配《めくば》せを送ると、
「まさか——いや、しかし——声が似ているとは思っていたけれど……い、いや、だけど」

　決断のつかないふうなシークめがけ、オルバは一歩を踏み込んだ。ひゅうっと鋭く風を裂いたその剣先からシークの顔が遠ざかる。反射的にあとずさった彼へ、
「この顔に傷をつけてやろうか。それが、おれとおまえの絆《きずな》、その証《あかし》になるんだろ？」

　笑いかけてやった。ごくっと白い喉《のど》を上下させた彼に代わり、
「オルバか!?」

　素《す》っ頓狂《とんきょう》な声をあげたのはゴーウェンだった。

　テーブルについたふたりは衝撃《しょうげき》を引きずっていて、おまけに、まだどこか疑念《ぎねん》を払えない様《よう》子《す》だった。そんな彼らに、オルバはいままでの経緯《いきさつ》をごく簡単に説明した。その間、誰も口を

挟まない。ディンはもう、半《なか》ばふてくされたような態度で三人の給仕《きゅうじ》を行っていた。

「ううむ」呻《うめ》くようにゴーウェンが言った。「長年生《い》きているとおかしなことに出くわすものだ。しかし、よもやおまえの仮面《かめん》が、皇子《おうじ》に似ている素顔《すがお》を隠《かく》すためだったとはな。それに若い若いとは思っていたが、正直、そこまでだとは思わなかったぞ」

「ぼくは思ったとおりだったよ。いや、それ以上の男前《おとこまえ》だったと言うべきかな、ここは」

シークのほうはすっかりいつもの態度に戻っている。ゴーウェンがかぶりを振って、

「しかし、このようなこと、おれたちに打ち明けていいのか？　国家機密《きみつ》だろうに」

「いいわけはない」オルバはあっさり言った。「だけど、たったひとりで皇子気取りでいたら、息が詰まりそうになるんでね。おまえらなら口も堅いだろうと思ったんだ」

「へえ」

「何だよ、その目は」しげしげと見つめてくるシークから、オルバは気味《きみ》悪そうに顔を逸《そ》らした。「もういいだろ。素顔にも慣れてくれ」

「いや、そうじゃなくてね。オルバ、仮面を外したから、ってだけじゃなくて、何か雰囲気《ふんいき》が変わったよね」

「雰囲気？」

「剣闘士《けんとうし》のきみは、何か、目には見えないものに押しつぶされそうなくらいはかなく見えたし、それとは逆にいつも目をぎらぎらさせていて、荒くれ者ぞろいの剣闘士の中でも、何というの

か、いっそう危険な存在に見えた。それがぼくをゾクゾクさせてくれたのさ。いまは、でも、きれいさっぱり、ってわけにはいかなくても、いくぶんか軽くなった気がするよ」

「皇太子《こうたいし》を演じて、国を背負った気でいたのにか？　ずいぶんメフィウスも軽く見られたな」

「そういうところがさ」

シークは謎《なぞ》めいた笑《え》みを与えた。妙《みょう》に子供扱《あつか》いされた気になって、オルバも少しムキになりかけたが、

「ともあれ」ゴーウェンが口を挟んだ。「婚礼《こんれい》の前にわざわざおまえを影武者《かげむしゃ》に仕立てたということは、今日のような奇襲《きしゅう》をメフィウス側はすでに予期していたということになるのか？」

シークも真顔《まがお》になって、かぶりを振った。

「それにしては妙だね。メフィウスの兵隊はどいつもこいつも泡《あわ》を喰っていて、ろくに対応できていなかった。皇子《おうじ》……いや、オルバが命令を下さなきゃ、ぼくたちも混乱したままだったろうし、そうなると、皇子と王女、ふたりとも、狙撃《そげき》で殺されていたでしょう」

さすがに場数《ばかず》を踏んだ剣士《けんし》だけあって、状況をよく見ている。オルバは空《から》になっていたゴーウェンの杯《さかずき》へ酒瓶《さかびん》を差し出した。「あ」と声をあげ、まだどこか恐縮《きょうしゅく》したように杯を掲げるゴーウェンに苦笑《にがわら》いしながら、

「タルカスが何か知っている様子《ようす》はなかったか？」

「う、うむ。知らぬ存ぜぬを貫《つらぬ》いていたようだったが……あの御仁《ごじん》は芝居《しばい》を打てるタイプでは

あるまい。おそらくは、本当に何も知らなかったのだろう」

「でも、ビリーナ王女に斬《き》りかかったのも、ふたりを狙撃しようとしていたのも、タルカスが連れてきた新人ばかりだ。ひとりくらい生かしておけばよかった」

シークが赤い唇《くちびる》を歪《ゆが》める。あの乱戦《らんせん》の最中《さいちゅう》では、さすがに敵の捕縛《ほばく》など望めなかった。唯一《ゆいいつ》、オルバが隠《かく》し通路でひとりの剣士《けんし》を昏倒《こんとう》させ、縛《しば》り上げている。いまはその尋問《じんもん》、あるいは拷《ごう》問《もん》の真《ま》っ最中だろう。

「ホウ・ランは？　竜《りゅう》の扱いに長《た》けた彼女なら何か、あの暴走についてわかるはずだ」

「薬によるものじゃないかと言っていたよ。昨日、竜の世話は例の新人どもに任されていたみたいだし、信憑性《しんぴょうせい》はある。ただ、ぼくはタルカスを少し見直したよ。竜神信仰《りゅうじんしんこう》の部族《ぶぞく》出身、しかも竜を好きに操《あやつ》れるとくれば、一番に疑いがかけられるし、嫌疑《けんぎ》を彼女にかけたほうが楽かもしれなかったのに、ホウ・ランのことはずっと庇《かば》いつづけていた」

「となると、タルカス本人はやはりシロか？」

「タルカスの言によれば、今回の御前剣闘会《ごぜんけんとうかい》の話があった直後に、かなりの資金《しきん》援助を申し出てきた商人がいたらしい。タルカス剣闘会だけでは何かと荷のかちすぎる話ではあるからな、一も二もなく飛びついたようだ。その交換《こうかん》条件として、あの『新人』らの身柄《みがら》を引き受けたという話だが」

「そいつが黒幕《くろまく》？　しかし、それだけの大金をいきなり用意できる商人となると、メフィウス国内でも名前が限られてきそうなものですがねえ」

「それだ」ゴーウェンも、いつもの落ち着きを取り戻してきた。「これだけのことだ。成功しようとしまいと、タルカスの口から必ずその存在は知れる。にもかかわらず、大胆《だいたん》にもやってのけたということは、尻尾《しっぽ》を捕まえられない確証《かくしょう》があったのだろう。どうにも底が知れんよ。無論《むろん》、ただの商人などではあるまい。もっと大掛《おおが》かりなものが背後で絡んでいると見ていい」

「たとえば、ガーベラ国そのもの？」

「ガーベラが絡んでいるのは間違いないだろうが」

オルバは慎重《しんちょう》に言葉を選んだ。自分が隠《かく》し通路で直接相対《あいたい》した兵たちは、あきらかに王女ビリーナへ敬慕《けいぼ》の念を抱いていた。あの土壇場《どたんば》でまさか正体を隠すための芝居《しばい》でもあるまい。しかし、だからこそ不可解《ふかかい》な点もある。シークが言ったように、あのときはオルバだけでなく、王女も殺されていた可能性が高いのだ。少数で乗り込んで王女を連れ帰ろうと計画していた連《れん》中《ちゅう》が、問答《もんどう》の余地《よち》もなく王女を殺害しようとするはずなどない。

ゴーウェンが首をひねった。

「メフィウス、ガーベラに仇《あだ》をなそうとするものなら、エンデも可能性としてないわけではない。一度はガーベラと同盟《どうめい》を結ぼうとしたが反故《ほご》にされている恨《うら》みもあろうし、何より、この二国が同盟関係《かんけい》を結べば、真《ま》っ先《さき》に危機に陥《おちい》るのはエンデだ」

「それにしては短絡《たんらく》過ぎませんか。こんなことをすれば、逆にエンデを攻撃する大義名分《たいぎめいぶん》を与えるようなものだよ」

「そうだな」オルバも頷《うなず》いた。「特に、どちらも王族《おうぞく》を殺されたとなれば、その勢いは凄《すさ》まじいものになる。昨日まで敵同士《てき》だったメフィウスもガーベラも、むしろ強固に連携《れんけい》を取り合ってエンデへ怨念《おんねん》の刃《やいば》を突きつけかねない」

「お。皇子《おうじ》さまっぽい発言だね」

「よせよ」

また妙《みょう》な雰囲気《ふんいき》になりかけたとき、部屋の入り口付近がにわかに騒がしくなった。誰かが部屋に入ろうとしているところを、衛兵《えいへい》が止めているらしい。一瞬《いっしゅん》、ゴーウェンなどは敵の侵入《しんにゅう》かと身構《みがま》えかけたが、

「困ります。どうか、お部屋のほうにお引き取りください」

衛兵の丁重《ていちょう》な言葉遣《づか》いを耳にして、オルバにはピンと来るものがあった。

「ディン、入れてやれ」

「皇子。また、そんな勝手《かって》な……」

「いいから。何なら、ここでおれの身分《みぶん》を明かしたっていいんだぜ」

「そうなれば、あなただって縛《しば》り首ですよ！」

文句を言いつつ、もう誰が入ってきたところで同じだと思ったのか、ディンはため息をついて命令に服した。やけくそ気味に入室の許可を告げたディンだったが、ドアが開くと同時にぎ

よっと身を引いた。

入ってきた顔ぶれを見て、ゴーウェンらもあわててかしこまり、椅子《いす》を蹴《け》って直立する。予想どおりだったとはいえ、オルバも内心には驚きがあった。腰の前方で手を組み、しずしずと、しかし確かな足取りで姿を見せたのは、ガーベラ国王女《おうじょ》ビリーナだった。後ろには侍女長《じじょちょう》のテレジアが控えている。ふたりとも表情は硬く、覚悟《かくご》と決意の色が透《す》けて見えたが、

「ああ、まさか結婚前にお相手の方の部屋にお伺《うかが》いすることになるなんて。ガーベラの淑女《しゅくじょ》としては恥ずべきこととはわかっていましたが、何ぶん、予想外の事態になったことゆえ。非礼《ひれい》をお許しください、ギル殿下《でんか》」

テレジアのほうの決意とはそうしたものらしい。何せ、儀式《ぎしき》が半《なか》ばで邪魔《じゃま》されたものだから、ギルとビリーナはまだ正式な夫婦ではないのだ。オルバはふたたび皇子《おうじ》の仮面《かめん》を表情にまといつつ、着席を勧めたが、ビリーナは立ち尽くしたままだった。

「どうか、お聞き入れいただきたいことがありまして、非礼を承知《しょうち》で参りました」

開口《かいこう》一番、戦《いくさ》に挑《いど》む兵士のような顔でビリーナは言う。彼女の用向きも、しゃべる内容も、大方《おおかた》予測済《ず》みのことだった。今回の件は決して本国の意思《いし》によるものなどではなく、ガーベラはふたたびメフィウスと事を構える気などない、とビリーナは訴える。

「では」とオルバは相手の言葉を遮《さえぎ》った。「リュカオンとやらは、ガーベラ側の人間ではないと？」

その名を出され、少女はいったん目を伏せた。唇《くちびる》をきゅっと噛《か》みしめたのち、すぐにそれを引き剝《は》がす。にらむような眼差《まなざ》しはオルバ自身を敵とみなしているかのようだ。

「ええ。このようなことになったからには——すでに。本国にもこの件は知らされていましょうし、リュカオンは爵位《しゃくい》を剝奪《はくだつ》され、ガーベラの国籍《こくせき》も失いましょう」

「これはリュカオンひとりの策略《さくりゃく》であったと？」

「そうとしか思えません。わたしを連れていこうとしたあの兵たちも、リュカオンの名を出していました。ガーベラ内でメフィウスを討《う》てる気概《きがい》と力のある方は、いまやあのお方ただひとりだ、と」

「リュカオンとは」

「はい」

「どのような人物なのです？」

黒目《くろめ》がちのぱっちりとした瞳《ひとみ》が瞠《みは》られた。オルバの声の調子が軽かったのと、身構《みがま》えていたところに意外《いがい》なことを訊《き》かれたからだろう。

「無論《むろん》、その勇名《ゆうめい》は我がメフィウスにも轟《とどろ》いておりますが、実際の人となりはわからぬもの。王女殿下はお会いになったことは？」

「ええ——あります」

リュカオンの血筋《ちすじ》は、現在ガーベラ領《りょう》になっているとある地方豪族《ごうぞく》のものであり、正式にガーベラ家家臣《かしん》となったのは彼の祖父《そふ》の代になってからである。が、そののちのやはり豪族《ごうぞく》との小競《こぜ》り合いにおいてリュカオンの父は領土《りょうど》を失ってしまい、彼ら一家はほとんど百姓《ひゃくしょう》と変わらぬ生活を強いられた。ガーベラの中枢《ちゅうすう》となっている貴族《きぞく》たちの大半《たいはん》は、ガーベラ王家の成り立ちから今日まで国家を支えてきた譜代《ふだい》であったので、外様《とざま》は風当たりも強かったのである。リュカオンは一〇歳《さい》のとき、一部隊《いち》を率《ひき》いる身分《みぶん》であった騎士《きし》に仕えた。一三のときにはじめての武勲《ぶくん》を挙げてから、二〇歳になるまで数々の戦果《せんか》を誇ったが、なかなか騎士見習《みなら》いの身分から脱することはできなかったという。

この、『騎士』というのはメフィウスでは聞き慣れない身分であるが、貴人《きじん》にして戦士《せんし》の位、と考えればわかりやすい。ガーベラでは王をはじめ、一軍を率いる身分の者はすべて騎士である。貴族すべてが騎士というわけではないが、平民《へいみん》は決して騎士にはなれない。リュカオンも、先ほど述べた譜代と外様の関係からくる理由によって、騎士となることをなかなか認められずにいた。

そして、話はいまから五年前に遡《さかのぼ》る。

そのときガーベラでは、王家《おうけ》への謀反《むほん》騒ぎが起こっていた。

譜代の重鎮《じゅうちん》であったはずのバトールが中心となり、数年前の戦いでガーベラに吸収されたばかりの地方豪族数名と連携《れんけい》して、反乱の火を起こした。おそらくメフィウス側の調略《ちょうりゃく》によるものと思われるが、ビリーナはさすがにそのことを口にするのは控えた。

当時九歳だったビリーナは、祖父《そふ》であるジオルグ・アウエルの離宮に遊《りきゅう》びに出かけていたのだが、バトールが居城《きょじょう》に欲したのは他ならぬその離宮であった。真夜中《まよなか》、突然の襲撃《しゅうげき》を受けたのである。

当時隠居《いんきょ》の身であったジオルグは、それでも数少ない兵士たちを指揮《しき》して立派《りっぱ》に戦ったが、待ち望んでいた援軍《えんぐん》はなかなか訪れなかった。このままでは無駄《むだ》な人死《ひとじ》にが増えるばかりだと判断したジオルグは、降伏《こうふく》を決意。離宮はバトールに明け渡され、また、ジオルグ本人やビリーナたちもそのまま人質《ひとじち》にさせられた。

ジオルグはこの戦いで傷を負っていた。ただでさえ病がちだったところへこの痛手《いたで》は大きく、それ以来床に伏せるようになった。医師も薬も不足しており、また当然外《そと》からの補給《ほきゅう》があるわけでもなく、戦いでかろうじて生き残っていた負傷兵《ふしょうへい》たちも、昨日はひとり、また今日もひとり、といった具合に命を落としていった。

そのとき、ジオルグに代わって、王国側《がわ》の代表としてバトールと交渉に当たったのが、ビリーナ姫だ。幼少の身にありながら、彼女は堂々と渡り合った。自分ひとりが人質になると主張して、痛手を負った祖父をはじめ、負傷兵数十名、それに女性らを解放するよう、彼に求めた。バトールはこの幼き王女の勇気に感服《かんぷく》して、人質半分《はんぶん》の解放には応じたものの、その残り半分の人質の中にはジオルグが含まれたままだった。

この反乱はしかし、初動《しょどう》こそ上手《うま》く働いたのだが、その後の権力《けんりょく》争いを見越《みこ》した豪族《ごうぞく》たちの内紛《ないふん》も手伝って、ひと月も経《た》たないうちに次々と鎮圧《ちんあつ》されていった。ただひとり、バトールのみが人質《ひとじち》ともども離宮《りきゅう》に居座《いすわ》り、籠城《ろうじょう》しつづけた。残された水も食糧も少なかったが、バトールは刃《やいば》を収めようとしなかった。討《う》ち死に覚悟《かくご》だったのだろう。

彼の覚悟のほどはともかくも、そのときにはバトールの求心《きゅうしん》力も落ちていた。人質となっていた離宮の人々は、兵たちの中に数名の協力者を見つけた。城の地下水路《すいろ》は見張り数名が交代で詰めていたのだが、一日の、ごくわずかな時間だけ、そこの見張りに空《あ》きをつくらせることに成功した。それを利用してジオルグとビリーナだけでも逃がそうとしたのである。

しかし、ビリーナ自身がそれを拒否《きょひ》した。手傷《てきず》を負った祖父と幼い自分では、逃げきれるかどうかわからない。それに自分たちがいなくなればバトールは当然それに気づいて、せっかくできた隙《すき》も埋められてしまうだろう。そうなると残りの人々は絶望的だ。バトールとともに餓《が》死《し》するか、王族《おうぞく》を救出《きゅうしゅつ》したことで遠慮《えんりょ》のなくなったガーベラ軍が突撃《とつげき》した末に、戦いに巻き込まれて死んでしまう。

床に伏せていたジオルグだが、そこで孫娘《まごむすめ》からの報告を受け、一計《いっけい》を案じた。ビリーナがひそかに作成していた宮殿《きゅうでん》の見取り図と兵の配置図を、人質の若者に手渡し、「これを持って外のガーベラ軍と合流するように」と命じたのである。

これにより情報を得たガーベラ軍は、腕の立つ者数名を集めて、宮殿へと送り込んだ。例の地下水路を使ったルートである。ビリーナたちはそれを手引きし、そしてばらばらに閉じ込められていた人質たちを一気に救出した。

この少数精鋭軍《せいえいぐん》の中にいたのが、当時二三歳《さい》であったリュカオンである。

人質救出の合図を受けたガーベラ軍が突撃を開始し、防衛に手いっぱいになったところを、リュカオンは単身斬り込んで《たんしんき》、バトール本人の首級《しゅきゅう》を挙げたのだった。


(――ほう、凄《すげ》え)


オルバは内心素直《ないしん》に感嘆《かんたん》した。リュカオンのことではない。弱冠《じゃっかん》九歳《さい》にして謀反《むほん》者と渡り合い、なおかつ希望を捨てず、祖父《そふ》とともに機転《きてん》を利かせたビリーナ王女にである。

その後、バトール討伐《とうばつ》の功績《こうせき》を認められたリュカオンは、先代《せんだい》王ジオルグの推薦《すいせん》状が現国王《げんこくおう》のもとへ直々《じきじき》に届けられたことで、ようやく正式に騎士《きし》を叙任《じょにん》することとなった。そしてそれからはリュカオンの勇名《ゆうめい》が馳《は》せるのも早かった。それまでの功績もあって、すぐさま彼は飛空《ひくう》船一隻《せんいっせき》を指揮《しき》する権限《けんげん》を与えられた。メフィウスでいう、翼竜士官《よくりゅうしかん》の地位である。

メフィウスとの戦いでもっとも名を馳せたのもリュカオンであり、その後、ビリーナとの婚約が決められた。国内の結束をより固めるための方策だった。

「リュカオン将軍の性格をひと言で言うなら――そう、実直、でしょうか。ごまかしのできない人です。他人に対しても、そしておそらくは自分自身に対しても」

「自分自身」

「ええ」ビリーナは頷《うなず》いた。口もとにほのかな笑《え》みがかすめた気がした。

「だから、わたくしがメフィウスに輿入《こしい》れして和平《わへい》を結ぶ、となったとき、もっとも反対したのは彼です。自分と王族《おうぞく》の結婚が駄目《だめ》になったから、ではありません。そんな理由を他人に疑われるのが嫌だ、などと考えて抗議《こうぎ》を控える、ということも絶対に考えない方。だから自分の気持ちにただ素直に、メフィウスとの戦いを中途半端《ちゅうとはんぱ》に終わらせることが嫌だったのでしょう。彼は誰よりもガーベラ騎士《きし》としての誇《ほこ》りと気概《きがい》を持っていました。おそらくは生まれついての騎士よりも、ずっと」

「それは、ガーベラの人間が当然抱《いだ》くべき考えであろうな」

「いいえ」はっと夢から覚めたみたいにビリーナは面《おもて》を上げた。「確かにリュカオン将軍を慕《した》う人間は大勢《おおぜい》います。わたしの婚礼《こんれい》が決まったときに、将軍の反対意見《いけん》を支持した者も多数。ですが、それはあくまでも一部の人間の考えです。宮廷《きゅうてい》内、いえ国内の大半《たいはん》は、戦争をやめたがっているのです」

「ビリーナどののお考えはどうなのだ」

「わたし。……わたしは、無論《むろん》」少女は、その年齢《ねんれい》にも似ない憂《うれ》いに目もとを翳《かげ》らせつつ、自らの胸に手を当てた。「兵たちは疲弊《ひへい》し、民《たみ》にも長い間苦労を強いています。何より彼らの苦境《くきょう》を救うべく、この婚礼で、メフィウスとガーベラとの間に友好《ゆうこう》関係が結ばれることを、誰よりもわたしは望んでおります」

よどみなく言い、ビリーナはまっすぐにオルバを見つめた。一見はかなく、たおやかにも見えるのに、はじめて彼女と会った人間であれ、その真意を疑う余地《よち》さえ抱くまい、と思わせるほど、それは確かな眼差《まなざ》しだった。

そしてそれがオルバの癇《かん》に障《さわ》った。

「民にな」

このお姫さまが民のことを知ったように語るのが──それも、自分は一から一〇まですべて見知っている、といったまっすぐな態度で──まさしく最下層《さい》で生きてきた彼には我慢《がまん》ならなかった。民を人間扱《あつか》いしない一部のメフィウス貴族《きぞく》よりもむしろ、いっそう見下《みくだ》された気分になるのだ。

「民の気持ちを考えず、勝手《かって》に戦いを起こすのも王族なら、勝手に民を思いやって戦《いくさ》をやめようとするのも王族か。生まれついての身分《みぶん》が異なるだけで、ずいぶん扱いが変わるものだ。それならいっそ戦わぬほうがよかった。そうであれば、姫とてこの望まぬ婚礼に身を投じずとも済んだものを」

「……それは、つまり、皇子《おうじ》のほうこそこの婚礼を望まなかった、とおっしゃりたいのでありましょうか」

「お互いさまだろう。昨日まで血みどろの戦いをくり広げた者たちの『首魁《しゅかい》』同士が、今日には手を取り合って、やれ結婚だ、やれ平和だのと。戦いを嫌がっていた者たち、この戦いにせめてもの意義を見出した者たち、その両方の屍《しかばね》を積み重ねて、何の平和なものかよ」

「それは――」

ビリーナはひと声発《はっ》し、それでぐっとあとの言葉を飲み干したかに見えた。王族《おうぞく》としての選択はそれで正しかったろうが、しかし結局は色白の頬《ほお》を高潮《こうちょう》させて彼女はまくし立てた。

「まるで他人事《ひとごと》のようなお言葉でありますが、あなたとて我々との戦いに民《たみ》や兵士を駆り立てた皇族《こうぞく》のお方。そのように素知《そし》らぬ顔をすることこそ、死んでいった者たちへの裏切り行為に他ならないのじゃありませんか。我々は皇族、王族として生まれついた身。天下《てんか》国家のために尽くす義務があります。個人の喜び、個人の考えを押し殺してでもそうしなければならない義務が。尊《とうと》い血と称えられ、尊いお方とひざまずかれる人間には当然のことです。その自覚をなくせば、王族など、民草《たみぐさ》には憎《にく》むべき簒奪《さんだつ》者でしかありません」

「尊い血、尊いお方か！」

オルバは怒鳴《どな》るように言った。いかに苦難に満ちた生活を送っていようと、オルバに想像《そうぞう》のつく範囲《はんい》での王族の考えなどというのはたかが知れていたし、だからこそいまビリーナが口にした「尊い」という、自負《じふ》と自嘲《じちょう》交じりの複雑なニュアンスを、額面《がくめん》どおりに受け取ってしまった。

「なるほど、尊く生まれついたお方は、民草とやらの命をすべてお握りになっていられるわけだ。どうやって生かすか、どうやって殺すかも自由自在《じざい》。王族の言う誇《ほこ》りなど、取った、取られたのゲームをするのに都合《つごう》のいいルールに沿った言葉でしかない。個人の喜びを殺すだと？　その個人の考えだけで一〇〇人、一〇〇〇人、一万人と駆り集められ、殺し合いをさせられる人間の喜びとは、じゃあ、いったい何だ！」

「あなたは──」

かっとなったビリーナが一歩、オルバのもとに詰め寄ろうとするのを「姫さま！」とテレジアが半《なか》ば羽交《はが》い絞《じ》めにして止めようとする。

「何だ。たかだか一四で、何もかも知った顔をして。答えてみせろ！」

と、こちらも一歩を踏み込もうとするオルバを、「皇子《おうじ》」と、ディンが止め、ゴーウェンやシークもあわてて間に入ろうとする。

「放せ、くそっ、おまえら」

「よさないか、オルバ」シークが耳もとで囁《ささや》いた。「地が出てる。こんなところで影武者《かげむしゃ》なんてばれたら、それこそガーベラとの和平《わへい》がぱあになっちゃう」

知るものか、と怒鳴《どな》り返そうとしたオルバに、ゴーウェンがさらにつづける。

「影武者を婚礼《こんれい》の相手に立てたと知れれば、ガーベラだけじゃない、メフィウス貴族《きぞく》たちも保《ほ》身《しん》のためにおまえを縛《しば》り首にしかねんぞ。それでは剣奴《けんど》として二年を生き抜いてきた意味があるまい。おまえの見てきた未来とはこんなことで断たれるものなのか？」

「放しなさい、テレジア。お放し！」

一方、顔を真《ま》っ赤《か》にしたビリーナも、テレジアと揉《も》めている。

「おやめくださいい、姫さま。いま何をなさろうとしました？　わたしの目はごまかせません、あれは、気に入らないことがあったとき、姫さまが相手を『ぶん殴《なぐ》ろう』とするときの態度です」

「あの皇子《おうじ》、何も知らぬ子供のような顔をして、——ガーベラ王族《おうぞく》としての誇《ほこ》りを土足《どそく》で踏みにじられたのだ。殴ってなぜ悪い。正義を示すのだ！」

「姫さま、地が出ております。ご自制《じせい》を」

まるで竜舎《りゅうしゃ》にはじめて連れてこられた子供の竜同士が、ぎゃあぎゃあと喧嘩《けんか》騒ぎを起こしているかのようだ。

そこへ新たな人物が来室した。当然、衛兵《えいへい》からその旨《むね》は告げられていたが、いまのオルバとビリーナに聞く耳などない。その人物はおかしな騒ぎに目を丸くしたあと、

「皇子、ガーベラ王女！」

怒鳴《どな》り声で注意を自分に惹《ひ》きつけた。フェドム・オーリンである。

「こんなときにいったい何の騒ぎです。ビリーナどのも。事態が事態であります。軽はずみな行動はお慎《つつし》みいただきたい」

ふたりは何も答えない。憎々《にくにく》しげににらみ合っている。フェドムは咳払《せきばら》いし、

「いいでしょう、殿下《でんか》とビリーナどのがいっしょにおられるなら、好都合《こうつごう》。ただいま本国から早駆《はやが》けの飛《ひ》空艇《くうてい》が到着いたしました。それをお知らせいたします」

フェドムはその報告を、自身が受けたであろう驚きや衝撃《しょうげき》を、どこかしら引きずっているような顔と口調《くちょう》とで告げた。

「昨日明《あ》け方《がた》近く、ガーベラとエンデ国境《くにざかい》に位置するザイム砦《とりで》が『リュカオン軍』を名乗る一軍に占拠《せんきょ》されました。彼らは自分たちこそがガーベラ国民の正当なる意思《いし》の具現《ぐげん》者だとして、ガーベラ王族に恭順《きょうじゅん》を促《うなが》しておる様子《ようす》」

「まさか」

ビリーナが怒りの色を失い、雷《かみなり》に打たれたかのように立ち尽くした。それを見たオルバは、ざまあみろと溜飲《りゅういん》を下げたが、しかしそんな余裕《よゆう》はすぐに打ち切られた。

「皇帝《こうてい》グール・メフィウスは、今回の婚礼《こんれい》における奇襲《きしゅう》騒ぎもリュカオンのものと断定。国の威信《いしん》と民《たみ》の希望とを踏みにじるこの悪辣非道《あくらつひどう》なる行為に対して、我が帝朝《ていちょう》は報復《ほうふく》を宣言。部隊を差し向けるゆえ、皇太子《こうたいし》ギル・メフィウスはこれを指揮《しき》して、リュカオンを討伐《とうばつ》せよ――」

「何？」

「急ぎガーベラ本国と協議し、国境線《せん》を越える許可を得るゆえ、皇太子は帝都《ていと》を経由せず、直接、東の国境沿《ぞ》いにある城塞《じょうさい》都市イドロへと向かうべし――とのことであります」

それだけを言い終え、フェドムは深いため息をついた。

舞い降りた沈黙《ちんもく》は、無論《むろん》、オルバにも無関係ではない。フェドムの目は、その『初陣《ういじん》』に、オルバ、おまえが赴《おもむ》くのだ、と告げていた。

五章　王女ビリーナ

1

　ザイムは難攻不落《なんこうふらく》の砦《とりで》として知られていた。エンデと国境《こっきょう》を接した北方は切り立った断崖《だんがい》、南方には視界《しかい》を遮《さえぎ》るものとてない平原《へいげん》が広がる。メフィウスが本格的に国境線《せん》を越えて進撃《しんげき》した場合、最大の難所《なんしょ》となるのはザイム砦であろうとも考えられていた。

　リュカオンはそれをあっという間に陥落《かんらく》させ、代わりに自分の居城《きょじょう》とした。おそらくは内応者の手引きもあったろうし、そもそもリュカオンはガーベラの英雄なのだから、まさか刃《やいば》を向けてこようとは思いもしなかった砦側《がわ》の油断《ゆだん》もあったろう。それに加え——、

（おそらくは、ひそかにエンデ公国《こうこく》の援助を受けている）

　そういう見方がメフィウス、ガーベラ双方にあった。でなければ、食糧、水、弾薬《だんやく》など、いずれも補給《ほきゅう》がつづかないはずだ。そしてエンデにとっても、この際、ガーベラ領《りょう》を二分させておくのは都合《つごう》がいい。リュカオンのほうも近隣《きんりん》の村々を無理矢理《むりやり》支配下に置かずともよいため、民《たみ》の反感を買わずに済む。

「いまのガーベラは、何をおいても遵守《じゅんしゅ》すべき誇《ほこ》りを見失っている」

リュカオンは声高《こわだか》に叫んでいた。

「たといいっとき反逆《はんぎゃく》者の汚名《おめい》を着ようとも、我々はガーベラの真の誇りを継承《けいしょう》する。不忠《ふちゅう》は騎士《きし》の恥《はじ》なれど、ただ暗愚《あんぐ》に主君《しゅくん》につき従うのもまた忠義《ちゅうぎ》にあらず。我々の碧血《へきけつ》は何のために流すべきなのか、いま一度考えるべきである。汚名を着ることをいとわず、真実の忠義に身を捧《ささ》げようとする誠の騎士たちを、我々は砦の門扉《もんぴ》を開けて歓迎しよう」

リュカオンは、ガーベラ本国からの度重《たびかさ》なる勧告《かんこく》にも応じず、使者たちの首をことごとく撥《は》ねた。ばかりか、行軍途中《こうぐんとちゅう》にあった砦攻略《こうりゃく》のための先遣《せんけん》隊へと、飛空船《ひくうせん》での奇襲攻撃《きしゅうこうげき》を行い、これを敗走させた。

ガーベラ宮廷《きゅうてい》の中には、王家《おうけ》の威信《いしん》を守るため、全軍をもっていち早くザイムを陥落《かんらく》すべし、との強硬《きょうこう》意見もあったが、その際、何より彼らが恐れたのが、エンデの参戦《さんせん》である。

いまはまだ沈黙《ちんもく》を保っているが、もしエンデ公国《こうこく》が公《おおやけ》にリュカオンとの協力関係を認め、ガーベラへ挑《いど》んできた場合、ザイム砦がエンデの出城《でじろ》になってしまう恐れがあった。同盟《どうめい》を反故《ほご》にされたことで、エンデにはそれをするべき大義名分《たいぎめいぶん》もある。

そのため、ガーベラとしてはメフィウス側からの要請《ようせい》を受けるしかなかった。

すなわち、メフィウス軍が独自にガーベラとの国境《こっきょう》を越え、ザイム砦を西から攻めるルートに布陣《ふじん》できるよう、認可《にんか》したのである。

聖臨《せいりん》の谷での奇襲騒ぎから約一週間。

時間は飛ぶように流れ、事態もまた様々な思惑《おもわく》を孕《はら》んで流れていった。皇子《おうじ》ギル擁《よう》するメフイウスの一団は、すぐさまイドロへの移動を開始した。イドロは、エンデ、ガーベラの国境にもっとも近く、ガーベラとの戦争においてはたびたび最前線《さいぜんせん》となった城砦《じょうさい》都市である。

その旅路《たびじ》には、タルカス剣闘会《けんとうかい》の剣奴《けんど》集団も同行させられていた。武器や竜《りゅう》を取り上げられ、衛兵《えいへい》たちに取り囲まれながらの行程《こうてい》には、未来への暗い不安もあってさぞストレスもかかったろうが、ゴーウェンの手際《てぎわ》か、奴隷《どれい》たちはひとまずはこれに大人《おとな》しく従った。

タルカスにしてみても生きた心地《ここち》のしない日々だったろうが、それ以上に立場が複雑なのが、ガーベラの一団であった。何しろ儀式《ぎしき》は中断されたままなので、ギル皇子とビリーナ王女の結婚はいまだ成立していない。といって、ここで勝手《かって》に帰国するのも、互いに面汚《つらよご》しとなる。

「わたしどももイドロへ参ります」

ビリーナは使節団《しせつだん》のみを本国へ返し、テレジアとともにイドロへ同行することになった。メフィウス側にしてみれば人質《ひとじち》としての意味合いもあり、当然、ビリーナ本人もそうしたことは承知《しょうち》の上でのことである。

一団は、竜車《りゅうしゃ》で物資を運ばせながら移動した。騎馬隊《きばたい》、そして小型竜に搭乗《とうじょう》した騎竜隊《きりゅうたい》が一団の前後左右を固め、その中央、徒歩《とほ》でいく兵士たちに囲まれる形で、皇族《こうぞく》、王族《おうぞく》が馬車で移動する。

「ギル皇子《おうじ》にとっては初陣《ういじん》だろうに」

その中で、オルバは対面《たいめん》に座ったフェドムに言った。

「それを、影武者《かげむしゃ》のおれにやれってのか。いくら何でも過保護《かほご》すぎるんじゃやねえか」

「黙れ」と苛立《いらだ》たしげにフェドムは叩《たた》きつけた。「貴様《きさま》に皇族《こうぞく》の育て方や帝王学《ていおうがく》などを学ぶ気はない。おまえは言われたとおりにやればいいのだ」

「言われたとおりに采配《さいはい》を振るい、言われたとおりに味方に死ねと命じて、言われたとおりに敵を殺すのか」

「そうだ」

「ご立派《りっぱ》なことだな」

オルバも負けず劣らず苛立っていたのは、ビリーナとの口論《こうろん》が尾を引いているからだ。

「もうしゃべるな。誰に聞かれているかわからん」

そしてフェドムにはフェドムの思惑《おもわく》があった。本来、彼にはビラク砦《とりで》から帰国を促《うなが》す文書が届いていた。皇子のサポートはシモンひとりが仰《おお》せつかっていたのである。しかしシモンは皇子の人となりをよく知っている。今回の遠征《えんせい》で皇子が偽物《にせもの》だと気取《けど》られる心配があったため、別の『サポート』をする必要があったのだ。

(何より)

ここで皇子に手柄《てがら》を挙げさせれば、いまは求心力《きゅうしんりょく》などほとんどない皇子を見直す貴族《きぞく》たちも出てこよう。そうした連中《れんちゅう》をフェドムがまとめ上げることができれば、皇子を擁立《ようりつ》し、次代を担《にな》う新たな政権《せいけん》づくりができるのではないか。

　それも、当のギル皇子は、フェドムの言いなりにできる操《あやつ》り人形も同然である。堕落《だらく》した皇室《しつ》に代わって、自分こそがこの乱世《らんせ》において覇権《はけん》を唱えることができる——、そう考えるだけで、フェドムの胸は少年のように躍《おど》り、顔には血の気が上るのだ。

　そしてその一方、

「皇子」

　馬車の外から声をかけてきたシモン・ロドルームには、当然、彼なりの危惧《きぐ》がある。「何です？」と代わりに顔を出したのはフェドムだ。

　若かりし頃は自ら戦地《せんち》に赴《おもむ》いていたシモンは、さすがに馬の扱いにも手馴《てな》れていた。馬車と速度をあわせ、中を覗《のぞ》き込もうとする。皇子は反対側の窓枠《まどわく》で頬杖《ほおづえ》をついていた。

「ここ数日、お顔を拝見《はいけん》できていないものでな。聖臨《せいりん》の谷でのことでショックをお受けになっていなければいいのだが。それから間も置かずして初陣の話だろう。さぞ……」

「皇子はご壮健《そうけん》であります」フェドムはにこやかに言った。「いまも、ザイムの砦《とりで》攻略《こうりゃく》について、あれやこれやと意見を交わしていたのですよ。あとで、シモン公《こう》のご意見も是非《ぜひ》に拝聴《はいちょう》したいものですな。……おや、皇子、少々まぶしいですかな。これは失礼いたしました」

フェドムは皇子《おうじ》に話しかけられた振りをして、さっさと馬車のカーテンを閉ざしてしまった。

（妙《みょう》なものだ）

馬を走らせながら、シモンは顎《あご》をさすっていた。ここ数日のフェドムの急接《きゅう》近ぶり、そして皇子の心変わり。彼のよく知る皇子なら、婚礼途中《こんれいとちゅう》であれほどの騒ぎに見舞《みま》われたなら、人目《ひとめ》もはばからず我を失っていても不思議《ふしぎ》ではない。しかし聞くところによると、皇子は兵士たちに命令を下して、ビリーナ王女の誘拐《ゆうかい》を未然《みぜん》に喰い止めもしたらしいのだ。守役《もりやく》代わりとしては皇子の成長に目を細めてもいいはずだったが、あまりに人が違いすぎていて、素直に受け止めることができない。

（男子三日会《あ》わざれば、とは言うものの）

そしてその馬車から距離を置くこと五〇メートルほど後方。同じく堅く警護《けいご》された馬車の中では、ビリーナとテレジアが揺られている。

終始《しゅうし》ビリーナは無言だった。窓の外を流れ飛ぶ景色を眺《なが》めながら物思《ものおも》いにふけっている。テレジアはそんな主人の横顔《よこがお》を見つめていた。

一見、思春期《ししゅんき》の、どうとない、しかし大人《おとな》になったいまとて、振り返ればあれは確かに本人たちにとっては大事だったのだと思える悩みに胸を焦《こ》がす、美しい少女の姿。瞳《ひとみ》にかかる睫毛《まつげ》の翳《かげり》は濃く、鼻筋《はなすじ》はすっと細い。花びらのような唇《くちびる》はかすかに濡《ぬ》れ、肌《はだ》は透《す》きとおるように白く、もし同じ年頃《としごろ》の実直な少年が、畑《はたけ》仕事の帰り道、馬車の窓辺《まどべ》で遠くを見つめるこんなはか

分違《みぶん》いの身を顧《かえり》みて、身分違いの葛藤《かっとう》に熱く胸を焦がすような恋に落ち、しかし我が身を顧みて、身分違いの葛藤に熱く胸を焦がすようないく百もの夜を経たのちに、やがてはひとりの村娘《むらむすめ》と結婚して、子供もできて、孫《まご》に囲まれて暖炉《だんろ》のそばで本を読んであげながらも、きっと、ただの一度、ただのひと目見た思春期の残像《ざんぞう》を、彼は死ぬまで忘れることはあるまい――、

　テレジアは自分の妄想《もうそう》にいたく心を動かされ、熱くなった目頭《めがしら》をそっと手で押さえた。これぞ青春だ。と、「テレジア」と呼ぶ声がして、何事もなかったかのように顔を上げた。

「はい。何でしょう、姫さま」

「テレジアは、いくつになったのだったか？」

「はて。四〇も半《なか》ばを過ぎてからは、数えることをやめましたもので。そうなると自然、自分がいつまでもずっとその年齢《ねんれい》のままでいられる心持ちがするものです」

「そうか」ビリーナは頬杖《ほおづえ》をついたままだ。「便利なものなのだな」

「無論《むろん》、その間、様々な出会いも別れもありましたとも。大勢《おおぜい》の男性ともね。恋を語られたことも、結婚の申し出をされたこともありました」

「それは、いずれ聞いてみたいなあ」

　やや微笑《ほほえ》んだビリーナだったが、

「いずれといわず、いますぐにでも。少しは、姫さまにもご参考になられることがあるやもしれません」

「そんなことを聞きたくて言ったのではない。変な勘《かん》ぐりはおやめ」

むっと眉《まゆ》を寄せてそっぽを向いてしまった。

(おやおや)

かわいいこと、と思ったが、無論《むろん》口には出さない。からかいがいがある。そろそろ妄想《もうそう》にも退屈《たいくつ》してきたところだったので、ちょっとした悪戯《いたずら》心が頭をもたげてきた。このあたり、主人に似ているかもしれない。

「ギル皇子《おうじ》という方、つくづく不思議《ふしぎ》な方でいらっしゃいますわねぇ」

素知《そし》らぬ顔をよそおってテレジアは言った。ぎろっとこちらを見つめたビリーナの視線も気づかぬふうに、

「まったく印象《いんしょう》が定まりません。変に世慣《よな》れた態度のときもあらっしゃれば、皇族《こうぞく》にあるまじき——何というか、まっすぐで、かつ幼い発言をなさるときもある。妙《みょう》に気になる方ですわ。婿《むこ》としてよい方かどうかはともかくも、ガーベラ宮廷《きゆうてい》にいないタイプであることは確かですわねえ」

「ただのうつけだろう。噂《うわさ》で散々《さんざん》聞いたとおりで、別段《べつだん》驚きもしない」とビリーナはにべもない。「敵としては御《ぎょ》しやすい。しかし、知らねばならないことも多々あるのは事実。戦いは情報がものをいう、とお爺《じい》さまもおっしゃられていた」

「戦いですか」

「そう、これ以上血《ち》を流さぬための、戦いだ」

イドロへ辿《たど》り着いてからの日々も、オルバには代わり映えしなかった。

首都《しゅと》から部隊が到着するまでは、オルバにすることなどほとんどない。本国ではいまだガーベラ側と協議しており、その決定事項《じこう》が届かない以上、こちらで勝手《かって》に決められることなど何もなかった。

イドロの城砦《じょうさい》も、ザイムにはやや見劣《みおと》りするものの、堅牢《けんろう》であることは知られていた。ぐるりと都市部を取り囲んだ城壁《じょうへき》は何層《なんそう》にも張り巡らされ、迷路《めいろ》のようですらある。そこを観光気《き》分《ぶん》で歩こうにも、供《とも》の者を多数連れていかねばならないのがオルバのいまの立場だった。

そして戦《いくさ》について頭を巡らそうにも、思い浮かぶのは、少年時代に経験したグループ同士の小競《こぜ》り合い、そして浴びるように読んだ英雄伝記《でんき》の知識くらいしかない。どうあれ、メフィウスのためや皇子ギルのためなどではなく、オルバはオルバ自身のためにこの影武者《かげむしゃ》をつづけねばならないというのに、頭も足もともすかすかの状態ではいかにも心もとなかった。

さらに厄介《やっかい》なこともあった。

ある夕暮れ、都市内を歩いていると、人だかりができているのを見た。その向こう側、十数名の兵士に引っ立てられて歩かされていく剣奴《けんど》たちの姿があった。連行《れんこう》されていく先はイドロの収容《しゅうよう》施設だ。

リュカオンの謀反《むほん》が表面化したことで、事件に直接関与《かんよ》した疑いこそ晴れた彼らだったが、タルカスが皇子《おうじ》暗殺《あんさつ》のために利用されていたことは弁解《べんかい》の余地《よち》もなく、彼ら奴隷《どれい》たちの所有権《けん》を奪い取られる形となったらしい。おまけにイドロ領主《りょうしゅ》は、奴隷に対しては非常に残忍《ざんにん》な性格の持ち主として知られている。

「今回、戦いの士気《しき》を上げるため、兵士たちの前で、奴隷全員の首を剣で撥《は》ねてみせるという噂《うわさ》もあるくらいです」

ディンが震え上がりながらそうもつけ加えた。剣闘士《けんとうし》たちは仲のいい友人ではないし、それどころか、同じ釜《かま》の飯を喰いながらも、命令があれば次の日には互いに殺し合わなければならず、またそのことに迷いもためらいもないような関係だ。

が、そもそもオルバの怒りの発端《ほったん》は、彼らのような境遇《きょうぐう》の人間たちをまったく同じに扱わず、運命や命さえ好きに操《あやつ》る貴族《きぞく》たちに対してである。

「直属《ちょくぞく》の近衛兵《このえへい》?」

オルバがそのことを聞いたのは、滞在《たいざい》三日目の朝。ディンが朝食の世話をしながらうっかり口を滑らせてしまったのだ。

軍を指揮《しき》する権限《けんげん》を与えられた皇族《こうぞく》は、近衛兵を直接選《えら》ぶことができる。近衛師団《しだん》からの選抜《せんばつ》も可能であるし、貴族の子息《しそく》、特に家督《かとく》を継ぐことのできない長男《ちょうなん》以外の男子からの選抜もポピュラーであり、また、そうでない身分《みぶん》の人間を選んで、彼らに士官《しかん》としての地位を与えることさえ可能である。ギル皇子が一五のときにその権限も与えられていたが、彼は特別にこれを行使することはなかったという。

オルバがその日の夕刻に出向いたのは、階段が多く、多重的《たじゅう》な立体構造《りったい》をしたこの砦《とりで》において、あらゆる人目《ひとめ》から遠ざけられるよう配置された収容所《しゅうようじょ》である。

そう広くない室内に、剣闘士一〇〇数名が押し込められていた。皇子の突然の出現に右往左往《うおうさ》する彼らを尻目《しりめ》に、カインなら今夜あたり脱走《だっそう》計画を練っていてもおかしくないな、と思い、内心《ないしん》笑った。手先《てさき》が器用《きよう》で、悪知恵《わるぢえ》の働く彼は、何度も脱走未遂《みすい》を起こしているのだ。

「何だって。本気か、オルバ」

「ああ、本気だ」

思わず大声を出しそうになって、ゴーウェンはシークに口を塞《ふさ》がれた。

「何て大胆《だいたん》なことを考えるんだろう」シークはさすがに声をひそめたが、顔は呆《あき》れている。

「そんなことをすれば、周りから正体を勘《かん》ぐられるだけだと思うがね」

「心配ないさ。おれはおれで皇子の情報を集めていた。こいつはなかなかの馬鹿《ばか》者でね、周りの進言《しんげん》も耳に入らない。むしろ、いかにも頭の足りない皇子らしいじゃないか。自分を救ってくれたことに感激して、剣闘士たちを自分の近衛隊《このえたい》にしたいなんてね」

タルカス本人は取調べが残っているため建物に残され、残り剣闘士全員によって、ギル・メフィウスの近衛隊発足が決まった。武具《ぶぐ》の修繕《しゅうぜん》を行う商会お抱《かか》えの鍛治師《かじし》や、竜《りゅう》の世話を任せられている少女ホウ・ランも、近衛隊《このえたい》づきの身分《みぶん》となった。

すべて書類《しょるい》一枚と、ここ数日ディンに教わっていた、皇子《おうじ》の筆跡《ひっせき》を真似《まね》てのサインひとつで事足《ことた》りた。

あとでそれを知ったフェドムは当然怒《いか》り狂った。しかしオルバはいかにも「何かまずかったろうか」という顔をよそおいながら、

「まあ、やっちまったものは仕方ねぇ。あとで本物の皇子と入れ替わったとき、解散するなり追い出すなり、好きにしてくれ。あとは、そうだな、馬や竜《りゅう》はいいとして——武器や甲冑《かっちゅう》はそっちで用意できるか？　商会にあるものは全部古《ふる》いものばかりだ。近衛隊専用《せんよう》の大砲《たいほう》も数門《すうもん》欲しいところだな」

「貴様《きさま》——いいか、これだけは覚えておけ。これ以上、余計《よけい》なことは何ひとつするな。わたしの許可がなければ息を勝手《かって》に吸ってもならん。おまえの命など、わたしの気持ちひとつでいかようにもできることを忘れるなよ」

「お互いさまさ」

「何だと？」

ふたりの間ではらはらと気を揉《も》むディンをよそに、オルバはにらみをくれた。

「わかっているはずだがね。……まあいい。おれも必要以上に自分を窮地《きゅうち》に追い込みたくはないんでね。我儘《わがまま》もこれくらいにしておいてやるよ。その代わり、装備《そうび》の件を頼んだぜ」

「貴様」

いまにも卒倒《そっとう》しそうなほどのフェドムの怒りが、お目つけ役でもあるはずのディンに向けられるより早く、オルバは部屋からこの大貴族《だいきぞく》を追い出しにかかった。

「明日には、しょんぼりしている芝居《しばい》でも何でもやってやるよ。初陣《ういじん》を前に、いかにも調子に乗って好き勝手《かって》した挙句《あげく》、おまえにお叱《しか》りを受けたみたいにさ。さあ、いったいいった。あんた、忙しいんだろう」

（面白い）

フェドムを追い出したあと、今度はディンからの小言《こごと》を左の耳から右の耳へと聞き流しながら、オルバはこの立場になってはじめてそうした感想を抱いた。

何しろ皇太子《こうたいし》だ。不自由なことも多い代わりに、平民《へいみん》の身分では自由にならなかったことがいくらでも自由にできる。剣闘士《けんとうし》たちを直属《ちょくぞく》の兵にしたいと思ったのも、単純に彼らを救って貴族を見返してやろうという一心からではない。どれだけのことができるのか、自分の飼い主であるフェドムがどこまでこの飼い犬の「嚙《か》みつき癖《ぐせ》」を許容《きょよう》するか、それを知りたかった、という理由もあった。

（わかったところで、もう少しは自重《じちょう》しておいてやらねえと）

フェドムが真にオルバを危険視《し》したならば、いまのこのちっぽけな自由もあっさり失われてしまう。もしかしたら命もともに。そうなってしまえば、道化《どうけ》を演じている甲斐《かい》もない。

その二日後に、帝都《ていと》から遠征軍《えんせいぐん》が到着した。ギル皇子《おうじ》が率《ひき》いることとなる軍勢《ぐんぜい》である。

飛空竜石船《ひくうりゅうせきせん》が二隻《せき》、竜騎兵《りゅうきへい》五〇、騎馬《きば》兵一五〇、歩兵が五〇〇——という、初陣《ういじん》で総司令《そうしれい》官《かん》を任されるにしては、なかなかの規模だ。

民衆《みんしゅう》たちが詰め寄せたメインストリートの中央、それら部隊が闊歩《かっぽ》していく様《さま》を、オルバは城の露台《ろだい》から見下ろしていた。空飛ぶ船を頭上にしながら、ガチャガチャと装具《そうぐ》を鳴らし、槍《やり》や銃を林のように打ち立てて行進していく様は、まさに少年時代、彼が貪《むさぼ》るように読んだ歴史物語や英雄伝記《でんき》の中の一場面《いちばめん》そのもの。

その勇壮《ゆうそう》な眺《なが》めに魅入《みい》っていたオルバは、それこそ少年のように目を輝かせていた。剣奴《けんど》時代の仲間たちが目にしたら、仮面《かめん》がないから、という理由だけでなく、きっと自分たちの知るオルバと同一《どういつ》人物などとは信じられなかったに違いない。

その後、オルバはフェドムに言われるがまま、城の広場で彼らを迎えることとなった。そしてこれら部隊の中心であり、旗艦《きかん》の艦長《かんちょう》を任されることとなった歴戦《れきせん》の猛将《もうしょう》を目《ま》の当たりにしたとき、少年時代の高揚《こうよう》も、喜びも、いっぺんに吹き飛んだ。

2

それはあまりに突然だった。

突然すぎて、それが、ずっと待ちわびていた場面であることに気づくのすら遅れた。

黒い略式《りゃくしき》の甲冑姿《かっちゅうすがた》。『皇子』の前で踵《かかと》を合わせ、一礼したその男は、不遜《ふそん》とも取れる、一種特徴的《とくちょう》な笑い方をした。

威風堂々《いふうどうどう》としたたたずまいはあのときのままだ。馬上《ばじょう》で、「火を放て」とごくあっさり命じたあのときと。

（オーバリー）

全神《ぜん》経が焼ききれるほどの熱波《ねっぱ》が心身《しんしん》を駆け巡る。喉《のど》が渇《かわ》いて、めまいがした。

と同時に、胸の中にあらゆる未来予想図《よそうず》が浮かび上がってきた。いますぐこの男に跳びかかって、首に手をかけて絞《し》め殺す、剣で突き刺す、銃で頭を撃《う》ち抜く、アリスの、母の、兄の行《ゆく》方《え》を問いただす――あらゆる誘惑《ゆうわく》が同じ強さで順ぐり胸を駆け巡って、掻《か》き乱し、そしてそのすべてをオルバは渾身《こんしん》の力で捨て去った。

いまならば……、そう、皇子ギル・メフィウスであるいまならば、そんな直接的で未来のないやり方を選ぶよりも、もっと他の選択肢《し》をつくることも可能であるはずだ。より残酷《ざんこく》に、より鮮烈《せんれつ》に、より悲劇《ひげき》的にこの男を追い詰める方法が。

オルバは直立したまま、相手の挨拶《あいさつ》などほとんど聞いてはいなかった。フェドムが代わって挨拶に応じる。城の大広間《おおひろま》で鋭気《えいき》を養うパーティーの準備ができていると聞かされると、オーバリーづきの副官《ふくかん》が、

「いや、我々がいないほうが兵たちも羽根《はね》を伸ばしやすいでしょう。すぐさま軍議《ぐんぎ》を開いていただきたく存じます。グール皇帝陛下《こうていへいか》からのお言伝《ことづて》もありますれば」

「おお、あいわかり申した」

一方、オーバリーは快活《かいかつ》に笑いながら『皇子《おうじ》』に声をかけていた。

「お久しぶりでございますな、殿下《でんか》。皇子もいよいよの初陣《ういじん》でございます。不肖《ふしょう》、このオーバリーめがお手伝いさせていただきますよ。この上もない勝利で初陣を飾らせていただきますれば」

オルバはしばし何も言わず、紫《むらさき》の紅《べに》を引いたオーバリーの唇《くちびる》を眺《なが》めていたが、

「ああ」と頷《うなず》いた。

「頼む」

オーバリー・ビランは、齢《よわい》にして四四、ガーベラ戦においていくたびも戦場を駆け巡った猛将《もうしょう》である。いったんはアプター砦《とりで》の守護《しゅご》を任じられたが、六年前、ガーベラ軍が多数の兵力《へいりょく》を

割いて砦の包囲《ほうい》をはじめると、本国からの知らせを受けてすぐさま部隊を引き上げた。ガーベラが兵力を分断《ぶんだん》している隙《すき》を衝《つ》き——すなわちアプターを早い段階で見捨《みす》てて、一気に国境《こっきょう》線《せん》を越え、このイドロ攻略《こうりゃく》に備えていたガーベラの攻撃《こうげき》部隊を急襲《きゅうしゅう》したのである。

同じく囮《おとり》作戦を用いたガーベラへの意《い》趣返《しゅがえ》しとなったこの作戦において、メフィウスは南方の領土《りょうど》を失いはしたが、結果としてガーベラに与えた損害も大きかった。

その後も最前線《さいぜんせん》で戦いつづけた彼は、今回、皇子の初陣に同行することを命じられた。

「いまさら、このおれに子供のお守《も》りをせよだと？」

命令を受けたときは不機嫌《ふきげん》に言い捨てたオーバリーだった。メフィウスの誰よりも戦いに長《た》けているという自負《じふ》と、実際、勝ち残り、生き残ってきた誇《ほこ》りがある。

ただでさえ、ガーベラとの和平《わへい》に猛《もう》反対していたのが彼である。といったところで表立《おもてだ》って皇帝に歯向《はむ》かうような気概《きがい》を見せる男でもなかったのだが、一〇年戦争のはじまりから戦場《せんじょう》に立ってきた身にしてみれば、こんな中途半端《ちゅうとはんぱ》な幕引きには苛立《いらだ》ちが募《つの》るばかりだった。そんな折に皇子初陣の守役《もりやく》を仰《おお》せつかった。しかも相手はガーベラにあらず、そのガーベラに反旗《はんき》を翻《ひるがえ》した謀反人《むほんにん》であるという。

「放っておけばよいのだ。いいや、むしろその謀反人にひそかに協力して、ガーベラをなるべく長期にわたって混乱に陥《おとしい》れたほうがいい。そうすればこちらも戦力をほとんど失わずしてガーベラの首都《しゅと》を手に入れられるわ」

知謀家《ちぼうか》気取りでそんなこととて口にしたが、やがて聖臨《せいりん》の谷での出来事を知るにつれ、オーバリーの考え方も次第に変わってきた。戦いそのものの規模は決して大きくはないが、これがのちのちの三国《さんごく》関係を占《うらな》う重要な局面にあるのは間違いない。

（おれとて、選ぶ未来がひとつきりの男などではない）

彼には彼なりの野心《やしん》があった。和平《わへい》交渉以降《いこう》、他ならないガーベラから、和平反対派の筆頭《ひっとう》としての自分に書簡《しょかん》がじきじきに届いてもいる。これは自分の名と力が恐れられている証明ではないか。ここでさらに名を上げておけば、身の振り方ひとつにしても幅が出てこよう。

おまけに、オーバリーも当然皇太子《こうたいし》ギル・メフィウスの人となりはよく知っている。栄えある初陣《ういじん》とはいっても、どうせあの皇子《おうじ》どのは自分から進んで何かを成し遂《と》げようとはすまい。全権《ぜんけん》を奪うつもりでやってやろう。

「ああ、しかし──」首都《しゅと》を出立《しゅったつ》する前、彼は部下たちと酒を酌《く》み交わしながら冗談《じょうだん》めかした。

「そこそこの手柄《てがら》は皇子のものにしておかんとな。へそを曲げられても、のちのち厄介《やっかい》だ」

その夜に行われた軍議《ぐんぎ》も、思惑《おもわく》どおり、オーバリーのペースで進んだ。

まずは彼の副官《ふくかん》が、首都から携《たずさ》えてきた、ガーベラとの協議の結果を公表する。メフィウスは西から、ガーベラは南から隊を進めて、砦《とりで》を挟撃《きょうげき》することとなった。

「エンデへの抑えにもなれということか」

シモンがこぼしたように、メフィウスの進軍ルートはエンデとの国境沿《こっきょうぞ》いでもある。もしリユカオンとエンデが協力関係を露《あら》わにした場合、メフィウス軍のほうが真《ま》っ先《さき》に奇襲《きしゅう》を受ける恐れがあった。

「我々が出張《でば》る以上、エンデもそうやすやすとは動いてこないだろうが、万《まん》が一《いち》のこととなれば、こちらのほうが挟《はさ》み撃《う》ちに遭《あ》いかねんぞ」

「その辺は本国の外交手腕《しゅわん》に期待したいところですな」フェドムが机上《きじょう》に広げられた周辺地図《ちず》を見ながら言う。「行軍《こうぐん》中に、皇太子の御名《おんな》で使者を送るのも手のひとつでしょう」

「うむ、念のためだ。イドロ砦《とりで》から防衛隊《たい》を押し出し、こちらの補給線《ほきゅうせん》を確保していただけると助かる」

シモンの要請《ようせい》に、イドロ領主《りょうしゅ》ユリウスが頷《うなず》いた。

部隊の編制《へんせい》と配置の相談をはじめながら、オーバリーはちらりと皇子のほうを見やった。軍議がはじまって以来、まったく口を開こうともせず、ただ腕組みしたまま、前方のみを見据《みす》えている。自分のすべきことなど最初からない、とわかりきっているその様子《ようす》に、オーバリーは胸中、ひそかに笑った。

「皇子はいかがお考えでしょうか？」

話の矛先《ほこさき》を向けてみた。皇子は一瞬《いっしゅん》こちらを見たが、すぐに視線を逸《そ》らして「ああ」とだけ答える。あとは何も話がつづかなかった。軍議に居合《いあ》わせた各隊の隊長らが顔を見合わせる。

（その調子ですぞ、皇太子殿下《こうたいしでんか》）

オーバリーは革製《かわせい》の胴着《どうぎ》から剝《む》き出した両腕を組みながら、すんでのところで浮かびそうになった笑《え》みを押し殺した。

（あとは何もかもをこのオーバリーに任せておけばよいのだ。まあ、もっとも、『そこそこの手柄《てがら》を皇子《おうじ》のものにする』ことのほうがよほどおれの頭を悩ませそうだがな。一兵卒《いっぺいそつ》も失わずに勝利するよりも困難な戦いとなるだろう）

嘲弄《ちょうろう》の視線を投げかけられている一方のギル皇子——オルバは、腕組みした手に爪《つめ》を立てていた。

さっきから集中力を駆使《くし》して、必死でオーバリーのほうを見ないよう努力していた。いまあの顔を見ると平静《へいせい》でいられない気がしたからだ。声を聞いているだけでも自制心《じせいしん》が失われそうになる。何より、この狭い部屋がいけない。顔を逸《そ》らしていても囁《ささや》き声が、そして息遣《いきづか》いひとつひとつが耳に届くのだ。

さっきから心臓《しんぞう》は痛いくらいに跳ねまわり、許容量《きょようりょう》以上の血液を身体《からだ》の隅々《すみずみ》にまで送り届けている。臨戦《りんせん》態勢だ。肉体のほうはもうゴーサインを出している。二年もの間鍛《きた》え抜いてきた腕が、足が、筋肉の繊維《せんい》一本一本に至るまで、いますぐにでも奴《やつ》を殺せると告げている。

脳裏《のうり》に去来《きょらい》するのは、炎《ほのお》の色と、いがらっぽい煙、連れ去られていくアリス、黒く炭化《たんか》した村人たちの姿。そして、「オルバ」と微笑《ほほえ》みかける兄ロアン。家族のため、似合《にあ》わない剣を取って戦いに出向いた兄を、オーバリーは見捨《みす》てた。そしてのうのうと生き残り、いまオルバのすぐ近くにいる。あのとき焼いた村の生き残りが、手の届く距離にいようなどとは万《まん》に一《ひと》つも思いもせず！

こいつに情《なさ》けをかけてやる理由がいったいどこにある？　一秒でも長く命を永《なが》らえさせてやる、いったいどんな慈悲深《じひぶか》い理由がいまのオルバにあるというのか？

（殺せ）

内心で囁く声があった。それはすぐに叫びへと転じ、やがては大勢《おおぜい》の大合唱《だい》となってオルバの脳髄《のうずい》をテンポのよいリズムで震わせた。

（殺せ）

（いまなら殺せる――殺そう）

（さあ、殺せっ！）

瞬間《しゅんかん》、オルバは席を立った。

交わされていた言葉が絶たれ、あっ、というふうに全員の視線が集中する。

ドアを叩《たた》く音がした。

「――何だ」

成りゆき上、オルバが訊《き》いた。彼は、この部屋を立ち去ろうとしていたのだ。これ以上ここにいて自制を働かせる自信がなかったからだが、ビリーナ王女の来室を告げる声を耳にして、これも成りゆき上、踏みとどまらざるを得なくなった。

「おや、ガーベラの姫君《ひめぎみ》が軍議《ぐんぎ》に何用であろうな」

聞こえよがしにオーバリーが言う。それから冗談《じょうだん》めかして、

「夫となられる御仁《ごじん》が我々にいじめられていないかどうか、心配になられたのだろうか？　ほれ、わたしのこの見てくれがよくない。初対面《しょたいめん》の年若い女性に好感を持たれたことなど一度とてないもので」

何人かが笑い声で応じた。

「帰っていただこう」とフェドムが言い、

「いや」とシモンがかぶりを振った。「同盟《どうめい》の要《かなめ》だ。ないがしろにはできまい。お入りいただこう——皇子《おうじ》、構いませぬな？」

オルバにはそれを断る理由も気力もなかった。頷《うなず》きながらふたたび椅子《いす》に腰を下ろす。

ほどなくして、ビリーナひとりが入ってきた。男だらけの席、それも戦《いくさ》の話の席だ。姫君の介入《かいにゅう》には不気味《ぶきみ》なくらいの違和《いわ》感があった。それに気づいているのかいないのか、ビリーナのあどけなくも美しい面立《おもだ》ちには、いつかのときのように決意の色が滲《にじ》んでいる。

「メフィウスの方々。軍議の場に女性が差し出がましい口を利くことをまずお許しください。これはわたくし、ビリーナ・アウエルのみがガーベラにおいてもこのようなことは異例《いれい》です。負うべき恥《はじ》でありますす」

それからの数分、目を爛々《らんらん》とさせ、熱っぽく語った態度こそ賞賛《しょうさん》に値するが、内容はその場に集った軍人ほぼすべてを白けさせるものでしかなかった。

ガーベラ国《こく》王女は、武力による解決は避けるべきであり、自分こそがリュカオンを説得すると言い張った。正面衝突《しょうとつ》となれば、どちらの陣営《じんえい》が有利にせよ、ガーベラの領土《りょうど》は焼かれ、ガーベラの人民《じんみん》が死ぬ。しかしリュカオンももとはガーベラの未来を憂《うれ》える愛国《あいこく》の士《し》。そのいきすぎた信念が今回のような愚挙《ぐきょ》を招いた。だからそれをもとあるべき正しい姿へ戻すのだ、と若き王女は熱弁《ねつべん》を振るった。

「当然、畏《おそ》れ多くもメフィウス帝朝《ていちょう》の皇位継承者《こういけいしょうしゃ》のお命を狙《ねら》った罪はあまりに大きい。リュカオンをはじめ、首謀《しゅぼう》者たちの処遇《しょぐう》に関してはメフィウスの同意を求めるところとなりましょう。ガーベラ一国だけの問題でないのは重々承知《しょうち》。であるからこそ……」

「いまから戦後の話をしてもはじまりますまい」

歴戦《れきせん》の翼竜士官《よくりゅうしかん》ローグ・サイアンが口を挟んだ。立場上、とがめるような視線が彼に集中したが、内心では、皆が喝采《かっさい》の声を送っているのはあきらかだ。

「これは、皇族《こうぞく》の命を狙われたことに対する『我々の』報復戦《ほうふくせん》です。ガーベラ一国の問題などではないことなど、最初からわかりきったこと」

メフィウスの一二将軍のうちもっとも高齢《こうれい》の彼は、さしものオーバリーとて指図《さしず》と助言を仰《あお》ぐ立場にある。ゴーウェンとどちらが年上かわからないくらいだが、軍議の場においてさえ、彼は、先祖重代《せんぞじゅうだい》の重々しい甲冑《かっちゅう》で身を包んでいた。根っからの武人気質《ぶじんきしつ》なのだろう。対するビリーナは、いかに若い情熱に燃えていようと、またいかにその年齢《ねんれい》の姫君《ひめぎみ》にしては見識《けんしき》が高かろうと、戦《いくさ》のことなどほとんど知らない。反論しようにもすぐに言葉が詰まってしまっていた。

老将《ろうしょう》の意気に煽《あお》られ、他の武将《ぶしょう》たちも口々に言った。

「ガーベラとしては、リュカオンの謀反《むほん》よりも、我らメフィウス軍がガーベラ領土《りょうど》を進軍することのほうがよほど気がかりであると見える。我らはしかし山賊《さんぞく》ではない。火事場泥棒的《どろぼうてき》にガーベラ領土を荒らすようなことはせぬ」

「そもそも我々の進軍はガーベラ本国に承諾《しょうだく》を得ている。王女おひとりのみの考えで、国と国の連携《れんけい》に水を差すことはやめていただきたい」

「そ、それでは」とビリーナが身を乗り出した。「せめて、わたしも遠征軍《えんせいぐん》に同行させていただきたいのです。わたしひとりで何ができるとも考えていません。しかし、骨肉《こつにく》の争いを黙って見過《みす》ごすわけにはいかないのです」

ふたたび顔を見合わせる軍人、重臣《じゅうしん》たち。——おやおや。困ったことに、方々《かたがた》、この姫君は本気ですぞ。

「黙って見過ごせないゆえ、ビリーナ姫の父君《ちちぎみ》は我らに協力を要請《ようせい》してきたのですぞ」

「それに」と、取り成すようにオーバリーが言った。「我が国にとっても、王女はいまだ皇子《おうじ》との婚礼《こんれい》を控えた大事なお方《かた》。戦場《せんじょう》にお連れいたすことなどとてもできませぬ」

ビリーナはうつむいた。唇《くちびる》をきゅっと噛《か》みしめた顔には、オルバも覚えがある。

彼女にとってはメフィウスなど敵地にも等しかろう。彼女ほど聡明《そうめい》な女性が、この軍議《ぐんぎ》に顔や口を出すことがどれほど煙たがられるかなど重々承知《しょうち》であったはずだ。それでも黙っていられない。それでも抑えられなかった。

(王族《おうぞく》の義務か)

ビリーナの口にしたそんな言葉が脳裏《のうり》によみがえる。揺らぎのない、確固たる何かが——自分にとってではなく、ビリーナにとって——その言葉には秘められているように思えた。と同時に、自分が何者であるのか、という、人間ひとりひとりが抱えながらも、しかしひとりのみではあまりに重たい問いかけ。それを胸に持て余しながら、兄ロアンとともに夜空を見上げていたあの頃のことが思い返されていた。

(いいだろう。その信念《しんねん》とやら、試させてもらう)

「さあ、お引取りを」

「父君と、そして夫になられる皇子を信じてお待ちください」

「お待ちを。皆さん、どうか——」

ビリーナがなおも身を乗り出そうとする。

まだわからないのか、と、いい加減《かげん》、辟易《へきえき》したような空気が漂いかけたとき、

「王女を同行させよう」

皆、突如《とつじょ》として矢を射かけた敵兵を見るような眼差《まなざ》しで、皇子《おうじ》のほうへと顔を巡らせた。

数人が呆《あき》れ顔になる。はじめて口を開き、何を言うかと思えば――。

「皇子」と、オーバリーが余裕《よゆう》を見せるためにたっぷりと間を持って、やんわりたしなめるように微笑《ほほえ》んだ。「無論《むろん》、皇子ほどのお方《かた》なれば、戦場《せんじょう》で獅子《しし》奮迅《ふんじん》のご活躍をなさることでしょう。姫君《ひめぎみ》の心を射止《いと》めることもできましょうが、しかし戦場には戦場の鉄則《てっそく》がございます。何とぞ、ここはご自重《じちょう》いただきたい。ハネムーンなれば、あとで充分にふさわしい場所をお選びになればいかがでしょう」

その言いように、思わず笑《え》みを誘われた重臣《じゅうしん》たちだったが、

「ビリーナ王女を我らの旗頭《はたがしら》とするのだ」

改めて皇子のほうを見やった。腕組みし、前のみを見据《みす》えたポーズは以前のまま。

「こたびの戦いに関しては、多くのガーベラ軍人が王女と同じく憂《うれ》えているだろう。迷いといっていいかも知れぬ。そんな彼らと上手《うま》く連携《れんけい》を取れるかどうかという、我ら側の不安もある」

「――」

「そんな中、王女が旗頭となり、メフィウスとガーベラ、両軍がその下に揃《そろ》っていることにこそ意義《いぎ》がある。リュカオンがビリーナ王女ご本人の勧告《かんこく》に応じるならそれでよし、もし応じなければ、すなわちリュカオンは主君《しゅくん》に弓引《ゆみひ》く者ということになる。リュカオンを武力で屈服《くっぷく》さ

せる大義名分《たいぎめいぶん》が生まれ、また、この戦いに臨むガーベラ軍の迷いも取り払えよう」

ビリーナをはじめとして、皆、寂《せき》として声もない。

オーバリーはまじまじと皇子《おうじ》の横顔《よこがお》を眺《なが》めた。相手もちらりとこちらを見返した。一瞬《いっしゅん》、ぎよっとするほどの敵意が見えた気がしたが、皇子はすぐさまその視線を逸《そ》らした。勘違《かんちが》いかとも思えた。しかし、オーバリーは服の下にじっとりと冷たい汗を掻《か》いていた。

静寂《せいじゃく》はつづき、遠く、城の大《おお》広間での宴《うたげ》の騒ぎや、笛の音が、夜風に乗って伝わってきた。

3

その五日後には編制を終えた遠征軍《えんせいぐん》が、砦《とりで》から進発した。イドロ砦からの防衛線《せん》が長く引き伸ばされ、エンデからの奇襲《きしゅう》に備えるのをあとにして、ガーベラとの国境線《こっきょうせん》を越える。

皇子ギルは旗艦《きかん》ドゥームの艦橋《かんきょう》内にいた。オルバは何度か空をいく船を目にしたことはあるが、内部に入るとなると、無論《むろん》これがはじめてだ。

ドゥームは内部に二〇〇人もの兵を収容できる大型竜石船《りゅうせきせん》である。現在は地上すれすれの距離を滑空《かっくう》するこの船は、最大速度は時速七〇キロ、高度にして二キロメートルまで上昇できる。このクラスの大型船にしてはまず高い性能といっていいだろう。

ドゥームも単座飛空艇《たんざひくうてい》も、すべてひっくるめていわゆる竜石船は、「魔法《まほう》」の産物である。

人類が宇宙の海を渡ってきたときのような科学は、もはや衰退《すいたい》していたのだ。

数百年前とも数千年前とも伝えられる過去――。

移民できる環境を求めて、地球から宇宙へと旅立っていった人類は、やがてこの惑星《わくせい》へと辿《たど》り着いた。

当然のごとく、ここでも科学文明《ぶんめい》を興《おこ》そうとした人々だったが、竜神《りゅうじん》の末裔《まつえい》ともいわれる亜《あ》人種『竜人族《ぞく》』の度重《たびかさ》なる侵攻《しんこう》は、宇宙船から持ち込んできた武器やエネルギーを浪費《ろうひ》させ、また、この惑星で採掘《さいくつ》される資源は地球のそれと性質が異なっていたため、地球時代の文明を再興《さいこう》させることなどほとんど不可能に近くなっていた。

そんな中、第五次竜人族侵攻を喰い止めたのが、のちに「魔法王《おう》」と呼ばれる賢人《けんじん》ゾディアスである。

ゾディアスはもともと、惑星に点在《てんざい》する遺跡《いせき》の研究家であった。かつて竜神たちが栄えさせていたであろう文明の秘密を解き明かそうとしていたのだ。使途《しと》不明な遺跡物《アーティファクト》が、地球の科学と異なる、何らかの力を持っていることを彼は確信していた。

その過程で、太陽光が降り注《そそ》ぐと、気化《きか》した海中のとある物質が別の性質を帯びることを発見。地球の科学技術では検知《けんち》さえできなかったそれを、ゾディアスは遺跡物《ぶつ》をもとに調査を進め、その物質を魔素《エーテル》と命名した。

魔素《エーテル》は遺跡物《いせきぶつ》に反応し、様々な物理反応《はんのう》を引き起こした。火、爆発、水の精製《せいせい》、地磁気《ちじき》への反発《はんぱつ》作用、気温の上昇低下《ていか》――。ゾディアスは多くの実験結果をもとにして、それら遺跡物と似た性質の物品を新たに生み出すことにも成功、自分が望むとおりの現象《げんしょう》を引き起こすことのできる「魔法《まほう》」を完成させたのである。

　その魔法によってゾディアスは竜人族《りゅうじんぞく》を今度こそ地底《ちてい》深くへ送り返し、惑星《わくせい》上のほぼ全土《ぜんど》を統一する新たな王として君臨《くんりん》した。それから一〇〇年近くもつづくこととなったゾディアス時代の繁栄《はんえい》と滅亡《めつぼう》は、また別の物語で語られることもあろう。

　ともかく、この惑星の空をいく飛空艇《ひくうてい》や飛空艦《かん》といった、地面を離れての移動が可能な乗り物も、科学ではなく、ゾディアスの生み出した魔法の遺産《いさん》である。

　地磁気とエーテルが反発作用を起こすことで浮力《ふりょく》を得るため、飛ぶ際にはエーテルを放射《ほうしゃ》、散布《さんぷ》する。当然エーテルが枯渇《こかつ》すれば船は浮力を失うし、高度が上がれば上がるほど反発力も弱くなってしまう。

　これら船を総称《そうしょう》して「竜石船《りゅうせきせん》」と呼ぶのは、この船の骨組みから外装《がいそう》までを形成《けいせい》する、いわゆる無重量《むじゅうりょう》金属が、太古《たいこ》の地層《ちそう》から発掘《はっくつ》される竜骨《りゅうこつ》の化石《かせき》から精製されるためである。

　現在は品質のいい竜石自体《じたい》が貴重《きちょう》な存在であり、また魔法文明衰退《すいたい》の原因ともなった、エーテルの世界的な枯渇といった現象があるため、主力にはなり得ないが、ここぞというときには欠かせない戦力であるのは確かだ。

オルバが艦橋《かんきょう》に姿を見せるのは一日に数時間程度《ていど》で、あとは自室にこもっていた。これもフエドムの進言《しんげん》によるもので、要するにぼろが出ない程度に顔を見せておけ、ということだ。オルバには都合《つごう》がよかった。衆目《しゅうもく》にさらされながらただ座っているだけなのも性分《しょうぶん》に合わないし、何より、彼はここ数日、考え事にふけっていたのである。

メフィウス、エンデ、ガーベラ、そしてリュカオン。

それぞれの勢力について、彼は彼なりに理解しておきたかった。自分の知識だけでは心もとないので、彼よりはよほど高度な教育を受けてきた小姓《こしょう》のディン、それにタルカス剣闘会《けんとうかい》に身を置く前は、別の土地で暮らしていたというゴーウェンやシークにも補足《ほそく》してもらった。

まず、ガーベラにしてみれば、当然、リュカオンの反乱は捨て置けない。しかし一国のみで対したのでは、エンデが参戦《さんせん》してきたときに圧倒的に不利となる。おそらくはエンデとつながりのあるリュカオンは、そのときを好機《こうき》とばかりに一気に王都《おうと》へ駒《こま》を進めかねないからだ。

何よりガーベラが恐れるのは内部分裂《ぶんれつ》。国内には、リュカオンのもとに集い、ともにメフィウスを討《う》つべしと考える血気《けっき》盛んな若者たちも大勢《おおぜい》いる。あるいは王都にいる王族《おうぞく》を見限って、ビリーナをリュカオンに嫁《とつ》がせることで、新たな王家《おうけ》を誕生させる、という選択肢《し》さえあり得るかもしれない。

「メフィウスにすれば」ゴーウェンが分析《ぶんせき》する。「婚礼《こんれい》がこのまま成り立つようなら、ここでリュカオンをともに討《う》ち滅《ほろ》ぼすことで、同盟《どうめい》を強固なものにすることが望ましい。エンデに対する備えにもなるだろうし、今回の遠征《えんせい》でガーベラに大きな恩《おん》を売ることも可能だ」

一方、婚礼《こんれい》が成り立たないのなら、リュカオンと王族《おうぞく》とで、ガーベラの領土《りょうど》を二分《にぶん》させておくのも悪くない展開だ。同盟関係が白紙になったことで、今度はエンデのほうからメフィウスへ接近してくる事態も考えられるだろうし、メフィウスにすれば情勢を見極《みきわ》めて、自国の利益になるほうを選んで動くこととなるだろう。

その場合、恐れるのは、

「さっきも話に出たが、リュカオンがビリーナ王女を得て、エンデの協力のもとに一国を統一すること」

である。

誰が何を考えてどう動くのか、ルートは目の前にいくつも開けており、それぞれの動きに合わせてこちらも出方《でかた》を考えておかねばならない。

「ゴーウエン、確か、アイバーはガーベラ出身だったよな」

オルバは唐突《とうとつ》にとある剣闘士《けんとうし》の名前を出した。

「ああ。傭兵稼業《ようへいかぎょう》をやってたが、喰えなくなって野盗《やとう》になったとか言っていたな」

「まさか、リュカオン側に潜《もぐ》り込ませる気？　結束《けっそく》の固い連中《れんちゅう》だ、すぐに気づかれるよ」

「混戦《こんせん》の只中《ただなか》でない限り、だろ？」

オルバはすぐさまアイバーを呼び出し、とある命令を下した。当然、このときは『皇子《おうじ》』としてである。彼の正体を知る剣奴隷《けんどれい》はいまのところシークだけだ。

国境線《こっきょうせん》を越えて半日後《ご》。

メフィウス軍は、ザイム砦《とりで》を見渡せる丘の上に布陣《ふじん》した。襲撃《しゅうげき》に備えて砲兵陣地《ほうへいじんち》を構える。

同盟軍《ぐん》ガーベラが砦の南方、平原となった場所に布陣して約三時間。メフィウスはリュカオンへの使者を立てた。自分らの旗艦《きかん》に王女ビリーナがいることを告げ、降伏《こうふく》を勧告《かんこく》するためである。

一時間もしないうちに使者が帰ってきた。しかし三人で赴《おもむ》いたはずが、帰ってきたのはただのひとり。艦橋《かんきょう》内で膝《ひざ》を着いたその男の顔面は蒼白《そうはく》であった。

「卑劣《ひれつ》なるメフィウスに人質《ひとじち》として捕えられているビリーナ姫を救出《きゅうしゅつ》することこそ我が急務《きゅうむ》。王女自《みずか》らにご足労《そくろう》願えるのならば歓待《かんたい》もしようが、メフィウス人の足跡《そくせき》をこのザイム砦に残すことは決して許さず」

使者の伝言《でんごん》とともに、オルバは下士官《かしかん》のひとりから双眼鏡《そうがんきょう》を手渡された。見ると、砦の上部に二本の槍《やり》が突き刺さっている。先端《せんたん》に、それぞれ生首《なまくび》が掲げられていた。リュカオンの返答であった。

「これで奴《やつ》は、主君《しゅくん》に弓引《ゆみひ》く者——ですな、皇子？」

オーバリーが同じく双眼鏡を覗《のぞ》き込みながら言った。そんな大義名分《たいぎめいぶん》で、ガーベラ側が一致団結《だんけつ》するなどとは最初から考えていないのだ。

「兵力はこちらが上だ。よし、さっそく挟撃《きょうげき》にかかろう。時間をかければ、ひょっとしてエンデがリュカオンに援軍《えんぐん》をよこしてくるかもしれない」

これで皇子《おうじ》の余計《よけい》な口出《くちだ》しも終《しま》いだ、というふうにさっそくオーバリーは進軍を命じようとしたが、オルバは「待て」と遮《さえぎ》った。将軍のみならず、艦橋《かんきょう》内にいる全員が怪訝《けげん》そうに見つめる中、

「まずはガーベラ軍の覚悟《かくご》のほどを見届《みとど》けよう」

戦端《せんたん》は陽《ひ》が沈む直前になって開かれた。

南方からガーベラの部隊が攻め上がるのを、メフィウス軍は援護射撃《えんごしゃげき》するだけに留《とど》める。しかし何分《なにぶん》、メフィウスの陣地《じんち》は砦《とりで》から離れていて、それほどの効力はない。

竜騎兵《りゅうきへい》同士が平原中央《へいげん》でぶつかった。剣戟《けんげき》の火花《ひばな》が散り、槍《やり》の穂先《ほさき》が敵兵の首を道連《みちづ》れにして宙に翻《ひるがえ》る。

リュカオン軍には鉄の結束《けっそく》と連携《れんけい》があった。進軍しようとするガーベラ部隊に砦の中から矢を射かけ、平原のあちこちで砲火《ほうか》を炸裂《さくれつ》させる。竜が、馬が、そして人間が肉片《にくへん》となって散った。

さらには、飛空艇《ひくうてい》部隊を上空に待機《たいき》させておきながら、時折《ときおり》、タイミングをずらして斬《き》り込んでくる。加えて、砦近《ちか》くのあちこちに小さな塁《るい》を構えたリュカオン兵が、銃火《じゅうか》による援護を

行っていた。その配置は絶妙《ぜつみょう》だった。ガーベラ部隊は立ち往生《おうじょう》し、またガーベラ側の飛空艇隊は射撃の餌食《えじき》となって、味方の救助もままならない状態に陥《おちい》った。

「メフィウスは何をしている！」

「ええい、埒《らち》が明かん。引け、引けえっ」

「竜石船《りゅうせきせん》を押し上げ、艦砲《かんぽう》射撃にて撤退《てったい》を援護。深入《ふかい》りするなと伝えろ」

結局、ガーベラ軍はほとんど隊を進められず、二時間と経《た》たないうちに本陣《ほんじん》まで引き上げた。自分らの築いた砦の堅牢《けんろう》さを、身をもって証明することとなったのである。

ふたたびザイム砦周辺《しゅうへん》はしんと静まり返った。砦内《ない》ではあちこち灯《あか》りがともり、油断《ゆだん》なくどっしりと身構《みがま》えている風《ふう》なのが見て取れる。

夕刻の戦いから数時間後《ご》、ガーベラ側の使者がドゥーム〈赴《おもむ》いていた。抗議《こうぎ》と、作戦の再《さい》確認のためである。オルバはその相手をフェドムに任せ、自身は艦橋で地図とにらみ合っていた。諸《しょ》隊長を集めての軍議《ぐんぎ》中も、オルバはほとんど口を利かなかった。そのくせ、進軍だけは断《だん》固《こ》として許可を出さなかった。戸惑《とまど》いと不審《ふしん》、それに怒りの感情がほとんどの顔にあった。

「ギル皇子は初陣《ういじん》であらせられる」

オーバリーはほとんどひとり言のようにつぶやいた。唇《くちびる》の端《はし》には嘲笑《ちょうしょう》が貼《は》りついていた。

「慎重《しんちょう》になられるのも無理からぬことですかな。我々はせいぜい、その慎重さが臆病《おくびょう》風と取られないよう、兵たちに宣伝して回るといたしましょう」

その軍議《ぐんぎ》ののち、

「何を企《たくら》んでいる?」

船に割り当てられた皇子《おうじ》の部屋へとフェドムが訪れていた。

「怖気《おじけ》づいたか。何も、貴様《きさま》に特攻《とっこう》せよ、と言うのではない。わたしに任せておけ。これ以上勝手《かって》な真似《まね》をするようなら、今度こそ貴様の首を撥《は》ねてやるぞ」

頬肉《ほおにく》を震わせながらそう言うのだが、何しろここは戦場《せんじょう》である。本物の皇子が近くにいるわけでもない。立場上、ここでフェドムに何ができるともオルバには思っていなかった。

フェドムが帰ったあと、ゴーウエンが訊《き》いた。

「おまえがいったい何を考えているのかわからんのは、おれたちも同様だ。おまえがいったい誰に情《なさ》けをかける必要がある?」

「情けなんてものは関係ない。おれは、敵味方《てきみかた》がはっきりしない状態で戦うなんてのはごめんなんだよ」

「敵、味方? ガーベラのことを言っているのか」

「それもある」

ガーベラ軍に信用を置けないのは何もオルバばかりではあるまい。現に、歴戦《れきせん》の将《しょう》ローグ・サイアンは、敵の動向《どうこう》以上にガーベラ陣営《じんえい》の気配《けはい》を窺《うかが》っている。さすがに寝返《ねがえ》りを目論《もくろ》むような者は全体の一割にもならないだろうが、それでも混戦《こんせん》の最中《さいちゅう》に裏切られれば、こちらとしては多大な害を被《こうむ》りかねない。精神的な動揺《どうよう》も大きいだろう。その隙《すき》に砦《とりで》から全《ぜん》戦力を押し出されれば、あっという間に切り崩されるかもしれなかった。

だからこそオルバは進撃《しんげき》の命を下さなかったのだが、

「といって、籠城戦《ろうじょうせん》を気長《きなが》にやるつもりじゃないだろうね」シークが言う。「奴《やつ》らはエンデから補給《ほきゅう》を行うだろうし、長引けば長引くほど、ガーベラ側の士気《しき》が下がるだけだ。リュカオンにつづけ、とばかりに内乱《ないらん》があちこちで起こってしまえば、それこそ国を二分《にぶん》した戦いにまで拡大しかねない」

「寝返りを考える奴らが、こちらの陣に夜襲《やしゅう》をかけてこないとも限らんしな。皇子ギルの首を取れ、王女を救え——とばかりに」

ゴーウェンの言葉を聞いて、オルバはにやりとした。もしも彼が剣闘士《けんとうし》時代、仮面《かめん》をつけていなければ、それを目にした敵は必ずや怒り狂うだろう、と思わせるほど、それはどこか敵対《てきたい》した相手をひどく卑下《ひげ》したような笑い方だった。

「まだ大丈夫《だいじょうぶ》だ。おれは、そのまだが、いまになる瞬間《しゅんかん》を待っているんだから」

ゴーウェンは唸《うな》り声を発し、シークにも何となくぴんと来るものがあったか、顔色《かおいろ》を複雑なものにさせる。

「オルバ、まさか。そのために王女を連れてきたんじゃ」

「さあな」

敵味《てきみ》方《かた》がはっきりしないのは、何もガーベラだけではない。いまだに聖臨《せいりん》の谷での事件は全《ぜん》容《よう》がつかめなかったし、オルバには、というより、ギル皇子《おうじ》はメフィウス軍《ぐん》自体に信用がない。誰がいつ自分の手足になってくれるのか、誰がいつ自分の手足を逆に引っぱるのか、それもはっきりしない状態では動きようがなかった。

どれほどの策略《さくりゃく》がオルバの胸中にあるかというよりも、

「何も知らぬまま戦うことに『慣れさせられた』兵士とは違う。おれはそれほど神経が太くはない」

本音《ほんね》としては、ただそれだけのことだった。かつて、奪われるだけだったあのときに痛感《つうかん》したとおりに。

地盤《じばん》を固め、敵味方を知って、大小様々《さまざま》な情報を集める。砦《とりで》のごとくそれら情報を築いた上でなら、大胆不敵《だいたんふてき》も効果があろう。そうでなければ、ただ無知《むち》な愚《おろ》か者が特攻《とっこう》を仕掛けていくのと変わりはしない。

（喧嘩《けんか》ははじめる前こそ慎重《しんちょう》に。はじまっちまえば、あとは速度だ。考えている間などねえ。だから考えられる時間はいましかない）

オルバは自室にあてがわれた部屋の窓から、外をじっと見据《みす》えていた。

六章　ザイム砦《とりで》の戦い

1

以降、ただでさえ敵《てき》同士であったメフィウスとガーベラは足並みが乱れ、ザイム砦を前にしてのにらみ合いばかりがつづいた。

陣《じん》を張って五日ばかりが過ぎた頃には、メフィウス陣営《じんえい》の中にも、いよいよギル皇子への不信が募《つの》っていた。中には、妻となるビリーナ王女の気を惹《ひ》きたいがため、リュカオンに手出しできないのだという噂《うわさ》を流す者たちすらいた。

いっこうに事態が進展しない中、ビリーナ本人も針のむしろでいつづけたのである。

このとき、オルバは何をしていたかというと、暇《ひま》があれば陣営内《ない》をうろついていた。肝心《かんじん》の出撃命令《しゅつげきめいれい》は下さないのに、妙《みょう》にこまごまとしたところに注文をつけて回ったので、メフィウス陣営の誰もが扱いに困った。見張りの配置から、弾薬庫《だんやくこ》の場所、夕食の内容にいたるまで。

「皇子、あまりこちらから離れすぎませぬよう。どこにガーベラ兵が潜《ひそ》んでいるやもわかりません」

メフィウス兵が大声で呼ばわったのは、オルバがひとりで丘陵《きゅうりょう》地帯の下り斜面へ歩を進めていったからだ。木々が密集《みっしゅう》していて、確かに兵が隠《かく》れひそんでいても不思議《ふしぎ》ではない。と、斜面を駆け下ってきたゴーウェンが、こっそりオルバに耳打ちした。

「オルバ、少しは自重《じちょう》しろ」

近衛兵《このえへい》であるゴーウェンらは、他の兵から白い目で見られている。皇子《おうじ》の気まぐれで側仕《そばづか》えになったもと奴隷《どれい》たち。当然、貴族《きぞく》のみならず、命懸《いのちが》けでメフィウスに仕えてきた自負《じふ》のある兵士たちにとっても、剣闘士《けんとうし》たちは憎《にく》しみと妬《ねた》みの対象《たいしょう》であった。

「この森の向こうは?」

構わず、オルバはこの陣営《じんえい》につれてきた近隣《きんりん》の村人に訊《き》いた。無論《むろん》、ガーベラ人である。相手がメフィウス皇子ということで、複雑な心境《しんきょう》もあったろうが、銃や剣で武装《ぶそう》している兵たちに取り囲まれている現在、さすがに逆らったり、嘘《うそ》をつく素振《そぶ》りを見せたりなどはしなかった。

「川が流れております。川原《かわら》は広いですが、さすがにあそこにリュカオンさまの兵士が大勢《おおぜい》で押し寄せたら、こちらの陣から丸見《まるみ》えでしょう」

オルバは背伸《せの》びをする。確かに木々の合間から川原らしき風景が覗《のぞ》いて見える。なるほど、あそこに兵が詰めていてもすぐに見つけられるだろう。

「真《ま》っ昼間《ぴるま》なら、の話だが」

「何を仰《おお》せです？」兵たちの手前、ゴーウェンが恭《うやうや》しい口調《くちょう》で言う。「そもそも、リュカオンの砦《とりで》から、兵士をこちら側に伏せさせるのは不可能に近いでしょう」

「リュカオンならな」

謎《なぞ》めいた返事を与えて、それからまたオルバは別の場所へと歩いていった。いく先々で兵や将校《しょうこう》たちが頭を下げ、直立の姿勢で敬礼《けいれい》しながらも、当然、『ギル皇子』を見送る視線に敬意《けいい》などほとんどない。これ以上勝ち戦《いくさ》を取り逃がさせるようなことがあれば、いっそギル皇子を軟禁《なんきん》し、オーバリー将軍を指揮官《しきかん》としたほうがいいのではないか、という声すら囁《ささや》かれていると聞く。

兵たちをいったん待たせておいて、オルバは竜《りゅう》たちが閉じ込められている檻《おり》のところへいった。戦争に使う小型竜たちが大勢ひしめき合っている。中には、タルカス商会の大型、中型竜たちの姿もあった。軍属《ぐんぞく》の調 教 師《ちょうきょうし》がついているが、オルバが呼び出したのは、近衛大隊《このえだいたい》つきとなったホウ・ランである。

「オルバ、仮面《かめん》はもういいのか」

「ああ」率直《そっちょく》なランの言葉に、苦笑《にがわら》いが浮かびそうになる。「竜たちはどうだ」

「軍にいる子らは、いつも機嫌《きげん》が悪い。ほとんどが薬を使われているんだ。これでは、意思《いし》の疎通《そつう》などできない。オルバ、偉くなったのならあいつらをまずどうにかしてくれ」

そう言うランのほうこそ機嫌が悪い。あいつら、とは軍属の調教師のことだろう。

「わかったよ。が、すぐには皇子《おうじ》でも無理だ。とりあえず、いまは剣闘会《けんとうかい》の竜《りゅう》たちには薬を使わせないようにする。あっちこっちと連れまわして、竜たちも苛立《いらだ》ちがあるだろうが、よく面《めん》倒《どう》を看《み》てやってくれ」

「もちろん」

突然の環境の変化に対し、一番柔軟《じゅうなん》に溶け込んでいるのは彼女なのかもしれなかった。檻《おり》の間から手を伸ばし、いつものように竜の鼻面《はなづら》を撫《な》でて、他の調教師《ちょうきょうし》たちを驚かせている。

そうしてあちこちを見て回ったオルバたちは、陽《ひ》も暮れかけた頃合《ころあい》、陣営《じんえい》の一角でひと悶着《もんちゃく》起こっているところに出くわした。当事者はガーベラ国の王女ビリーナだ。艦《かん》の格納庫《かくのうこ》のハッチが開いていた。偵察《ていさつ》に使う高速飛空艇《こうそくひくうてい》がずらりと並んでいたが、そのひとつにビリーナが乗り込もうとして兵士らに止められている。

「お放しなさい」いつにも増して王女は勇ましい。「手を触れるな。わたしを止めようとしても無駄《むだ》だ！」

「しかし、姫君《ひめぎみ》。貴女《あなた》はわがメフィウスのお客人《きゃくじん》。お預かりしている身としましては、命令なしには姫をどこへもお連れできないのです」

「だから、ひとりでいくと言っている」息巻《いきま》いたビリーナと、そちらへ近づきかけていたオルバとの目が合った。「命令ならば、そちらの皇子どのがお下《くだ》しくださることでしょう」

「よい、下がれ」

と不満げな顔の兵を下がらせたあと、オルバはその格納庫内で王女とふたりきりになった。

ビリーナが、まだ飛空艇の座席に手をかけたままなのをちらりと見やる。メフィウスの飛空艇は大半《たいはん》が翼竜《ワイバーン》の姿を模《も》しており、ガーベラほどにバリエーション豊かでない。

「何をなさろうというのです」

「何を？」少女姫《ひめ》はまなじりを吊《つ》り上げる。「では、逆にお伺《うかが》いしてもよろしいか。皇子は、何をなさりたいのです？　あなたが何もなさらないから、わたくしが代わりに行動しようというだけのこと」

「ほう。では出撃《しゅつげき》して、あなたの同胞《どうほう》の血を流せとおっしゃる？」

「そ、そうではない。そのようなことを……」

かっとなりかけたビリーナだが、ペースに呑まれまいとしてか、深く息を吸い込み、

「メフィウスの援助がないガーベラ軍は、ただ切り崩されていくだけ。すでに血は流れているのです。傍観《ぼうかん》などできはしない」

「出撃しても、しなくても駄目《だめ》なのなら、おれは、どのみちどちらもしやしないよ」

ふと、ぞんざいな言葉遣《づか》いが出てしまう。他の貴族《きぞく》や将軍を前に芝居《しばい》はできるのに、この王女の前だと彼自身、どうにもペースが乱れていけない。王女があまりにまっすぐすぎて、身分《みぶん》を隠《かく》している彼としては、妙《みょう》なやましさを無意識的にでも感じているのだろう。

「どういう意味です」

「リュカオンとて、メフィウスが出張《でば》ってくるのは承知《しょうち》の上だろう、ということです」

「罠《わな》が張り巡らされていると？　しかし、ならばなぜここまでのこのこやって来たのです。罠が怖いと、何もはじめず、ただがたがた震えて見守っているためだけに？」

「はじまっているのですよ、すでに。ビリーナ姫を旗頭《はたがしら》に立て、包囲《ほうい》する。この時点でもう事ははじまっているのだし、終わっているとさえ言っていいかもしれない。こうなってもなお、状況が変わらないいまとなってはね」

「それは——」

皇子《おうじ》の指摘《してき》することの意味に気づいて、ビリーナはうなだれかけた。陽《ひ》の落ちた頃合《ころあい》にあって、桃色《ももいろ》にうっすら高潮《こうちょう》した頬《ほお》が見て取れる。怒り、屈辱《くつじょく》、あらゆる感情をまたも呑み込んだように、顔を上げる。

「確かに、わたしの力不足《ぶそく》は認めます。わたしひとりで終わらせられると思っていたわけではないにせよ、リュカオンと直接会うことくらいはかなうはず、と考えていたのは事実。しかし、だからこそ、わたしのほうから出向いていかねばならない。リュカオンに直接会って、声さえ交わすことができれば、ともにガーベラを思う身、戦いで玉砕《ぎょくさい》するのではなく、何か違う結末《けつまつ》を呼び起こすこともできるはず」

「その上で、あなたをも失えば、我々は完全に瓦解《がかい》するでしょう。ガーベラとかろうじて取り合っている手をも断ち切られてしまう」

「いちいちごもっともなのも、お認めしましょう」
むっとした様子《ようす》でビリーナは言った。可憐《かれん》に窓辺《まどべ》を飾る花のような顔を、いまにも噛《か》みつい
てきそうな憎悪《ぞうお》で歪《ゆが》めている。やれやれ、とオルバは胸中つぶやいた。この姫さま、話してい
る内容こそ確かに誇《ほこ》りも気品《きひん》もあるが、村の誰かと言葉を交わしているような気分に時折《ときおり》なっ
てしまうのはなぜだろう。
——そんな余裕《よゆう》をももって、姫君《ひめぎみ》をいなそうとしていたオルバだったが、
「なぜそうもあなたが冷静でいられるのか、わたしには不思議《ふしぎ》でならない。また明日にはリュ
カオン軍とガーベラ軍がぶつかるかもしれない。そうなれば、兵たちの無駄死《むだじ》にです。兵ひと
りひとりの気持ちなどどうでもよろしいのですか。国家や貴族《きぞく》の都合《つごう》で彼らの命を粗末《そまつ》にする
ことを嫌う方ではなかったのですか」
本人はただの皮肉《ひにく》のつもりだったかもしれない。が、それはまさしく刃《やいば》となってオルバの胸
を深くえぐったのである。はっと息を呑んで、今度は彼のほうがうつむいてしまった。
（そうかもしれない）
この戦いにあたって、オルバは兵士の立場になって考えたことなどなかった。ひとりひとり
の犠牲《ぎせい》などより、戦いの行方《ゆくえ》を見極《みきわ》めることのほうが大事だった。それは大局《たいきょく》的なものの見
方であり、つまりは、
（おれがもっとも嫌っていた、貴族の考えだ）

そして同時に、

（いまはそれが必要だとも、おれは思う）

田舎村《いなかむら》にいるただひとりの少年だったとき、奴隷《どれい》として殺し合いをさせられる身であったとき、抱いた憎《にく》しみも殺意も本物ならば、いまこのとき、徴兵《ちょうへい》された民《たみ》の命ひとつひとつにこだわっていては勝利をつかむことなどできない、という確信もまた、本物。

薄く張った油に炎《ほのお》を流したような空の下、その矛盾《むじゅん》に心身《しんしん》を焼かれてオルバは立ちすくんだ。

「……どうなさいました？」

押し黙ってしまい、さらには傍目《はため》に見てわかるくらいにショックを受けていたのだろう、ビリーナはやや眉《まゆ》をひそめ、語調《ごちょう》を改めた。

「──いや」

「ご加減《かげん》でも悪くなさいましたか」

つと詰め寄ってくる姫から距離を開け、オルバは言った。

「そうではない。姫、このままメフィウス軍がガーベラに加担《かたん》したところで、戦いは激化《げきか》し、死人の山が築かれるだけのこと。リュカオン一派は全員が討《う》ち死に覚悟《かくご》で戦おう。だから、時期を待たねばならない。それこそ、兵を思えばこそだ。待って──おれが考えるとおりの勝利を掴《つか》まねば……」

夕暮れの風に溶けるみたいに語尾《ごび》がかすれ、消えていく。我知らず、オルバは腕の筋肉が盛り上がるほどに握り拳《こぶし》を固めていた。

その翌日《よくじつ》。陣《じん》を張って六日目となる日の夕刻、ビリーナ姫は船中の一室で食事を終えていた。

無理を言って戦場《せんじょう》についてきたはいいが、一日が明け、暮れるまで、ただただ焦《じ》れるような気持ちで外を眺《なが》める日ばかりがつづいている。

さすがにテレジアをも連れてくるわけにはいかなかったから、ほとんど誰とも会話がない。陣ではメフィウスの小姓《こしょう》がついていてくれたが、必要なとき以外はビリーナ自身が遠ざけていた。

いつもてきぱきと身の周りを世話してくれるテレジアだった。ビリーナの朝は、テレジアが時間をかけてビリーナの髪《かみ》を梳《と》きすかしてくれるところからはじまる。普段だったら、何もそこまで丹念《たんねん》にやらなくとも、と、じっとしていられない性分《しょうぶん》のビリーナは不満に思っていたのだが、何しろ幼い頃からの習慣だ。朝、一応《いちおう》自分でやってはみるのだが、時間をかけてやるには退屈《たいくつ》この上ない作業だ。それで、テレジアが毎朝、自分が暇《ひま》を持て余さないよう、いろいろと話題を豊富に取り揃《そろ》えてくれていたことを知った。

ここは故国《ここく》ガーベラの地だというのに、テレジアのいないいまにして、むしろはじめて彼女は——自身が認めたかどうかはともかくも——異国《いこく》にひとり、放り出されたような孤独感《こどくかん》を味わっていた。

（六日――）

たったそれだけの時間。しかし一秒ごとに身を切る思いのビリーナには、六年にも等しい。昨日もガーベラ部隊が砦《とりで》に仕掛けた。相変わらずメフィウスは砲撃《ほうげき》によるおざなりな援護《えんご》を行うばかり。

もちろん不満はガーベラのみならず、メフィウス側からも次々と声になってあらわれている。将校《しょうこう》たちのみならず、一兵卒《いっぺいそつ》の間からも皇子《おうじ》を非難《ひなん》する言葉が洩《も》れているのをビリーナは知っていた。

このままでは消耗《しょうもう》するばかり、とガーベラは、早くもメフィウスの支援を見限って、首都《しゅと》にさらなる増援《ぞうえん》を要請《ようせい》する構えのようだ。一応はメフィウスの部隊もいてくれたほうが、エンデも公然《こうぜん》とガーベラ領土《りょうど》を侵《おか》すには至らないだろう。そういう計算もあって、ガーベラ側としてはメフィウスを表立《おもてだ》って批判することは避けているようだ。

しかしそうなればますます戦況《せんきょう》は激化《げきか》する。皇子の言うとおり、力押《ちからお》しではリュカオンは屈《くっ》服《ぷく》しまい。彼につき従っている兵士たちもだ。一昨日《おととい》、こちらの陣《じん》に謁見《えっけん》を申し出てきたガーベラの将校の話によれば、

「リュカオンに従った兵たちの家族――砦《とりで》へいっしょに赴《おもむ》けなかった老人や、病持《やまいも》ちの者たちが、次々と自刃《じじん》しております」

ということだった。裏切り者の家族としてさらされた針のむしろに耐えかねたのではあるま

い。自分たちがもしも捕えられ、人質《ひとじち》にされては足枷《あしかせ》になる。そう判断してのことだったので はないか。リュカオンに従った兵たちも、当然そのことは覚悟《かくご》の上だったろう。となれば絆《きずな》は なおのこと固い。最後の生き残りとなっても、たとえ銃弾《じゅうだん》が尽きても、彼らは剣を、そして手 足を駆使《くし》して戦いつづけるだろう。

すっくと今日何度目《なんどめ》かにビリーナは立ち上がった。部屋の壁際《かべぎわ》にかけた、飛空艇《ひくうてい》乗り用のつ なぎを見やる。数歩歩《あゆ》み寄りかけ、そしてまた、今日何度目かに思い直して、引き返した。

下唇《したくちびる》を噛《か》みしめる。ビリーナの悪い癖《くせ》、といつもテレジアが指摘《してき》する行為だった。

「王族《おうぞく》たるもの、人前《ひとまえ》で感情を露《あら》わにしてはなりません。皆が悔《くや》しいときにこそ笑い、皆が笑っているときにこそ真顔《まがお》でありなさい、姫さま。あなたのお顔は国の顔なのですよ」

わかるつもりだ。いつまでもおてんば姫ではいられない。いまとなっては、軽はずみな行動は国をも左右しかねないからだ。さほど間を置かずして、またビリーナは腰を浮かしかけていた。リュカオンへ直談判《じかだんぱん》にいくのはさすがに押し留まったのだが、そうといってじっとはしていられない。もう一度ギル・メフィウスに会おう、と決意した。

（陣を引き払うのではないかという噂《うわさ》もあるが――）

もう少し楽な戦いを想定《そうてい》していたメフィウスは、実りのないこの戦いにさっさと見切りをつけたがっている、というのである。それも噂の出所《でどころ》は、ガーベラではなく、メフィウス陣営《じんえい》の ほうにあった。気分屋《きぶんや》の皇子などもうとっくに戦争ごっこに飽《あ》きており、早く宮殿《きゅうでん》に帰りたい、と近衛兵《このえへい》たちに洩《も》らしているところを、複数の兵士が耳にしたようなのだ。

いつものビリーナなら烈火《れっか》のごとく怒り、ギルに力ずくでも問いただしてやろうと息巻《いきま》いていたところだ。が、以前に、印象《いんしょう》が定まらない、とテレジアが評したとおりに、ビリーナも同じ感想を抱きつつあった。出撃命令《しゅつげき》を下さないのも、単に彼が臆病《おくびょう》だから、とか、周囲の非難《ひなん》やそしりを受けても気づかないほどに頭が回らないから、とかいう理由ではない気がする。

(何かを、考えている)

昨日の会話でも、ギルはそれと匂《にお》わせる発言をしている。まずは彼だ。リュカオン同様、その真意《しんい》を測りかねているのならば、まずは近くにいる彼の胸の内を確かめてみるべきだろう。その「何か」を聞き出し、そしてその上でともに頭を巡らせることができればいい。

(そうだ。すっかり忘れていた)

ビリーナは、ふと、自分が輿入《こしい》れするときの決意を思い返していた。メフィウスの内情《ないじょう》を探り、うつけの皇子を意のままにする。くすっと思わず笑《え》みが洩れた。

(そうだ、そうだ。皇子とともに考え、それでやっぱり気に入らないなら、意のままに躾《しつ》けるまでのこと)

不思議《ふしぎ》と、自分自身をからかいたいような気分になりつつ、席を立った矢先《やさき》に、ドアが軽くノックされた。

「ギル皇子《おうじ》どの？」

まるでこちらの真意を先に見抜《みぬ》かれたような気がして、ビリーナはとっさにその名前を口にしていた。ドアを開け、そして赤面《せきめん》する。食事を下げに来た小姓《こしょう》らしい。ビリーナは、火がついたように顔を赤くしながら、彼女には珍しく笑顔を取りつくろい、盆《ぼん》を手ずから渡そうとした。

と、慇懃《いんぎん》に頭を下げたその顔が、いつもの小姓と違うことに気づいた。

「姫——」

切迫《せっぱく》したような声の響《ひび》きに、ある予感が胸をよぎるより早く、

「どうかお心静《こころしず》かにお聞きください。わたしは、ガーベラの陣《じん》から来た者です。ただ謁見《えっけん》に参ったのではありません——」

そう囁《ささや》いた。

その夜のことである。

皇子ギルの自室に小汚《こきたな》い格好《かっこう》をした男が入っていった。あれが近衛兵か、情《なさ》けない、とメフイウスの重鎮《じゅうちん》たちが頭を抱えていたその瞬間《しゅんかん》にこそ、オルバは決断を下していた。男とは、布陣《ふじん》する直前にガーベラ陣営《じんえい》に潜《もぐ》り込ませていた、アイバーという剣闘士《けんとうし》である。急遽《きゅうきょ》呼び出されたゴーウェンとシークは、鎧兜《よろいかぶと》を身につけているオルバの姿を見てぎょっとなった。

「どうした、オルバ」

「アイバーから何の情報を得たんだい？　リュカオンじゃなく、敵はガーベラだとか言い出すつもりじゃないだろうね」

　この数日の間、オルバのとんでもない行動の数々に驚かされてばかりいる彼らである。いまさら何を言われたところで涼《すず》しい顔をしていられる――と思っていたが、

「そうだ」オルバは、その手にあるものを掲げて見せた。

「奴《やつ》ら、一気に来るつもりだ。おまえらも準備を急げ。お土産《みやげ》だけ持って、ずらかるぞ」

　室内の灯《あか》りを受けて鈍く照り輝いたそれは、虎《とら》を模《も》した、鉄の仮面《かめん》であった。

2

　陽《ひ》も暮れかけた頃合《ころあい》のこと。

　メフィウスが陣《じん》を構えた丘陵《きゅうりょう》地《ち》に、少数の人影《ひとかげ》が近づいていた。当然ながら警戒《けいかい》は厳《きび》しい。関門《かんもん》が設けられている中を、彼らはしかしごく簡単に突破《とっぱ》した。ガーベラ陣営《じんえい》の代表者としてやってきた彼らは、メフィウス側と共同で軍議《ぐんぎ》を行う予定があったのだ。

　が――、その約束の時間は、本来、一時間ほどあとのはずだった。

　関門を抜けた彼らは周囲の状況をつぶさに観察した。その上でタイミングを見計《みはか》らい、メン

バーのうちひとりが、丘陵の外れにあった弾薬庫《だんやくこ》に火を放った。

一拍《いっぱく》の間を隔《へだ》てて、夜の眠りがひと息に引き裂かれた。轟然《ごうぜん》とした爆音《ばくおん》、そして燃え広がった炎《ほのお》の色。

まさしく蜂《はち》の巣《す》をつついたような騒ぎとなったその隙《すき》をついて、爆発の起こった反対側から、どどど、と地面を駆ける音が鳴り響《ひび》いた。それがガーベラの騎竜隊《きりゅうたい》だと最初に気づいた歩哨《ほしょう》のひとりは、竜《りゅう》の爪《つめ》に頭を紙のように引き裂かれて死んだ。

時刻をほぼ同じくして、ザイム砦の正門《とりで》が音を立てて開かれた。精鋭《せいえい》のみを集めた騎竜隊、騎馬隊《きばたい》、そして飛空艇《ひくうてい》が弾丸《だんがん》のような勢いで飛び出していく。狙《ねら》いはただひとつ――メフィウス軍旗艦《きかん》ドゥームである。

突然のことに、オーバリーもまともな対応ができなかった。

「推進《すいしん》エーテル、レベル3まで一気に放出、上昇しろ。騎馬隊に旗艦の援護《えんご》を命じるのだ」

飛空艇による伝令《でんれい》も遅きに失した感がある。

また、この非常時に皇子《おうじ》は自室にこもったまま出てこない。オーバリーは我知《われし》らず奥歯《おくば》を噛《か》みしめていた。

「ガーベラめ」

拳《こぶし》を制御卓《せいぎょたく》に叩《たた》きつける。ガーベラの裏切りと、リュカオン軍の突撃《とつげき》が、無論《むろん》、無関係なはずはない。これほどの連携《れんけい》だ。ひょっとして、最初から謀《はか》られていたのではあるまいか、という考えすらメフィウス重鎮《じゅうちん》たちの頭をよぎっていた。彼らは最初からメフィウス軍をおびき寄せるためだけに、リュカオンの謀反《むほん》という芝居《しばい》を行ったのではないか、と。

「いったん引いて陣形《じんけい》を整える。前面のリュカオン、側面のガーベラをひきつけて一斉射撃《いっせいしゃげき》を行う」

「ならぬ、オーバリー将軍」

即座《そくざ》に否定したのは翼竜士官《よくりゅうしかん》ローグだった。夜中、寝ているところを叩《たた》き起こされたためか、大急ぎで甲冑《かっちゅう》をまとっている。

「ひとつ箇所に留《とど》まっていては、挟《はさ》み撃《う》ちに遭《あ》うだけだ。ここは陣をも引き払う覚悟《かくご》で撤退《てったい》に徹したほうがいい」

何を、と怒鳴《どな》りかかろうとして、オーバリーはすんでのところで呑み込んだ。彼とて一〇年以上、戦場《せんじょう》を駆け巡ってきた将軍だ。しかしいわゆる力押《ちからお》しでの戦いが得意な彼にとって、予想できなかった出来事への対処《たいしょ》はもろい。南方のアプター砦《とりで》のときもそうだった。

「くそっ」

オーバリーは、見た目のいかつさに反して薄い唇《くちびる》を噛《か》んだ。名を挙げる絶好のチャンスと思った矢先《やさき》に、よもやの展開だった。それもこれも、日和見《ひよりみ》的に状況を楽観視《らっかんし》していた皇子《おうじ》のせいだ。やはり一気呵成《いっきかせい》に砦を陥落《かんらく》させるべきだった。そうすればガーベラの反王族派《はんおうぞくは》も黙らせることができたはずなのに。

「皇子はまだお出でになられないのか」

艦橋《かんきょう》のすぐ外の通路ではシモンが怒鳴《どな》っていた。

「小姓《こしょう》ひとりと、近衛《このえ》兵《へい》が扉《とびら》を固めています。皇子が命を下すまでは通せぬと」

「ここへ来て、何の命令だ！」

シモンは思わず兵の前で吐き捨てていた。人が違ったように見えたのもただの錯覚《さっかく》であったのか——そういう慨嘆《がいたん》が強い。

「ビリーナ姫は？」

「はっ。そちらも皇子の近衛兵が数名で固めているご様子《ようす》」

そういうところには手回しが早い。ますます彼は皇子に対する不審《ふしん》の念を強めながらも、さすがに非常時である、他にやるべきことはいくらもあった。

「ガーベラ本陣《ほんじん》と連絡は取れないのか」

艦橋では、フェドムが喉《のど》も嗄《か》れよと叫んでいるのが聞こえてくる。

「先ほど飛空艇《ひくうてい》を出しましたが、まだ帰艦《きかん》しておりません——」

どおっ、とそのとき強風にあおられたみたいに竜石船《りゅうせきせん》が揺さぶられた。敵の飛空艇からの爆撃《ばくげき》だった。上を取られたか、とシモンは見えもしないのに頭上を見上げた。これでは陣を整えるどころではない。飛空艇は小型のため、積んでいるエーテル量も少なく、その行動範囲《はんい》はせいぜいが数キロメートル。ここは一刻《いっこく》も早く距離を置くべきだった。

（とはいえ、間に合うのか――）

砦《とりで》から本隊が押し出してくれば、こちらはもはや応戦《おうせん》するどころではない。まだ移動しはじめたばかりの船めがけ、爆弾《ばくだん》が雨のように降り注《そそ》いでくる。二度、三度、とシモンの足もとは揺さぶられつづけた。


一方、ザイム砦である。

砦最上部《さいじょうぶ》の広間。四辺《しへん》に張り巡らされた露台《ろだい》の向こう、丘の上から火の手が見える。ちょうどそちらの方角に向けて開け放たれた露台には一機の飛空艇《ひくうてい》がものしずかに鎮座《ちんざ》していた。万《まん》が一《いち》にも砦が陥落《かんらく》した際、司令官《しれいかん》を退避《たいひ》させるためのものである。

しかし、『彼』――じっと立ち尽くし、遠い炎《ほのお》の色を双眸《そうぼう》に宿した男に、それを使う気はさらさらなかった。どうしてもと配下《はいか》の兵たちに乞《こ》われて用意したものに過ぎない。

彼は、甲冑《かっちゅう》と腰に下げた剣とで武装《ぶそう》していた。背が高く、若いながらも容貌《ようぼう》には一種余人《よじん》を寄せつけない威厳《いげん》があった。微動《びどう》だにせず、丁寧《ていねい》に刈り込まれた顎鬚《あごひげ》に手を置く姿勢は、あたかも城の回廊《かいろう》を飾る英雄像《ぞう》であるかのようだ。

元ガーベラ国の騎士《きし》であり、第二飛空将軍《しょうぐん》であった、リュカオン。かつて国内で名声《めいせい》をほしいままにし、メフィウスからは罵倒《ばとう》と憎悪《ぞうお》、そして恐怖の対象《たいしょう》であった男は、作戦の成功を示す火の手をじっと見つめていた。

ガーベラ陣営《じんえい》と呼吸を合わせた奇襲《きしゅう》である。扇動者《せんどう》を潜り込ませていたのが功《こう》を奏《そう》した。彼らの最後の報告によれば、謀反《むほん》を決意した将校《しょうこう》は数名、兵の数にすれば一〇〇にも満たないが、闇夜《やみよ》での襲撃《しゅうげき》である。メフィウスは敵に包囲《ほうい》されたと思い込むだろうし、ガーベラ本陣《ほんじん》も情報に混乱を来《きた》し、すぐにはメフィウス側の援護《えんご》には向かえまい。

まずは読みどおり、そして作戦どおりだった。先に打っておいた手はことごとく的中《てきちゅう》している。おそらくは要《かなめ》となる最後の一手《いって》も。

折しも、

「閣下《かっか》」

広間に姿を見せた兵士が、踵《きびす》をあわせて一礼《いちれい》した。リュカオンがまだ騎士の身分《みぶん》になる前、軍団《ぐんだん》の千人長《せんにんちょう》であった頃からつき従ってきた兵士たちは、皆《みな》彼のことを「閣下」と呼ぶ。ともに何度も白刃《はくじん》の下を潜《くぐ》り抜け、砲弾《ほうだん》の雨を駆け抜けてきた同志《どうし》たちだった。

仲間や家族をメフィウスに奪われた者とて多い。そして何より、リュカオン本人の資質《ししつ》によるものか、彼らの結束は鉄のように固かった。

「お喜びください、ただいまドゥームから兵らが帰還《きかん》いたしました」

「おお、それでは」

「はい。ビリーナ姫もご無事でいらっしゃいます」

声高《こわだか》に告げる兵の目には涙さえ浮いていた。悲願《ひがん》である。いまは賊軍《ぞくぐん》でしかないリュカオンたち——誰よりも国を憂《うれ》い、高潔《こうけつ》な意思《いし》を持っているはずの彼らであるのに——だが、その名を未来につなぎとめるための、いいや、ガーベラそのものの未来を左右しかねない生命線《せん》こそ、いまやビリーナ姫その人にあった。

彼女さえ取り込むことができれば、ガーベラ王家《おうけ》の血筋《ちすじ》を正統《せいとう》に受け継ぐこととなる。人気が高く、偶像《アイドル》じみている姫のこと、国民の支持も得られよう。加えて、その姫にこそもっとも色濃く王族《おうぞく》としての魂《たましい》が宿っているのだと、リュカオンは信じていた。

「お怪我《けが》はなかろうな」

「はっ」

「よし。お通しせよ」

ほどなくして、兵に連れられたビリーナ姫が広間にあらわれた。

その顔は紙のように白かったが、こちらを見つめる目だけは生気《せいき》にあふれている。

懐《なつ》かしい思いに胸を打たれた。一年前に婚約の約束を取り交わしたときに会ったきりだが、そのときのリュカオンが思い出したのはさらに前——ビリーナがまだ九歳《さい》だったときのことだ。

謀反《むほん》を起こしたバトールに捕われた彼女を救い、バトール本人を討《う》つため、リュカオンは先遣隊《けんたい》として敵の城に潜《もぐ》り込んだ。手引きをしたのは他ならぬ姫《ひめ》自身である。まだ幼年でありながら機転《きてん》の利いた、そして勇気ある行動に、リュカオンは感服《かんぷく》した。

そして、バトールの首を取った英雄に、姫は側《そば》にひざまずくよう促《うなが》し、その頬《ほお》にキスを送ったのだ。

あれからおよそ四、五年。当然、姿かたちはずっと大人《おとな》びた。まだまだ少女らしさは抜けきれないが、あと三年もすれば、ガーベラといわず、周辺諸国《しょこく》といわず、海をも越えて世界中を騒がす美姫《びき》となろう。

リュカオンは恭《うやうや》しい一礼《いちれい》を送った。

「お久しぶりです、王女殿下《でんか》」

「リュカオン将軍。あなたは」

ビリーナは口火《くちび》を切ろうとして、まるで勢いをつけるのを失敗したみたいに口ごもった。

彼女とて胸中は荒れている。高い波頭《なみがしら》に持ち上げられる木彫《きぼ》りの小船にも似て、あっちへ高く掲げられたかと思えば、こっちへ低く叩《たた》き落とされ、どちらへ向かうものか、船頭《せんどう》自身にも予測がつかない。

――戦火《せんか》が開かれる十数分前《まえ》、突如《とつじょ》ドゥームの私室にあらわれた、小姓《こしょう》の格好《かっこう》をした男は、自分を「ガーベラ陣営《じんえい》の者」と名乗った。ガーベラの一部はリュカオンに呼応《こおう》しており、これよりドゥームが奇襲《きしゅう》される手はずになっているという。

(姫を、これよりリュカオン閣下《かっか》のもとへとご案内します)

馬鹿な、と青ざめたビリーナは、このことを皇子《おうじ》に知らせようと立ち上がった。

（ご無礼《ぶれい》）

予想していた反応だったか、兵の対応もすばやかった。後ろに控えていた兵《へい》数名と物音も立てずビリーナの身動きを封じると、口と、手足を縛《しば》りつけた。抵抗しようにも、おそらくは口を覆《おお》った布に含まれていた睡眠薬《すいみんやく》のせいで意識が朦朧《もうろう》となった。そして気がつけば、彼女はザイム砦《とりで》にいた。丘の上からは火の手が上がっていた。

「あなたは」

「仰《おお》せになられたいことは百も承知《しょうち》」

リュカオンは柔らかい仕草《しぐさ》でビリーナの言《げん》を遮《さえぎ》った。それを見つめるビリーナの視線にはいつもの勢いがない。烈火《れっか》のごとく燃える感情が、なぜか外に出ていかない。彼女とて、リュカオン同様、歳月《さいげつ》の隔《へだ》たりに、ある種の感慨《かんがい》を呼び覚まされていた。

一年前、ふたりの婚約が決められたときに会っている。逆に言えば、それからの連戦《れんせん》で、婚約者の身でありながら一度たりとて顔を合わせていないのである。

端正《たんせい》な顔立ちはやや細身《ほそみ》になったろうか、憔悴《しょうすい》と憂《うれ》いを増した表情からは、しかし都会的な洗練《せんれん》が削《そ》ぎ落とされ、むしろいっそう野性味《やせいみ》を増している。貴石《きせき》をちりばめた灰銀色《はいぎんいろ》の甲冑《かっちゅう》は、はじめて彼が騎士《きし》を叙任《じょにん》したときに王が手ずから与えた一式そのままだ。

「ですが、わたしはわたしの信を貫《つらぬ》いたまで。失礼ながら、いまの王家《おうけ》では民《たみ》もついてこない。血筋《ちすじ》は重要ですが、それのみに頼れば、国は衰退《すいたい》する一方です」

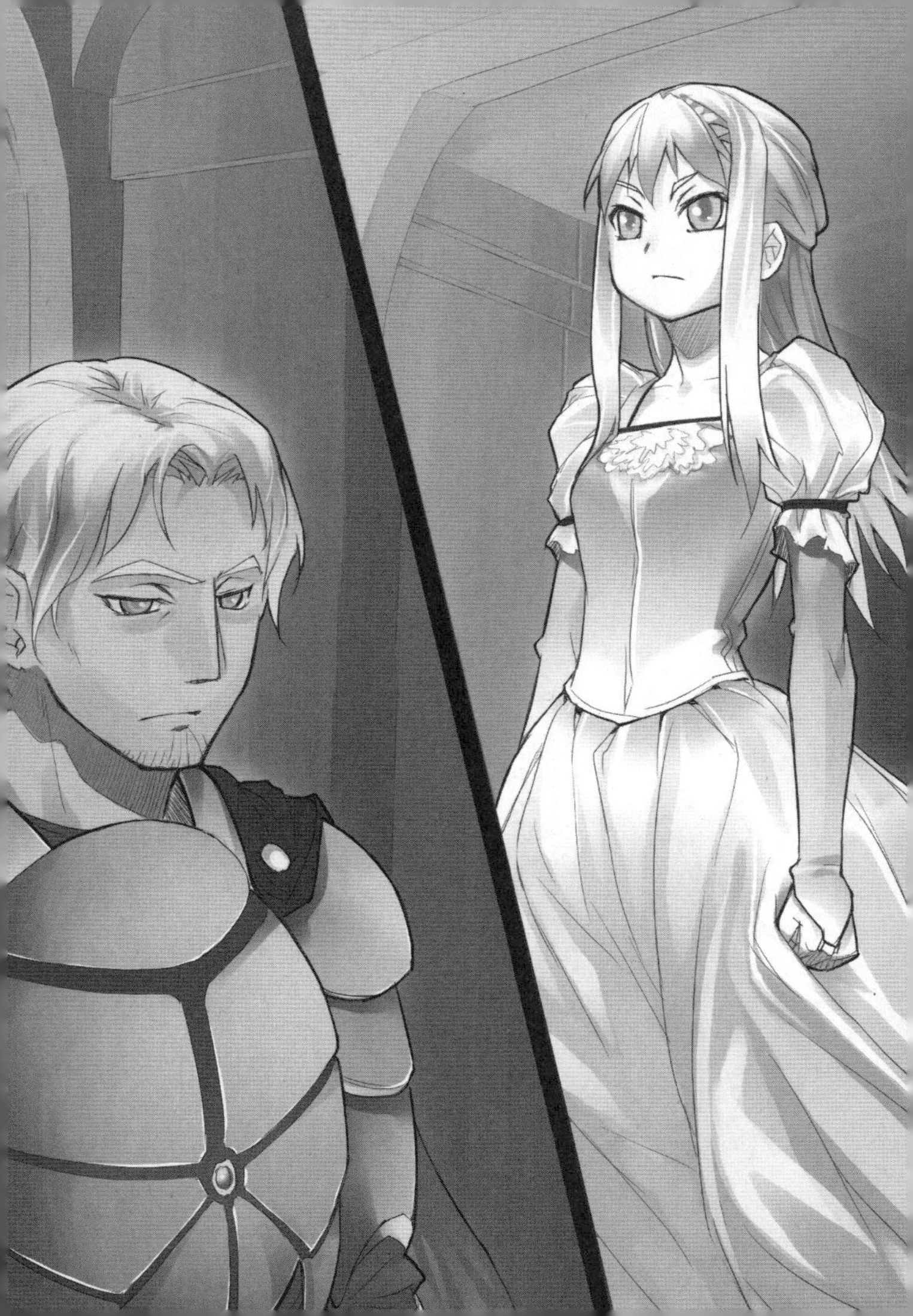

「内乱《ないらん》になれば、それこそ国は滅《ほろ》ぶ。なぜいたずらに戦いを長引《ながび》かせようとするのです」

「長引きはいたしません。現に、この緒戦《しょせん》、我らの大勝利で終わります。この勝利が与える影響《えいきょう》は大きい。ガーベラは、またいつ内部に裏切りが発生するか恐れ、大軍《たいぐん》を動かすことはできなくなるでしょうし、メフィウスも今回の出陣《しゅつじん》はあくまでも自分たちの面目《めんぼく》を守るためのものでしかない。簡単に勝利できないとわかれば、すぐにでも理由をつけて引き上げていくことでしょう。そのためにも、ここで徹底的《てってい》に叩《たた》いておく必要はありますがね」

砦の外《とりで》ではなお戦いがくり広げられている。

夜闇《よるやみ》に挑《いど》みかかるかのようにあちこちで上がる火の手を見ながら、ビリーナは柔らかい拳《こぶし》を強く握った。これを見たくなかった。そのためだけに、メフィウスに嫁《とつ》ぐ決意を固めたというのに。

「平和の礎《いしずえ》として殉《じゅん》じるつもりがおありになるのなら」真《ま》っ赤な裏地《うらじ》を覗《のぞ》かせる黒いマントをなびかせ、リュカオンは言った。

「そのお命、わたしに預けてほしい」

遠くで砲声《ほうせい》が、二重、三重に鳴り響《ひび》いた。

3

リュカオン軍は勢いに乗ってメフィウス軍を追い立てた。

奇襲《きしゅう》を受けたメフィウス、そして一部の裏切りを受けたガーベラに互いの連携《れんけい》など望めるはずもなく、あちこちで算《さん》を乱して敗走《はいそう》。

まだ速度と高度が安定しない戦艦《せんかん》に飛び乗って難を逃れようとする者もあれば、船を捨て置いてひと足先に逃げる者もある。戦《いくさ》において個人の力量や勇猛《ゆうもう》さを引き立てるのはリーダーの役目だ。いまこうした醜態《しゅうたい》をさらしているメフィウス兵らとて、いずれもガーベラとの一〇年戦争を経験している。戦功《せんこう》を数多く立てた戦士《せんし》もいたはずだ。

よき指導者に恵まれてさえいれば、その指導者を逃がすため、ここを死に場と踏みとどまった勇士《ゆうし》の一〇人や一〇〇人はいたかもしれないが、いかんせんその役目を負うべき皇子《おうじ》は命令を下さず、艦長《かんちょう》のオーバリーはあからさまに取り乱しており、そのパニックが一兵卒《いっぺいそつ》にまで伝《でん》染《せん》してしまっていた。

「いかん」

甲板《かんぱん》上に出てそれらを見て取った猛将《もうしょう》ローグは、自らが出ていくべきかと考えた。冷静に戦《せん》況《きょう》を見れば、まだ数はこちらが上回っている。しかしこれくらいの差は勢いの前にあっという間に呑み込まれてしまうのが戦いというものだ。

オーバリーも決して悪くない将だ。勢いに乗っているうちは、尻込《しりご》みする兵をも英傑《えいけつ》に変えてしまうほどの求心力《きゅうしんりょく》がある。が、まったく同じ意味で、逆境《ぎゃっきょう》に立たされると周囲の者をも巻き込んで逃げ腰になる。

ここは気骨《きこつ》を見せる者が必要だ。獅子奮迅《ししふんじん》の活躍を見せつける人間が。

「まさかガーベラの領土《りょうど》に骨を埋めることになろうとは」

ひとりつぶやいてから、愚痴《ぐち》だな、と内心思った。望みどおりの場所で望みどおりの死に方をできる武将《ぶしょう》などおるまい。皇子《おうじ》を守るため戦地《せんち》に斃《たお》れる。あるいはよい死に方かもしれなかった。

国に残してきた家族の姿を思い浮かべた。そうしている間にも、敵に背を向けこちらへ走ってきたメフィウス兵が、銃弾《じゅうだん》に頭を射抜《いぬ》かれて前のめりに倒れる。弧《こ》を描いてしぶいた血のりを甲冑《かっちゅう》に浴びつつ、ローグは兜《かぶと》を目深《まぶか》に被《かぶ》った。

(ここにて惨《みじ》めな姿をさらすことこそ、武将として汗顔《かんがん》のいたり。ここにて果敢《かかん》に死すこそ、武将の誉《ほま》れ)

剣をぎらっと引き抜き、竜石船《りゅうせきせん》の最後尾《さいこうび》で立ち上がり、大声でわめいた。

「ガーベラの裏切り者ども、ござんなれ。これ以上歩《ほ》を進めたければ、このローグ・サイアンの屍《しかばね》を踏み越えていけ。しかしこの老いぼれ、ひとりでは死なんぞ。一〇〇人、いや一〇〇〇人を束にして道連《みちづ》れにしてくれる。このわしにかかってこようという者は、親兄弟の顔をよっく思い浮かべてから来るがいい」

敵弾《てきだん》が絶え間なく雨注《うちゅう》する中、ローグはいましも高度を上げようとしかけていた船から飛び降りた。数名の兵士が気概《きがい》をあおられ、老将の左右につく。前面から敵が雪崩《なだれ》を打って押し寄せてくる。弾《たま》がローグの左頬《ほお》をかすめた。次いで、右隣《どなり》にいた兵士が弾丸《だんがん》に顎《あご》をごっそり喰われて仰向《あおむ》けに倒れる。死の笑《え》みを浮かべ、ローグが突撃《とつげき》を開始しようとしたそのとき、

「撃《う》てえっ」

耳にも心地《ここち》よい裂帛《れっぱく》の叫びがした。

敵のそれとは違う、とローグがわかったのは、追いすがってきていたリュカオン軍の横合《よこあ》い、丘の灌木《かんぼく》地帯からその声がしたからだ。同じ位置から、つづけざまに射撃音《しゃげきおん》が連続した。先頭《せんとう》の騎馬《きば》武者《むしゃ》が馬を道連れにどうと倒れるのをきっかけに、次々と人が、馬が、竜《りゅう》が血を吹いて倒れていく。

射撃が終われば、次は「かかれ！」という号令一下《ごうれいいっか》、わらわらと剣士《けんし》たちが飛び出してきた。いずれも剣のきらめきを肩や腰の上に引き連れて、敵兵《てきへい》へと斬《き》りかかっていく。その姿、まさしく勇猛果敢《ゆうもうかかん》。血しぶきがあちこちで舞い、斬り飛ばされた首や手足が、見つめる間に夜闇《よやみ》へ消えた。

「おお」

その眺《なが》めにローグが感嘆《かんたん》の息吹《いぶき》を洩《も》らすより早く、敵が固まった後方からは、どどど、と地《じ》響《ひび》きを立てて竜たちがあらわれていた。中型竜数頭《すう》を、小型竜に乗った騎竜《きりゅう》武者たちが先導《せんどう》している。

「いけ、いけっ」

「どけ。どかねえと踏み潰《つぶ》すぞ！」

その竜《りゅう》たちは、陽《ひ》が暮れた頃合《ころあい》から、森向こうの川原《かわら》で息をひそめていたなどと、リュカオン軍は無論《むろん》のこと、ローグにしても思いも寄らないことだった。小型竜数頭程度《ていど》ならまだしも、そもそも竜たちに隠密《おんみつ》行動など取れるはずがない。それを可能にしたのがホウ・ランという少女ひとりの手管《てくだ》であると教えられたところで、戦場《せんじょう》にいるひとりたりとて信じたかどうか。

思わぬ挟《はさ》み撃《う》ちに遭《あ》ったリュカオンの部隊は混乱に陥《おちい》った。

もう我慢《がまん》できぬ、とばかりにローグも突撃《とつげき》した。敵の剣から逃げようと焦ってか、あるいは船に乗って皇子《おうじ》の首級《しゅきゅう》を挙げようとしてか、船の縁《へり》に手をかけようとしかけていたガーベラ兵を一刀《いっとう》のもとに斬《き》り伏せる。

血滴《ちしずく》を剣先《けんさき》から垂らしたまま、老将《ろうしょう》は、先ほど号令を下した武者《むしゃ》のところへと駆け急いだ。白髪《はくはつ》の、赤銅色《しゃくどういろ》の肌《はだ》をした男だった。ローグとさほど年齢《ねんれい》は変わらないようだ。

「お味方《みかた》か。しかし、失礼ながらお顔を拝見《はいけん》したことがないようだが」

「あ、いや」白髪の指揮官《しきかん》――ゴーウェンは、照れ臭そうに笑った。「我らは皇子ギル・メフイウスさまの近衛兵《このえへい》団。先日まで剣闘士《けんとうし》の身分《みぶん》にあった者ですよ」

「何と」

ローグは本気で度肝《どぎも》を抜《ぬ》かれた。皇子が剣闘士風情《ふぜい》を近衛兵に召《め》し抱えたという話は聞いていた。そのときはあのうつけ皇子の気まぐれだという風《ふう》にしか思わなかった。

しかし、いま目の前で戦う男たちの、旗鼓堂々《きこどうどう》たる気概《きがい》はどうだ。意気《いき》上がり、剣や手斧《ておの》や槍《やり》、そして銃を見事に使って、リュカオンの部隊を切り崩していく。

オルバが、彼らをこそ切り札として導入《どうにゅう》した原因はまさにここにあった。何も、彼ら個人個人の性格に信頼を置いたのではない。それどころか、油断《ゆだん》していればいつ寝首《ねくび》を掻《か》かれるかわからない、ひと癖《くせ》もふた癖もある連中《れんちゅう》ばかりだ。しかし、オルバは彼ら剣闘士を知っている。その本能を熟知《じゅくち》している。皇子としてオルバは彼らに約束していたのだ。この戦いで敵兵の首を持ち帰った者は、例外なく自由にしてやろう、そして首の数が多ければ多いほど褒美《ほうび》を取らせてやろう、と。

殺し合いで得られる代価《だいか》で、その日一日の命を買い取ってきた彼らだ。自由と、その自由を彩《いろど》ってくれる金をも引き換えにできるならば、彼らはどんな危険をも恐れまい。千度《せんど》降りかかる敵の刃《やいば》、降り注《そそ》ぐ爆弾《ばくだん》の雨あられも、彼らにとっては何ほどのこともなかった。

「それにしても見事。この非常時に、敵の進軍先《さき》に先回りして兵を伏せていようとは」

「いやいや。これも皇子のお考えによるもの。それがしの発案《はつあん》ではございませぬ」

メフィウスの武将《ぶしょう》を前にして、何となく近衛兵としての尊厳《そんげん》を保たねばならないのではないかと考え、ゴーウェンはついつい時代がかった口調《くちょう》になる。

「ガーベラ陣営《じんえい》に裏切りの気配《けはい》があると見た皇子は、そのときこそリュカオンの部隊も出てくるだろうとお考えになり、我らをあらかじめ追撃《ついげき》ルートへ伏せておいたのですよ。昼間、こちらの地形を調べて——砲兵《ほうへい》、敵の飛空艇《ひくうてい》を狙《ねら》い撃《う》て！」

命令の合間にそう説明する。何と、ともう一度ローグはつぶやいた。木々の向こうで、爆撃《ばくげき》によって地面が跳ね上がり、中型竜《りゅう》ゴルが雄叫《おたけ》びをあげて横倒《よこだお》しになる。

「しかし、我らには何のご命令もなかった」

「はて。我らごときではギルさまのお考えすべてが読めるわけではござらんが」ゴーウェンはしかつめらしく言う。「ガーベラに裏切りが出るとあらかじめ読んでいた皇子《おうじ》のこと、誰が敵《てき》味方《みかた》かわからぬ情勢では、情報の漏洩《ろうえい》をこそ恐れられたのではないでしょうか」

「敵を欺《あざむ》くには——か」

天を仰いで嘆息《たんそく》する。はっ、とローグはしかしすぐに武将《ぶしょう》の顔に戻って、丘の上辺《あた》りに目を凝《こ》らした。敵のさらなる増援《ぞうえん》が迫りつつある。

「将軍どの、我々もいったん退《ひ》きましょう」ゴーウェンが言った。「旗艦《きかん》と合流し、追い足を止めまする」

「承知《しょうち》」

ふたりは昔から肩を並べて戦った旧知《きゅうち》の戦友《せんゆう》であるかのように、息を合わせ、それぞれ指揮《しき》する部隊に命令と檄《げき》を飛ばした。

丘を引き上げながら、ちらりとゴーウェンはなお嵩《かさ》にかかって迫りくる敵増援を背後に見やる。

（思ったよりも勢いが落ちぬ）

口には出さなかったものの、ゴーウェンはいましがた得られたばかりの勝利に酔《よ》ってはいられない理由があった。敵の追い足を止め、このまま旗艦の退避《たいひ》を手助けする――それが彼の目的ではなかった。何としてでもこのままリュカオン軍本隊を釘《くぎ》づけにしておかねばならないのだ。

（こちらの予想どおりになってくれればよいが――オルバ、そうでなければ、おまえの身がもっとも危険にさらされるのだぞ）

冷たい予感が胸をかすめたそのとき、砲弾《ほうだん》が近くの木に当たって、木片《もくへん》と炎《ほのお》とが四方《しほう》に散った。身をかがめてそれを避けつつ、ドゥームへと駆けていく。かつて戦場《せんじよう》にも立ったことのあるその肉体に、懐《なつ》かしい血のたぎりがよみがえっていた。

「剣闘士《けんとうし》たちだと？」

シモンはその報告を受けて言葉を失った。当然、にわかには信じがたい。が、敵の追い足が鈍《にぶ》ったのは事実だ。

と、その艦橋《かんきよう》内へ小姓《こしよう》のディンと、近衛兵《このえへい》数名が入ってきた。

「皇子からのご命令です」

「なにっ」

シモンと、同じく呆然《ぼうぜん》としていたオーバリーが歯を剥《む》いた。

「いまさら、ひとり震えていた皇太子《こうたいし》どのが、どんな『ご命令』なのだ?」

「お言葉を慎《つつし》みください」ディンが興奮《こうふん》に顔を高潮《こうちょう》させながら言う。「近衛《このえ》兵《へい》を投入《とうにゅう》したのは皇子《おうじ》のご決断《けつだん》ですよ」

オーバリーはちっぽけな少年をにらみつけた。その左右にいる、ならず者のような男たちも。いまに至るも、何の冗談《じょうだん》だと思う。

その間にも、ディンは皇子からの伝令《でんれい》を艦橋《かんきょう》内に伝えた。丘の下でいったん陣形《じんけい》を広く取ってリュカオン本軍《ほんぐん》を迎え撃《う》て、そのうちにガーベラの本隊もこちらに合流しよう——。

「『騎馬隊《きばたい》と歩兵隊《ほへいたい》、それぞれ一隊ずつを近衛兵団《だん》に合流させ、ガーベラからの救援《きゅうえん》があるまで、側面から仕掛けてくる裏切り者たちに当たらせよ。旗艦《きかん》ドゥームを中心とした主力隊は砦《とりで》からの攻撃隊を討《う》て』——とのことです」

艦橋内が、戦闘《せんとう》の只中《ただなか》とは思われないくらい、不自然なまでに静まり返った。

はて、とシモンは顎《あご》を撫《な》でさする。『今回の』皇子は、果たしてわたしが知っている皇子なのか否《いな》か?

「馬鹿な」低く呻《うめ》くようにオーバリーがこぼした。「乱戦《らんせん》だぞ、陣《じん》を整えている間にやられてしまう」

「いや、敵の数はさほど多くはない」

「ローグ将軍！」

息を切らしながら艦橋にあらわれたのはローグ・サイアンだ。顔や甲冑《かっちゅう》に湯気《ゆげ》の立ちそうな返り血を浴びている。それだけに浮かべた笑《え》みには鬼気《きき》迫る迫力《はくりょく》があった。

「近衛隊の活躍のおかげで、我々の士気《しき》も持ちなおしつつある。こういうときこそ、オーバリーどの、そなたが檄《げき》を飛ばさねば」

言外《げんがい》に、

（先ほど、おぬし自身が敵を迎え撃てと言ったではないか）

と匂《にお》わせており、オーバリーもさすがにすぐさま反論はできなかった。

「そのとおりです」ここぞとばかりにディンが声を張った。「皇子ご自身も、艦橋の上で皆を鼓舞《こぶ》しておられます。――聞こえませんか？」

確かに、艦橋の上、高く掲げられたメフィウス国旗《こっき》のポールに手を添えて、周囲の兵たちめがけて高らかに声を投げかけている男がいた。

顔をすっぽり覆《おお》う兜《かぶと》を身につけて、白銀《はくぎん》の鎧《よろい》を身にまとった『皇子』は、動揺《どうよう》して逃げる一方だった兵たちを叱責《しっせき》し、励《はげ》まして、ふたたび隊列《たいれつ》を取り戻させようとしていた。

「頼むよ、皇子さま」

その『皇子』は声を張りつつも、鎧兜の下ではがたがた震えていた。体格と背丈《せたけ》がオルバに

——というより、この場合はギルにというべきか——そっくりの、剣闘士《けんとうし》カインである。

「おれはボキャブラリーが貧困なんだ。言われたとおりのことしか口にできないよ——、さあ、いけ、いくのだ、メフィウスの誇りある戦士《せんし》たちよ。いいからさっさと終わらせるのだ！」

リュカオンとビリーナは、依然《いぜん》炎《ほのお》の色を背後に対峙《たいじ》し合っていた。

「命を預けるとは、どういう意味です」

「わたしの妻になっていただきたい」

単刀直入《たんとうちょくにゅう》なリュカオンの申し出に、ビリーナは一瞬《いっしゅん》息が止まる思いがした。小さな手をふたたび握りしめる。が、すぐに意思《いし》の力を取り戻し、

「それで、どうするおつもりか」

「ガーベラの新王即位《しんおうそくい》を宣言します」

腰に下げていた剣を引き抜いて、まさしくいま宣言するかのように目の前にかざす。

「この砦《とりで》ひとつで何ができるとお考えか？」

「今日、メフィウス軍を蹴散《けち》らせば、わたしのもとに集ってくる将兵《しょうへい》は多数おりましょう。ガーベラ各地で反乱を起こさせるよう、調略《ちょうりゃく》の準備も進めています」

「それもこれも、エンデの支援あってこそのもの。利用され、いずれはガーベラ全土《ぜんど》がエンデに平らげられてしまいましょう」

「わたしはそこまで愚《おろ》か者ではない。エンデにはメフィウスに目を向けさせておきますよ。彼らが欲しいのは西方への足がかりだ。ガーベラは混乱させておくほうがいい、くらいにしか考えていない。だから表立《おもてだ》って部隊を差し向けたりはしないし、わたしもそうはさせない。ここさえしのげば、今度は彼らとメフィウスを少しでも早く敵対《てきたい》させる策でも練りますよ。さすがに五分の同盟《どうめい》を結ぶのは難しいでしょうが、メフィウスと屈辱《くつじょく》的に手を結ぶよりははるかにマシだ」

「どちらも大差《たいさ》ない」こらえていたものをぶちまける勢いで、ビリーナは大きな声を出した。「大差ない、民《たみ》にとっては。あなたおひとりの都合《つごう》、考え、誇《ほこ》りで、いったい何千人の人間を犠牲《ぎせい》にするつもりなのだ」

それが、ギル皇子《おうじ》に自身が言われた言葉だと、ビリーナは気づかない。対するリュカオンは胸をそびやかした。

「その屍《しかばね》を築いた上に、あなた方王族《おうぞく》はおられるのでしょう。子供じみた論争《ろんそう》はやめにしましょう。わたしは、ガーベラを真に誇りある、真の騎士《きし》たちによる国家にしたいからこそ、行動を起こしたのです。世界を見なさい、王女よ。裏切りと圧政《あっせい》、騙《だま》し合いによる政治に、絶えぬ闘争《とうそう》。この世界を救えるのは、真に高潔《こうけつ》な騎士たちだけだ」

「――」

「騎士とは素晴らしいものだ。選ばれた者の義務を自らに制約として課し、常に高潔たらんとする精神がある。政治を行うにはこうした者たちがいまこそ必要です。乱世《らんせ》であるをいいことに下種《げす》な輩《やから》が血筋《ちすじ》のみを頼りに王と名乗り、皇帝《こうてい》と名乗り、欲から発した血みどろの戦いを行っているいまだからこそ。その騎士《きし》の国ガーベラも、いまはしかし、誇りと理想を失いつつある。だからまずはガーベラを変えねばならない——いいえ、取り戻さねばならない。騎士たちの高潔《こうけつ》な国としてのガーベラを」

「ご立派《りっぱ》な愛国心《あいこくしん》です。しかし、そうであるなら、メフィウス王家《おうけ》に嫁《とつ》いだこの身を、あなたは何とされる」

「どういう意味です」

「すでに夫婦の契《ちぎ》りを交わした身となれば——ということです」

その嘘《うそ》をつくのに、当然、ビリーナの少女としての内面が抵抗しなかったはずはない。が、彼女はためらわなかった。何かに憑《つ》かれたがごときのリュカオンを、どの部分からでも突き崩してみたかった。

「嘘をおっしゃい、姫君《ひめぎみ》。男女の機微《きび》など知らぬ方だ、あなたは。そういう芝居《しばい》もできはしまい」

「それはあなたがお認めになりたくないというだけのこと。さあ、わたくしがあなたの言う高潔さを失ったというなら、すでにメフィウス人に抱かれた汚《けが》らわしい存在だというのならば、いますぐその剣でわたしを突き刺すがいい。それがあなたの理想なのでしょう」

涙を散らしてビリーナは言い、剣先《けんさき》をその指でつまんで自らの首へと押しつけた。

リュカオンの目が見開かれた。ふたたび砲声《ほうせい》が遠く雷鳴《らいめい》のように轟《とどろ》く。切《き》っ先《さき》を挟《はさ》んで、ガーベラの若武者《わかむしゃ》と、ガーベラの花と称《たた》えられた少女姫《ひめ》とが見つめ合う。

「それほどにメフィウスが気に入られましたか」

「彼らを野蛮人《やばんじん》だと決めつけるだけでは、我らのほうこそ無知《むち》のそしりを受けよう。それに、国家とは血筋ではない。あなたも言われたとおり。王族《おうぞく》が礎《いしずえ》なのではない、その誇《ほこ》りに、臣下《しんか》も、民《たみ》も、同じ意味を――同じ光を見出してこその国家。ただひとり、これこそが誇りなのだと決めつけた人間に、いったい誰がついていきましょう」

「誇りも、国も捨てた王女」リュカオンは断じた。「いや、あるいは、そうであってこそ、あの幼きビリーナ姫がご成長された姿というべきか。あなたは武人《ぶじん》の気質《きしつ》を持っておられる。しかし――であるからこそ、あるいは、我らの邪魔《じゃま》にもなるか。生きて、こちらの意に沿っていただけないのならば」

すっと剣先が引いた。リュカオンはそれを、しかし肩の上で大きく身構《みがま》える。

「せめて、死してガーベラ王家としての誇りを守っていただきたい」

「何？」

「あわれ、我らが王女ビリーナは、同盟《どうめい》を結んだはずのガーベラに裏切られた腹いせに、メフィウス皇子《おうじ》の手によって殺されたのです」

「そうなれば」喉《のど》を鳴らしつつ、ビリーナは言った。「ガーベラが一致団結《だんけつ》するとでも?」

「いまより状況がよくなるのは確かでしょう」

ビリーナは剣先《けんさき》から視線を横にずらした。リュカオンの、あくまでも穏《おだ》やかな双眸《そうぼう》があった。

城内にわずかな手勢《てぜい》を引き連れて忍《しの》び込んできた、五年前のあの若者と、いまの彼と何が違うだろう。あのときのままだ。若い理想に燃えていた青年が、その理想を老《ふ》け込ませることなく、ただ純粋《じゅんすい》に信じつづけたがゆえの行動だった。

「さようなら、姫君《ひめぎみ》。わたしが生涯《しょうがい》最初にいただいた勲章《くんしょう》は、幼きあなたのキスでした」

剣はきらめきの孤《こ》を描いた。王女がまばたきひとつするわずかな間。一瞬《いっしゅん》閉じた瞼《まぶた》の下から同じくきらめいた雫《しずく》に、迫り来る刃《やいば》が映し出された。

ビリーナは泣いていた。直接会えば何か通じ合えると信じた自分の無力さが悔《くや》しかった。リュカオンの純粋さゆえの凶行《きょうこう》が悲しかった。生まれてはじめてビリーナは絶望を覚え、そしてその直後に命が尽きる運命にあった。

剣光《けんこう》がビリーナの細い首筋《くびすじ》に叩《たた》き落とされる——。

きぃん。

寸前《すんぜん》、妙《たえ》なる響《ひび》きが、剣の弧線《こせん》を中途《ちゅうと》で遮《さえぎ》った。突然《とつぜん》投じられた短剣《たんけん》を、リュカオンは剣の軌《き》道《どう》を変えて撃《う》ち落としたのだ。

「何者だ」

広間の入り口に視線を転じると、柱の合間からひとりの剣士《けんし》が進み出てきた。

ガーベラの甲冑《かっちゅう》に身を包みながらも、その姿には覚えがない。というよりも、顔かたちが判《はん》別《べつ》できなかった。

右手にだらりと剣を引《ひ》っ提《さ》げながら歩み寄ってくるその剣士は、鉄の仮面《かめん》を被《かぶ》っていたからである。

七章 Mirage Kingdom

1

「何者だ」

リュカオンはもう一度問《と》うた。

「剣闘士《けんとうし》」

とだけ応じた剣士《けんし》が、踏み込むとともに両手へ持ち替えた剣を振るう。

リュカオンは顔面すれすれで受け止め、返す刀で敵の首を狙《ねら》ったが、仮面《かめん》の剣闘士はすぐさま距離を置いた。

凪となった剣戟《けんげき》の名残《なごり》が、双方の眼前《がんぜん》に渦《うず》を巻く。

「メフィウスの手の者か。どうやってここへ潜《もぐ》り込んだ」

「さてね」

答える合間にも、広間の向こうでひと騒ぎが起きていた。同じくガーベラの甲冑《かっちゅう》を着た剣闘士たちが、駆けつけてきたリュカオン兵らの相手をしている。剣闘士の中においても、いずれも精強《せいきょう》の者たちだった。特に、乱戦《らんせん》、混戦《こんせん》を得意《とくい》とする者たちから選び抜かれている。

火花《ひばな》が散り、怒号《どごう》が錯綜《さくそう》していた。シークが身を回転させざま、二刀《にとう》を振るって敵の首を飛ばせば、巨漢《きょかん》の剣奴《けんど》ギリアムが力任《まか》せに斧《おの》を叩《たた》き込み、甲冑ごと相手の肉体を砕く。

仮面の剣士が再度撃《う》ちかかった。リュカオンは横へと回り込んで避けつつ、頭上からの一撃《いちげき》を叩き落とした。

剣士は両足を広げ、腰の安定したスタンスでその一撃を受けた。力が跳ね返り、リュカオンが後方へよろめく間に飛び込んでくる。

「ほう、やる」

二合《にごう》、三合、と剣がかち合った。ともに使い手であった。

「名を名乗れ。これほどの腕前《うでまえ》、貴様《きさま》もひとかどの人物だろう」

さて、ともう一度つぶやき、仮面の剣士――オルバは剣を横殴《よこなぐ》りに振った。

ドゥーム艦橋《かんきょう》でオルバが「手土産《てみやげ》」と言ったのは、ビリーナ姫のことである。ガーベラ陣営《じんえい》に裏切りの気配《けはい》を嗅《か》ぎ取ったオルバは、彼らが動くとき、必ずやリュカオンもタイミングを合わせて攻勢に出ると確信した。

そして近衛兵《このえへい》に見張らせていたビリーナ姫のもとに、やはりガーベラ陣営《じんえい》からの誘《さそ》いの手が来た。これで、敵の動くタイミングは読めた。姫が艦から連れ出される寸前《すんぜん》、オルバたちは彼らに襲《おそ》いかかって、その手に姫を奪還《だっかん》した。

　そしてリュカオン軍襲撃《しゅうげき》の混乱に乗じ、ガーベラの甲冑《かっちゅう》をつけたオルバらは、気を失ったままのビリーナ姫を連れてドゥームの外へと出たのち、あらかじめ選んでいた精練《せいれん》の士《し》数名とともにザイム砦《とりで》への道のりを向かった。当然、奇襲《きしゅう》を仕掛けてきたリュカオン軍は、これを味方の計画が成功したと判断し、ザイム砦までの道を護衛《ごえい》してくれたほどだ。

　オルバの胸は高鳴った。かつて貪《むさぼ》るように読んだ、英雄伝記《でんき》の主人公にでもなったような気がした。何もかもが彼の思惑《おもわく》どおりに運び、そして敵の首魁《しゅかい》と一騎《いっき》打《う》ちにまで持ち込むことさえできた。

　が、

（くそっ）

　四合《よんごう》、五合……とふたりの剣士《けんし》が散らす火花《ひばな》が青く、赤く灯《とも》る。

　リュカオンは思った以上の手練《てだ》れだった。こちらの仕掛ける攻撃はすべて読まれていたし、対する相手の剣は四方八方《しほうはっぽう》から降りかかってくる。しかもリュカオンは左右前後にと激しく動きながらも、身体《からだ》の芯《しん》がいっこうにぶれない。

　オルバの背中に汗が浮きはじめていた。ここで時間をかけるわけにはいかない。長引《ながび》けば、さらなる数の敵兵《てきへい》がこの砦最上部《さいじょうぶ》へ駆け上ってくるだろう。作戦どおりにいっていれば、敵《てき》主力を打ち破った旗艦《きかん》ドゥームがこの砦へ駆けつけてくれるはずだが、それもいつになるのか、なにぶん戦場《せんじょう》に立つのがはじめてのオルバには把握《はあく》しにくい。

彼にできるのは、一分でも一秒でも早くリュカオンを仕留《しと》めることだけだ。だからなおも突きかかり、受け流し、フェイントを交えつつ横殴《よこなぐ》りに剣を振る。

ビリーナは息をも止めて、それを見ていた。無論《むろん》、彼女の知るギル皇子《おうじ》が眼前《がんぜん》の剣闘士《けんとうし》と同《どう》一人物《いつ》だとはわからない。しばし互角《ごかく》に見えた両者の戦いだったが、彼女の目にもわずかな優劣《ゆうれつ》が透《す》けて見えはじめていた。

数合《すうごう》の手合わせで、リュカオンはオルバの剣を観察していた。腕は立つ、力もある。が、妙《みょう》に癖《くせ》の強い剣であった。特に長い突きを送る際、左半身《はんしん》ががら空《あ》きになる。踏み込みがついてきていないためだ。

リュカオンの唇《くちびる》に笑《え》みが浮かんだ。後ろへと下がる。

誘い込まれたオルバが踏み込んだ。瞬間《しゅんかん》、リュカオンも床を蹴《け》った。剣先《けんさき》が頬《ほお》をかすめる。ふたたび地に足が着いたとき、リュカオンは相手の側面に位置していた。地を蹴ると同時に剣を振り上げている。すでに勢いのついた剣先が仮面《かめん》をとらえかけた。

「くっ」

オルバはとっさに後ろ足に体重を乗せ、身を反らして避ける。リュカオンがさらに踏み込んできた。体勢を取り戻せぬままのオルバは、激しく斬《き》り結びながら、次第に追い詰められていった。

「忍《しの》び込んできた手際《てぎわ》は見事」うっすらと顔に汗を掻《か》きながら、リュカオンはしかし息ひとつ乱していない。「が、目的を為《な》すには、一撃《いちげき》でわたしを斬《き》り倒さねば不可能だった。貴様《きさま》も優れた剣士《けんし》だったが、最初にわたしを殺せなかった時点で、貴様の敗北は決定していたのだ」

対するオルバは声を返すどころではなかった。いまやはっきりとわかった。予想《よそう》以上の使い手——どころではない。リュカオンの剣は、力も、技量《ぎりょう》も、そしてあるいは経験も、ことごとくがオルバを上回っていた。無傷《むきず》のリュカオンに比して、オルバは脇腹《わきばら》と太腿《ふともも》に浅い傷を負い、甲冑《かっちゅう》の肩当《かたあ》ても片方が吹き飛んでいる。息は乱れ、剣を握る手は痺《しび》れていた。

その間、砦《とりで》のリュカオン兵士が広間に集結《しゅうけつ》しはじめていた。剣闘士《けんとうし》たちも数の勢いに押された。入り口を守りきることができずに、よろめくように広間《ひろま》中央へと後退させられる。途端《とたん》に押し寄せてきた兵たちが彼らを取り囲んだ。

「ちくしょう」

と呻《うめ》いたギリアムが、戦斧《せんぷ》を構えなおす。シークもならった。目にはまだ覇気《はき》の色がある。包囲網《ほういもう》の外から突きかかってきた槍《やり》を弾《はじ》いて、ギリアムが言った。

「言いたかないが、オルバがいてくれたらよ。あの野郎はいけ好かなかったが、実戦となればあの無愛想《ぶあいそう》な強さも頼りになったろうに——、何だ、何がおかしい、シーク」

「いいや。そう、そうだね。あの鉄仮面《てっかめん》の御仁《ごじん》も強いが、オルバほどじゃないものね。ああ、あ。こんなことになるんなら、オルバをもうちょっと強引《ごういん》にでも口説《くど》いておくんだった」

返り血と自らの血にまみれた凄絶《せいぜつ》な姿で軽口《かるくち》を叩《たた》き合う彼らだったが、しかし他の剣闘士たちは、ひとりが槍《やり》に突き刺され、もうひとりが剣で足を払われて、と次々に倒されていく。

リュカオンも詰めの段階に入った。オルバの懐《ふところ》へ、ほとんど無造作《むぞうさ》にすっと忍《しの》び入ったかと思うと、次の瞬間《しゅんかん》には跳《の》び退いて反撃《はんげき》をいなし、そしてさらに突きかかった。白刃《はくじん》が噛《か》み合ったのもわずか一瞬《いっしゅん》、ついにオルバの手もとから剣が放られた。

「なにっ」

叫んだのはリュカオンだった。勝利の確信によってか、身動きにわずかな停滞《ていたい》が生まれた瞬間、オルバは腰から抜いた短剣《たんけん》を手に突撃《とつげき》していた。自ら剣を手放して隙《すき》をつくった上での、決死の行動だった。

(とった!)

確信を込めたオルバとリュカオンの身体《からだ》が重なり合った。あっ、とリュカオン兵が思わずあげた声と、金属《きんぞく》同士がきしるような音とがともに響《ひび》き合う——。

丘陵地《きゅうりょうち》をわずかに南下したその地で、敵味方《てきみかた》の砲撃《ほうげき》が入り乱れた。もはや力押《ちからお》しの乱戦《らんせん》である。あちこちでメフィウス兵とリュカオン兵が斬り結び、銃撃《じゅうげき》がオレンジの火線《かせん》となって夜闇を裂いた。

「撃《う》て、撃てぇ」

老将《ろうしょう》ローグ・サイアンなども、一度たぎった血の熱さに耐えかねてか、最前線《さいぜんせん》で砲兵《ほうへい》の指揮《しき》を手ずから執《と》っている。丘の稜線《りようせん》めがけての砲撃《ほうげき》が、どかん、どかんと絶え間ない。

物量はメフィウスが有利だったが、依然《いぜん》勢いは敵の手にあった。

ゴーウェンはそのとき、手勢《てぜい》一〇名ほどを率《ひき》いて、敵《てき》正面から右手側《がわ》の下り坂を進んでいた。バイアンに砲二門《ほうにもん》を引かせている。横合《よこあ》いから襲撃《しゆうげき》をかけるつもりだったが、上空の飛空艇《ひくうてい》に気取《けど》られた。

「伏せっ」

号令《ごうれい》をかけつつ身を投げ出すその眼前《がんぜん》を、銃弾《じゆうだん》が跳ねていく。ほとんど地上すれすれまで迫った飛空艇が、ひょいと尻《しり》を振りざま、鋭い角度で急《きゆう》上昇に移った。すると突然バランスを崩した。飛空艇の最後尾《さいこうび》に剣闘士《けんとうし》のひとりがしがみついたのである。わらわらと他の剣士《けんし》たちも群がり、飛空艇から操縦士《そうじゆうし》を引きずりおろした。

行軍《こうぐん》をつづけながらも、ゴーウェンの胸には焦りの影が濃い。

リュカオン軍にしてみれば、今回の突撃《とつげき》はあとにも先にもない好機《こうき》である。おそらくは扇動《せんどう》者をもってガーベラ軍の一部を裏切らせ、混乱に陥《おちい》ったメフィウス陣《じん》を一撃《いちげき》する。殲滅《せんめつ》といわず、二、三割ほどの被害を与えられればそれでいい。これ以上、割に合わない他国領土《りようど》での戦いをメフィウスはよしとしないだろうからだ。

だからこその好機。後ろを気にせずに済むリュカオンにしてみれば、ここで力の出し惜《お》しみはすまい。ほぼ全力をもって突撃にかかるはずだ——とオルバは読んでいたし、実際、そのとおりになった。その間隙《かんげき》を縫《ぬ》ってオルバたち精鋭《せいえい》部隊が砦内《とりでない》に潜《もぐ》り込み、リュカオンを討伐《とうばつ》。敵主力部隊《てきぶたい》を退《しりぞ》けたドゥームが、時同《ときおな》じくして砦へ向かい、これを占拠《せんきよ》する。そういう手筈《てはず》だったが――。

オルバの考えでは、ガーベラ陣営《じんえい》がすぐさまメフィウスに合流してくるはずだった。こちらの陣が多少《たしよう》混乱に陥っていても、それで充分、敵主力と渡り合えると踏んでいたのだが、いっこうに彼らの動きがない。混戦《こんせん》、乱戦《らんせん》となれば、情報も入り乱れる。その予測に甘さがなかったといえば嘘《うそ》になろう。

何しろ、敵の士気《しき》が高い。ひとりが斃《たお》れても、その屍《しかばね》を乗り越えて、あるいは盾《たて》にしてでも、一歩、そしてさらに一歩を詰めようと、じりじり近づいてくる。おまけに、メフィウス陣営は肝心《かんじん》の皇子《おうじ》――の影武者《かげむしや》でしかないわけだが――や、王女が砦にいることを知らないのだ。

（メフィウスにさほどの士気はない。このまま力押《ちからお》しされるようなら、すぐさま軍を引き上げかねないぞ）

急がねば、と、ゴーウェンは行軍を再開させた。丘の中ほど、見晴らしのいい場所から、敵が砲を並べかけたそのど真《ま》ん中《なか》に砲火《ほうか》をぶち込む。一発、二発……火柱《ひばしら》がそのつど立ち昇ったが、三発が限界だった。新たな飛空艇部隊がこちらへ肉薄《にくはく》しつつある。

「退《ひ》け、退けっ」

損害はあったはずだが、敵陣《てきじん》は崩れず、ほころびひとつない。あとはもう、砲を捨て、竜《りゆう》を急《せ》き立てて逃げるほかなかった。

（オルバ！）

こうとなれば、一刻《いっこく》も早くリュカオンを討《う》ち取れ。それで敵の戦意《せんい》がなくなることを期待するしかない。ひゅんひゅん、と射程《しゃてい》ぎりぎりの銃火《じゅうか》が泣くような音を立てて肩をかすめ飛んでいった。

リュカオンは限界近《ちか》くにまで目を瞠《みは》り——そして、その目をすっと細めた。

半身を開いた彼の懐《ふところ》に、前のめりになったオルバが抱かれる格好《かっこう》となっている。血しぶきはない。最後の力を振り絞《しぼ》ったオルバの一撃《いちげき》も、寸前《すんぜん》で受け止められていた。リュカオンは腰にもう一本、刀身《とうしん》六〇センチほどの小剣《しょうけん》を携《たずさ》えており、それをとっさに半身ほど引き抜いて、防御《ぼうぎょ》していたのだ。

それでも力押《ちからお》しにオルバは短剣《たんけん》を突き入れようとしたが、爪先《つまさき》で半円を描いたリュカオンによって力を逃がされ、そのままつんのめった。床に手足をついたオルバの首筋《くびすじ》に、ひゅっと剣が突きつけられる。

（負けた）

鋼鉄《こうてつ》の感触《かんしょく》に、肌《はだ》といわず、臓腑《ぞうふ》までもが冷えきる思いがした。もはやこの勝敗、動きようがない。オルバの読みは最初こそ的中《てきちゅう》していたが、リュカオンの剣技《けんぎ》、そしてガーベラ軍の動きという、致命《ちめい》的な部分で外れてしまった。

いくたびもの生死を賭《か》けた戦いに、オルバはいまはじめて敗れた。それはすなわち、ただ復讐《しゅう》のためのみに鼓動《こどう》を打っていた心臓《しんぞう》が、道半《みちなか》ばに停止することを意味していた。

「その意気やよし。おまえの生まれがメフィウスにあらねば、轡《くつわ》を並べてみたいほどだったよ」

リュカオンはそのままオルバの首を撥《は》ねようとした。

「おやめなさい」

ビリーナの声が広間内《ない》の空気を震わせた。いったんは無視しようとしたリュカオンだったが、

「おやめなさい！」

次のひと声にちらりと視線を投げたのは決死の響《ひび》きがあったからだ。果たして、ガーベラ国《こく》王女は拳銃《けんじゅう》をリュカオンに向けていた。すぐ後ろにいた兵士が狼狽《ろうばい》の表情を浮かべているところからすると、彼から奪い取ったものだろう。リュカオンは微笑《ほほえ》んだ。

「それで、撃《う》ちますか？　わたしを」

「いいえ」

ビリーナ姫はかぶりを振った。

花の香りがせんばかりの笑《え》みを浮かべて何をするかと思えば、その拳銃を、

「わ、た、し、を撃ちます」

自らのこめかみに突きつけたのである。リュカオンの眉《まゆ》が跳ね上がり、兵たちの間に動揺《どうよう》が

走った。

「どういうことです」

「先ほどのあなたの本音《ほんね》、あなたを慕《した》ってついてきた兵たちの前でも示せますか？　王家《おうけ》を尊《とうと》ぶ騎士《きし》でありながら、自らの理想のためそれを断とうとしたあなたの意思《いし》すべてを、彼らが同じく背負うことができますか？」

一度は絶望に暮れかけた双眸《そうぼう》に、ふたたび活《い》き活きとした輝きが舞い戻っている。拳銃《けんじゅう》を自らに突きつけながら、である。

リュカオンは口をつぐんだ。ビリーナの、それは死を賭《と》した謎《なぞ》かけだった。わずか一四歳《さい》の少女が確信したとおりに、リュカオンは兵たちの前でビリーナを見殺しにすることなどできなかった。ガーベラ国を真の騎士たちによる国に再建したいという思いは、兵士たちも共有している。が、それもビリーナ姫という正統《せいとう》の血族《けつぞく》あってのものだ。御旗《みはた》を失えば、大義《たいぎ》は瓦解《がかい》する。リュカオンのようにあらゆるものを断ってでも理想の国家をつくりたいという想いは、ある意味で革新《かくしん》であり、ある意味では邪悪《じゃあく》とそしられる類《たぐい》のものだった。

リュカオンとビリーナが無言の闘争《とうそう》をくり広げている間、敗者はうずくまったままだった。

荒々しい呼吸に背中を波打たせながら、しかし、オルバは死を受け入れたわけではなかった。

仮面越《かめんご》しの目線《めせん》が、彼自身の一撃《いちげき》を受け止めたばかりの小剣《しょうけん》へと喰い込んでいた。

（あれは――）

その刀身《とうしん》にくっきり刻まれた文字がある。見間違《みまちが》えるはずがない。それは、

(オ、ル、バ)

他ならない、彼自身の名前であった。オルバの停止しかけていた鼓動《こどう》が、ゆっくりとまた音を立ててリズムを刻みはじめていた。

2

「姫」

「姫、どうか銃を手放しください!」

兵たちが呼びかける中、ビリーナ王女はただまっすぐにリュカオンとのみ視線を引き結んでいる。凄絶《せいぜつ》な決意ゆえか、白い顔にむしろ表情はない。

「姫。あなたはどこまで武将《ぶしょう》の気質《きしつ》でいられる」リュカオンは短く嘆息《たんそく》した。「もし。——そう、もし、い、いまこそ、その覚悟《かくご》を皆の前で示す、とわたしが決意したならば、いかがなさいます。古い体質にとらわれるあまり、理想を為《な》すことができぬのでは、どのみち、この戦いを乗り越えたとて結果は同じ。我々の運命を測るのにもっとも都合《つごう》のいい手段とは思われませぬか?」

「では、やればよかろう。わたしのほうの覚悟はとうにできている」

「姫!」

「来るな！」

兵たちがじりじりと詰め寄ろうとするところ、ビリーナはぱっとあとずさる。こめかみに押し当てた拳銃《けんじゅう》だけは微動《びどう》だにしないところこそさすがだが、しかし包囲網《ほういもう》は確実に狭まりつつある。

「ご覧《らん》なさい、姫」

リュカオンは並び立つ柱の向こう、いまだ戦火《せんか》やまない外の景色を指し示した。

「数では圧倒的にメフィウス、ガーベラ陣営《じんえい》が優位《ゆうい》にもかかわらず、いまだ我が軍は奮闘《ふんとう》している。これが何を意味するのかわからぬ姫でもありますまい。怯懦《きょうだ》なメフィウスはともかく、ガーベラ陣内《じんない》は混乱しているはず。そう、他ならぬわたしについてくるべきかどうか、迷っているのです。王家《おうけ》をただ暗愚《あんぐ》に奉《たてまつ》るのではなく、わたしとともにいく道こそが真に国家を守る道なのではないか、と。それがガーベラ国民の導き出した答えなのです」

リュカオンにつづき、兵たちも口々に訴えた。

「姫、どうぞ、我々の意を汲《く》んでくださりませ」

「ガーベラを、真の誇《ほこ》りある国家にせんがための戦いなのです。ご理解ください！」

彼らを見渡すビリーナの目に、敵意《てきい》はない。その目は物悲《ものがな》しげですらあった。もとより、彼らに抱ける敵意も悪意もあろうはずがなかった。皆がガーベラを愛し、ガーベラの花ビリーナをも愛していた。

「いやだ」

そのとき王女が叫んだのは、何に対してだったたか。眉《まゆ》を寄せ、瞳《ひとみ》に涙を盛り上がらせ、そして拳銃を自らに押しつけたまま、駄々《だだ》っ子《こ》のように彼女は言った。

「いやだ、いやだ、いやだ」

「ビリーナさま」

「祖父《そふ》が愛し、父が育《はぐく》んできたガーベラぞ」ビリーナの目尻《めじり》からひと滴《しずく》の涙がこぼれる。「なぜ、なぜ、このような——」

「そのガーベラを思えばこそ」対するリュカオンは断じる。「そう、我々は死を賭《と》してでも、騎士《きし》としての……」

「馬鹿を言え」

何にも揺らぐことのない信念《しんねん》に裏打《うらう》ちされた、神の宣託《せんたく》のごとき言葉を、そのとき思いもかけない形で遮《さえぎ》るものがあった。

「馬鹿を言うな」

地底から響《ひび》いてきたような声に、リュカオン、ビリーナともに視線を誘われた。リュカオンはふと、いまのいままでオルバの存在を忘れていたかのような顔になり、「動くな」とせせら笑いつつ、改めて剣を突きつけかけたが、

「その剣、返してもらおう」

「返すだと？　何を言っている。これは――」

「六年前」

オルバは言った。なぜかしら、リュカオンははっと息を呑んで言葉をつぐむ。そしていま視線の意味を改めて、立ち上がりかけている剣闘士《けんとうし》を見つめ、その声を聞いていた。

「……六年前、騎士《きし》たらんとしていたあなたのほうが、まだしも騎士だった。しかしいまは違う。自分の理想を実現せんと主君《しゅくん》に剣を向けた。殺す覚悟《かくご》があると脅《おど》してもみせた。死を賭《と》してでもだと？　同じく死を賭した主君の言葉に耳を傾けようともしない貴様《きさま》が、何を酔《よ》いどれている。リュカオン、おまえはもう騎士なんかじゃない」

リュカオンが剣を突き刺そうとしたのと、皆がビリーナ王女に注意を奪われている隙《すき》に包囲《ほうい》網《もう》からばっとシークが駆け出したのと、ほぼ同時。

「これを！」

そのときシークが放り投げた剣を、申し合わせたようにオルバが受け取った。そしてシークは駆け出した勢いのまま、王女の背後に位置すると、彼女が手にしていた拳銃《けんじゅう》をもぎ取って、その首筋《くびすじ》へ突きつけたのである。

「姫っ」

「王女！」

「動くな」

シークの声が耳に入らなかったかのように、リュカオンはそのままオルバへと斬《き》りかかった。反射的に掲げた剣で受け止める剣奴隷《けんどれい》と、ふたたび斬り結びはじめる。

「何をしている」その合間、リュカオンは表情なき剣鬼《けんき》の顔で言った。「メフィウスに姫が殺せるはずはない。さっさと捕えよ！」

ちっとシークは舌打《したう》ちする。兵士たちの顔に当惑《とうわく》と戦慄《せんりつ》が交互に見え隠《かく》れしていた。動くのならいいましかない。敵が覚悟《かくご》を決めれば、またも多勢《たぜい》に無勢《ぶぜい》。だが、動くといってもいったいどこへ？――

「剣闘士の方」

「はっ？」

思わずシークの声が上ずった。彼が人質《ひとじち》に取ったはずのビリーナ姫が、

「あちらへ」

小声で言い、顎《あご》でくいっと指し示した先に飛空艇《ひくうてい》がある。一瞬《いっしゅん》、様々な思いが脳裏《のうり》に展開したシークだったが、

「――わかりました。少々手荒《てあら》くなりますが」

「慣れている」

手短《てみじか》な応答の末、いきなりシークは前方に向けて拳銃を放った。威嚇《いかく》の射撃音《しゃげきおん》が絶えきらぬうち、姫の細い肩を抱いて走りはじめる。飛空艇へビリーナが乗り込んだ。シークが座席の背

後に立つと、すぐさまエンジンを始動《しどう》させてエーテルを放射、ふわりと機体《きたい》を浮き上がらせる。

「仲間を呼んでくる。待ってて！」

シークが叫んだが、しかしここへ来て、姫が一瞬躊躇《いっしゅんちゅうちょ》した。広間には、メフィウスの勇敢《ゆうかん》な兵士たち、そしてビリーナをこそ王家正統《おうけせいとう》とたのみ、国家再興《さいこう》を願う兵士たちの姿がある。ともに命を懸《か》けた彼らを振り切っていく勇気が、いまのビリーナには欠けていた。

「姫！」

リュカオンもさすがに表情を変えて飛空艇《ひくうてい》めがけて駆け出そうとする。その眼前《がんぜん》をぶ厚い鋼鉄《こうてつ》の刃《やいば》が薙《な》いだ。ちぃ、と口腔《こうこう》内の唾《つば》を吐き捨てたリュカオンは、真《ま》っ向《こう》から突進してくるオルバを迎え撃《う》つ。

「いけ」

と、そのときオルバが怒鳴《どな》った。首もと近くで受け止めたリュカオンの剣を弾《はじ》き返すや、二度、三度と、鋭い打撃《だげき》をくり出す。そして叫んだ。

「いけっ、ビ、、、、リーナ！」

打たれたかのようにビリーナははっと目を据《す》えた。追いすがりかけていた兵士らを振り切って、夜空の向こうへと飛空艇を躍らせる。あっという間にその姿は夜闇に吸われ、消えていった。

「こうとなれば」

リュカオンが剣を交えながら歯噛《はが》みすると、

「メフィウス軍もろとも、王女を殺すよう命じるか？」

「何っ」

オルバの息は上がっていた。体力はすでに尽きかけている。それなのに次から次へと湧《わ》いてくる力の源《みなもと》は、かつて、オルバの体内に駆け巡っていた黒い血の奔流《ほんりゅう》。為《な》すべきこともわからず、為せばならぬことひとつとして為し遂《と》げられず、手もとから多くのものが奪われていくのをただ見ているしかなかったあの頃の。

しかしオルバには剣があった。血のたぎりを具現化《ぐげんか》するものがあった。

「貴様《きさま》などに――」

「貴様に」

双方の声が、剣戟音《けんげきおん》とともに重なり合った。敵味方《てきみかた》、立場はもちろん異なれど、胸を食《は》む感情は、ともに等しかったのかもしれない。

（邪魔《じゃま》などさせない）

リュカオンの剣を受け流し、足の位置を自ら調整しながら、右に、左に、と移動しては一撃《いちげき》を繰《く》り出して、それをまた受け止められる。

（もう少しで取り戻せるかもしれない。その、いまになって）

目的を阻《はば》むものがあれば、たとえそれが崇高《すうこう》な理想であれ、理念《りねん》であれ、神であれ、竜神《りゅうじん》であれ——オルバはやはり孤剣《こけん》のみをたのみに打ちかかっていっただろう。

しかしこのとき、やはりオルバ本来の癖《くせ》が出た。防戦《ぼうせん》に回ったと見せかけた敵の隙《すき》に乗じて深く飛び込んでいく。それをこそ待っていたリュカオンは、見舞《みま》われた突きをくるりと身を翻《ひるがえ》して避けざま、その回転を利用して剣を振る——。

六年前、オルバが見たままに。

カッ、
と火花が飛び散った直後、

「ぐおっ」

呻《うめ》き声と血しぶきが同時に洩《も》れ出た。

リュカオンの剣撃《けんげき》を、オルバは素早く引いた剣で弾《はじ》き返していた。誘いは彼のほうから仕掛けたのだ。必殺を期したリュカオン、さすがに渾身《こんしん》の一撃《いちげき》を弾かれたとあって、大きく体勢を崩した。返す一撃でオルバはその胸に剣の平《ひら》を叩《たた》きつけていた。

が、さすがに代償《だいしょう》もあった。仮面《かめん》の頭頂部《とうちょうぶ》からやや右寄りの部分に穴が穿《うが》たれ、おびただしい亀裂《きれつ》が走っていた。

「見事」

仰向《あおむ》けに倒れたリュカオンは、息を喘《あえ》がせながら言った。血の泡《あわ》を吐きつつ、

「ついさっきまでは、この目に、騎士《きし》の国が見えていたのだが……いまのわたしでは、この程

度が限界であったか。名乗れ。名も知らぬ男に討《う》たれるほど、このリュカオン、安くはない」

「オルバ」

剣士《けんし》は、リュカオン以外の誰の耳にも届かないような声で名乗った。

聞き届けたのかどうか、リュカオンはおくびにも似た声を最後に、もう言葉を発せず、目を閉じた。オルバはそれを無言で見下ろしていた。

かつて敵陣《てきじん》に少数精鋭《せいえい》で潜《もぐ》り込んで、謀反人《むほんにん》バトールを討った男は、それと同じ手段を用いられ、命を落とした。これはのちのちまで「リュカオンの最期《さいご》のように」など、慣用句《かんようく》になるほど語り草となる。

「閣下《かっか》！」

「リュカオン閣下が討たれたぞ。奴《やつ》らをひとり残らず殺せっ」

兵たちの戦意《せんい》に狂気が混じった。剣闘士《けんとうし》たちも広間に殺到《さっとう》し、オルバを中心に輪を描いた。

折しも、メフィウス攻撃に出向いていた飛空艇隊《ひくうていたい》のうち、十数機《き》が補給《ほきゅう》のために戻ってきたところだった。状況を悟《さと》った兵士らが、それぞれ剣や銃を抜き連れて、砦最上部《とりで》へどっとばかりに押し寄せてくる。

肩で息をするオルバは、

（終わりか）

頭の片隅《かたすみ》でちらりと思った。剣闘士として二年を戦い抜いてきた最中《さいちゅう》に、何度かそんな思い

を抱いたことがある。そしてそのたび、

（終わらせるものか）

自らを鼓舞《こぶ》してきた。そしていまも、幾多《いくた》もの剣先《けんさき》が、銃口《じゅうこう》が狙《ねら》いを定める中にあって、オルバは剣をきつく握りなおしていた。

じりじりとリュカオン兵らが近づいてくる。輪の中心から歩み出ていこうとするオルバにつられたかのように、剣奴《けんど》たちも無言で自らの武器を身構《みがま》えた。互いから迸《ほとばし》る敵意《てきい》と殺意、それぞれが無色透明《とうめい》の弾丸《だんがん》となり、中空《ちゅうくう》で交差して、ぶつかり、爆発《ばくはつ》して——、
その瞬間《しゅんかん》、彼らの耳に、津波《つなみ》のごとき鬨《とき》の声が轟《とどろ》いた。最上部の露台《ろだい》から見渡せる前面の平野に、火を掲《かか》げつつ押し寄せてくる軍勢《ぐんぜい》がある。

リュカオン兵らがぎっと歯噛《はが》みしたのは、絶望と、そして悲壮《ひそう》な決意ゆえであったろう。彼らは最後の一兵卒《いっぺいそつ》になろうとも死を覚悟《かくご》に戦ったに違いない。そしてせめてもの道連《みちづ》れにとばかり、いま目の前にいるリュカオン将軍の仇《かたき》を討ったことだろう。

もし、それが、メフィウス軍であったならば。

「あっ！」

思わず子供のようにひとりのリュカオン兵が叫んだ。火の列に照らされ、夜空に翻《ひるがえ》っていたのは——、彼らの故郷《こきょう》、そしていずれは胸を張って帰るのだと、いったんは断腸《だんちょう》の思いで切り捨てた国家、ガーベラの国旗《こっき》であった。

愕然《がくぜん》となる彼らの頭上に、飛空艇《ひくうてい》独特のエンジン音がしたのはその数十秒後。

「もうよい――、もうよいのです！」

ちょうど飛び立ったときと同様、ひらりと露台《ろだい》に姿をあらわした飛空艇から、王女ビリーナが飛び降りていた。

3

（何て）

飛空艇にともに乗っていた剣闘士《けんとうし》シークが、顔中《かおじゅう》を伝う汗を拳《こぶし》で何度も拭《ぬぐ》っている。

（何て娘《むすめ》っ子《こ》だろう）

ビリーナの操縦《そうじゅう》する飛空艇は、このザイム砦《とりで》から出立《しゅったつ》すると、そのまま何とガーベラ陣営《じんえい》の方角に向けて速度を増した。当然、メフィウス軍と合流するとばかり思っていたシークは泡《あわ》を喰った。もしやこのままガーベラに帰還《きかん》するつもりなのではないかとも疑った。

リュカオンが指摘《してき》したように、おそらくガーベラ陣営内は迷いの只中《ただなか》にあったのだろう。一部の裏切りが発覚《はっかく》したことで対応に大わらわになっており、また、メフィウス陣から上がる火の手を目《ま》の当たりにしたことで、自分もリュカオンのもとへ馳《は》せ参じたいという気持ちの強まった兵士たちが多数あらわれても不思議《ふしぎ》ではない。

加えて、いまさら述べるまでもなく戦場《せんじょう》である。日没後《にちぼつご》、暗がりの中、高速で飛来《ひらい》してくる飛空艇に銃口《じゅうこう》が多数向《む》けられた。誰何《すいか》の応答もなく銃撃《じゅうげき》が迸《ほとばし》る。シークほどの男が悲鳴をあげてしまったほどの状況下、ビリーナは、それを右に左にと艇を傾けてかわした。高度を落とし、兵らの間から「姫」と叫びがあがりはじめた頃合《ころあい》、王女は兵士たちの頭上、その空高くから、

「メフィウスとともにリュカオン軍を討《う》て」

と声も高らかに命じたのである。

銃撃の絶えた一瞬《いっしゅん》、時間さえもが止まったような気がした。遠く、戦火《せんか》をかがり火にして夜空に浮き上がる姫の姿は、果たしてガーベラ兵士らの目にどう映ったのか。少なくとも、シークは全身に稲妻《いなずま》が走ったような衝撃《しょうげき》を覚えた。とともに、貴人《きじん》に剣を捧《ささ》げるガーベラの騎士《きし》とはこんな衝動《しょうどう》を皆が抱えているものなのか、とも思った。

「ガーベラは騎士の国ぞ。国の約定《やくじょう》を違《たが》えてメフィウスに刃《やいば》を向け、何で騎士を名乗れようか。どうして先祖《せんぞ》の英霊《えいれい》に顔向けできようか。さあ、わたしにつづけ！」

彼ら騎士たちがそのとき欲していたのは、まさしく天上から降りかかるがごときの指針《ししん》、であったろう。ガーベラ軍は陣を整える間も惜しむように突撃《とつげき》を開始した。軍をふたつにわけ、一方はメフィウスの援護《えんご》に当たり、一方はこのザイム砦へと押し寄せた。メフィウスにのみ主力を当たらせていたリュカオン軍の脇を抜けるように、ガーベラ本隊は程《ほど》なく砦前方《ぜんぽう》へと迫っ

たのである。


「もうよいのです」

ビリーナは剣と甲冑《かっちゅう》がきらめく最上部へと進み出た。

「リュカオン将軍は、わたくしにも剣を向けました。彼が国や人民《じんみん》を愛していたのは無論《むろん》疑いようもないが、しかし、彼はガーベラを、ではなく、騎士《きし》を、ではなく、自らの理想の中にのみ存在する騎士と国家をこそ愛すようになってしまった。そんな戦いに、これ以上何の意味があるというのです」

故郷《こきょう》を同じくするガーベラ軍に包囲《ほうい》されて、指導者を失い、そして愛すべき姫に諭《さと》されれば、リュカオン軍は抗《こう》すべき力も意志《いし》も根こそぎ奪われてしまった。

砦《とりで》は事実上陥落《かんらく》した。兵らは武器を投げ捨てて、どっかと尻《しり》を落とし、そしてリュカオンの死を悼《いた》んで泣いた。

あらぶる戦場《せんじょう》から一転《いってん》、すすり泣きと呻《うめ》き声とで、砦は葬儀《そうぎ》のような痛ましさに満ちた。それを見渡していたビリーナは、

「姫さま！」

近くにいたギリアムにあわてて支えられた。ふらりと歩みを乱して倒れかかったのだ。

見ると、顔は蠟《ろう》のように白く、それだけに汗のぬめりを帯びた肌《はだ》と、赤々とした唇《くちびる》が妙《みょう》にな

まめかしかった。

「き、貴様《きさま》、ギリアム。姫さまから手を放さないか」

「何を興奮《こうふん》しているんだ、シーク？　おれがいま手を放したら、倒れてしまうじゃないか」

「ぼくが、だから代わりに……」

「も、もう大丈夫《だいじょうぶ》です。ありがとう」

恥じるようにビリーナはギリアムから離れ、それから、

「シークとギリアム――でしたね」

「は、ははっ」

「聖臨《せいりん》の谷につづいて、見事でした。あなた方が救ったのはわたしただひとりの命などではなく、メフィウスとガーベラ、両国の未来。両国民《こくみん》に代わって、礼を言う。ありがとう」

「いや、おれは」

「そうです。姫さま、こ奴《やつ》にあたたかい言葉など必要ありません。斧《おの》さえ振って、オーガのように戦いと略奪《りゃくだつ》を楽しんでいれば満足なだけの、無知蒙昧《むちもうまい》な……」

「貴様あ。何だ、人が違ったように、必死になりやがって。女嫌《ぎら》い返上というわけか」

「げ、下種《げす》の勘《かん》ぐりを。いいか、これは恋慕《れんぼ》などではない、高貴《こうき》なる方への、汚《けが》れなき――ええい、どうせきみなどにはわかるまい！」

やにわに口喧嘩《くちげんか》をはじめたふたりにビリーナは微笑《ほほえ》みかけた。当然、ビリーナ自身にも様々

な傷みがある。しかしそれを堪《こら》え、ガーベラの王族《おうぞく》として、そしていずれそうなるであろうメフィウスの后《きさき》として、為《な》さねばならぬことがあった。

視線でもうひとりの功労者《こうろうしゃ》を捜した。仮面《かめん》の剣士《けんし》は広間を立ち去ろうとしているところだった。その背中に駆け寄っていき、

「リュカオンを討《う》ち取ったのはあなたですね。見事でした。剣闘士《けんとうし》、と名乗ったようですが、あなたも皇子《おうじ》の近衛《このえ》兵《へい》の方でしょうか」

「……はい」

「あなたのおかげで、迷いが振り切れた。礼を言う」

ビリーナは心底から言った。飛《ひ》空艇《くうてい》に跨《また》がりながらも飛び立てなかったあのとき、身動きを封《ふう》じたのは、いまだ二国の間で揺れる、彼女自身の迷いであった。

(口ほどにも)

自分は強くない。リュカオンに、そして彼に従った兵士たちにご高説《こうせつ》を垂れるほどには。

(だからこそ)

強くならなければならない。王家《おうけ》の礎《いしずえ》として、民《たみ》すべてが同じ光を見出せるような、そんな人間にならなければならない。それこそが選ばれし者の義務であり、祖父《そふ》ジオルグの言いたかったことなのではないか。

そんなビリーナの様子《ようす》を、不遜《ふそん》にも、剣士は顔の半分だけ振り向かせて見ていた。仮面の穴

と亀裂《きれつ》の合間から見える目が、ふと、誰かの眼差《まなざ》しに似ているようにビリーナには思えた。

砦《とりで》から出たオルバは、ひとり、戦場《せんじょう》の名残《なごり》となった平原を歩いていた。真夜中《まよなか》だというのに、あちらこちらでかがり火や松明《たいまつ》、ランタンによって灯《あか》りがともされ、歩いていくのにまったく苦労はない。

がちゃがちゃと甲冑《かっちゅう》を鳴らしたメフィウス兵らと何度もすれ違う。どの顔も興奮《こうふん》と熱気に満ちていた。砦での略奪《りゃくだつ》を開始するつもりなのだろう。ガーベラ軍は砦の外側にひとまずの陣《じん》を張って、砦に近づこうとはしていない。さすがに遠慮《えんりょ》があるのだろう、一部に裏切り者を出して同盟《どうめい》軍であるメフィウスを窮地《きゅうち》に陥《おとしい》れたばかりか、謀反《むほん》の首謀《しゅぼう》者リュカオンは、メフィウスの部隊のみでもって討《う》たれたのだから。

オルバにはどうでもいいことだった。

戦いの高揚《こうよう》感はすでに胸を去り、あとには、疲弊《ひへい》と痛み、そして虚脱《きょだつ》感のみが残された。

（おれは誰のために戦い、そして誰として戦ったのか）

リュカオンは死を覚悟《かくご》していたように見えた。打ち負かしたときに、ではなく、相対《あいたい》したその瞬間《しゅんかん》から、両の双眸《そうぼう》に死が透《す》けて見えた。どこまで本気で彼がガーベラから独立しようとしたのかはわからないが、しかしリュカオンの名を、ガーベラの民は忘れまい。ひとまずは反乱の勢いも鎮火《ちんか》するだろうが、しかしリュカオンの名は決して消えない火種《ひだね》となって胸にくすぶりつづけるだろう。

（蜃気楼《しんきろう》）

陽炎《かげろう》の向こうで揺らめく、色彩《しきさい》豊かな幻影《げんえい》。少年時代、オルバも夢の中に見た記憶《きおく》のある、そんな幻《まぼろし》を、リュカオンはいつまでも追いつづけたかったのではないか。運命に翻弄《ほんろう》されていく中、オルバ自身はいつしかそれを少年の感傷《かんしょう》として捨て去ってきた。だが、リュカオンは違う。

彼は、自身の見つめる蜃気楼を少しでも手もとに引き寄せんがため、為《な》すべきことを信じ、戦って、死んだ。それこそ、自分が何者であるか、という問いかけに対して、自信に満ちた顔で答えられる人種であるに違いない。

と、

「貴様《きさま》も、皇子《おうじ》の近衛兵《このえへい》か？」

オルバはかすかに目を瞠《みは》った。歩いてくるのはオーバリーだ。戦勝軍《せんしょうぐん》の将《しょう》らしく、肩肘《かたひじ》を張っている。左右に剣とライフルを持たせた供《とも》の者をひとりずつ従えていた。足を止め、オルバは、はっ、と応じる。

オーバリーは忌々《いまいま》しげに唇《くちびる》を歪《ゆが》めた。

「剣奴《けんど》隷《れい》風情《ふぜい》の力を借りて勝利を収めたなどと、メフィウスの戦歴《せんれき》に恥《はじ》を残すようなものだな。皇子は、はて、父君《ちちぎみ》にどう申し開きをするものやら」

ぶつぶつと言い捨てて彼はそこを立ち去ろうとしたが、

「将軍」

オルバのほうから呼びかけた。「何だ」ともったいをつけて振り向いたオーバリーだったが、オルバはうつむいたまま何も言わない。いや、言えなかった。そもそも何か考えがあって呼び止めたわけでもない。

「何だと訊《き》いておる」

（いまならば）

供の者も少ない。左右に視線をくれると、奇跡《きせき》のように人影《ひとかげ》がなかった。

（いまならば、あるいは――）

「貴様あ」

オーバリーが苛立《いらだ》って一歩踏み出そうとした。

「いえ。砦《とりで》は、まだ敗残兵《はいざんへい》を狩り出している最中《さいちゅう》です。お気をつけください」

「はっ」

オーバリーは鼻であざ笑い、ぺっと地面に唾《つば》を吐いてオルバに背を向けた。

「奴隷めが、調子に乗りおって。主人の躾《しつけ》がなっていない犬は、どこへいっても使えんものさ――」

ふたたび肩をそびやかし、砦のほうへと歩いていった。

オルバは長いこと、その背中が砦《とりで》の中へ消えても、なお、同じ方向を見届《みとど》けつづけていた。

(いまは駄目《だめ》だ)

剣の柄《つか》にかけた手を強く開閉《かいへい》させる。いまは——ただの剣闘士《けんとうし》オルバでは、闇討《やみう》ちがせいぜいだ。たとえ首尾《しゅび》よくオーバリーの命を手にかけたところで、失ったものは何ひとつ帰ってこない。

この仮面《かめん》を脱ぎ捨て、『皇子《おうじ》ギル』になったときこそ、いまの剣奴《けんど》オルバでは考えられないほどの選択肢《し》を得ることができるだろう。

次に声をかけてきたのはフェドムだった。彼は周囲の兵たちを気にして、いかにも戦勝祝《せんしょういわ》いを口にしているかのような笑顔で近づいてくると、

「さぞ満足か?」

小声で毒づいた。

「何のことだ」

「本物の兵隊や、本物の飛空船《ひくうせん》で、本物の戦争ごっこができて、満足だったたな? だが、これまでだ。もうこれ以上のことは許さぬぞ」

これまでだ、これまでだ、とあと何度、フェドムは同じ言葉をくり返すのだろう。そう考えてオルバはふと笑った。

「何がおかしい。いいか、まだ貴様《きさま》の役目は終わっていない。姫との婚礼《こんれい》が成立するまでは、

また皇子の身に危険が及ぶかも知れぬのでな。帝都《ていと》ではおまえの勝手《かって》にはさせんぞ。毎日、銃を持った兵士でおまえを監視《かんし》してやる」

表面は笑顔をよそおいつつ、小声で毒づき、恫喝《どうかつ》する。こいつも器用《きよう》な奴《やつ》だ、と思いかけたオルバだったが、

「帝都では、当然、ビラクやここより、はるかに皇子のことを知っている人間も多い。おまえもせいぜい気をつけることだ。ばれたら、即《そく》その首を撥《は》ねられるのだから」

（ほう）

いまの言葉を聞きとがめた。

（なるほど。そうか、やっぱりだ）

いままでも疑いはあった。しかし確信を持ったのは、この瞬間《しゅんかん》のことだった。

オルバを皇子の影武者《かげむしゃ》として立てていることを、他の人間は誰も知らないのだ。少なくとも国家ぐるみの策謀《さくぼう》ではあるまい。どのような理由があるかはわからないが、おそらくは、フェドムひとりの独断《どくだん》によるものなのだろう。であるなら、オルバにもいくらか考えはあった。

しかしそうしたことは表情に出さず、「ああ」とだけ頷《うなず》いた。

その後、旗艦《きかん》へと戻ったオルバは、戦いののちふたたび自室に戻った「皇子の影武者」カインと鎧《よろい》兜《かぶと》を交換し、ギル皇子として甲板《かんぱん》上に出た。大勢《おおぜい》の人間たちが皇子の名を呼び、歓呼《かんこ》の声を張り上げるのに手を振って応じる。

そこへ、ゴーウェンやシークらも合流した。互いの無事を喜び合い、他の剣闘士《けんとうし》たちが待つほうへと歩いていく。

「リュカオンは姫さまも手にかけようとした」道すがら、シークが言った。「それじゃ、あの聖臨《せいりん》の谷で暗殺《あんさつ》騒ぎを起こしたのもリュカオンだったんだろうか？」

「メフィウスに討《う》たれた、と宣伝せねばならなかったのだから、他国からの使節団《しせつだん》がいたあの場所で王女を殺したのでは無理がある。依然《いぜん》、謎《なぞ》のままだな」

「いや」

オルバの言葉に、ふたりとも『皇子《おうじ》』を見つめた。いくらか慣れてきたのか、それとも彼の中に芽《め》生《ば》えはじめている何らかの素質《そしつ》がそう見せるのか、兵たちの歓呼《かんこ》に時々応えている彼の横顔《よこがお》には、いままでにない輝きが宿っているようである。

「おれもいろいろと考えていた。あの時点で、皇子ギルやビリーナが死んで、誰が一番得《とく》をするのか」

「それは、誰だ？」

「それは——」

夜闇に月が白い。

オルバは腰に下げていたのとは別の剣を右手にしていた。リュカオンから奪った小剣《しょうけん》である。新品《しんぴん》同然にきらめくその刀身《とうしん》に、オルバ自身の名が刻まれていた。

終章

多くの流浪《るろう》があった。

それにともなう感慨《かんがい》は、いまのオルバにはない。

彼自身が望んで歩んできた道ではなかったからだが、しかし流浪の末に何がしかを手に入れたとするなら、そうして自分を強制的に操《あやつ》ってきた何者かに対し、自らの手で報復《ほうふく》するという手段ではなかったか。

（おれは）

誰かを憎《にく》まずば、自らの意思《いし》で剣を取ることもできないのではないか。そんな思いを胸に、真鍮《しんちゅう》の鎧《よろい》を身にまとった彼は、赤々とした絨毯《じゅうたん》の上に膝《ひざ》をついていた。

帝都《ていと》ソロン――謁見《えっけん》の間。

「初陣《ういじん》を見事《みごと》勝利で飾りしこと、誰よりも嬉《うれ》しく思うぞ、ギルよ」

左右に廷臣《ていしん》たちの居並《いなら》ぶ先、玉座《ぎょくざ》に腰掛けた男こそがメフィウス帝朝皇帝《ていちょうこうてい》グール・メフィウスその人だ。白い髪《かみ》に髭《ひげ》は、どちらも長く、たっぷりと波打っている。皺深《しわぶか》い顔つきながらも、のみで深くえぐり取ったような眼窩《がんか》の奥には、生命力そのもののような輝きがあった。

「いろいろと策《さく》を弄《ろう》したようだな。リュカオンの首級《しゅきゅう》を我がメフィウスの手によって挙げられたのはまことに欣快《きんかい》であった。これ以上は望めぬほどの勝利であるな」

「は」

「フェドム公《こう》らに知恵《ちえ》を授けられただけにございます。オーバリー将軍もはじめての戦場《いくさば》に立つわたしをよく補佐してくれました。父上《ちちうえ》が導き、育てた家臣《かしん》や兵の力によるもの。わたしはそれをお借りしただけに過ぎません」

ほう、と頷《うなず》くグールの表情はいつになく穏《おだ》やかだ。陛下《へいか》もさぞお喜びなのだろう、と重臣《じゅうしん》たちは微笑《ほほえ》ましい気持ちで目配《めくば》せし合った。以前は、実の息子《むすこ》に対してあまりに厳《きび》しい態度のように思えたときもあったが、すべては我が子の成長を願ってのこと。子を愛さぬ親はないのだ。

「ガーベラ側と協議の結果、ビリーナ姫との正式な婚礼《こんれい》はまた日を改めて、ということになった。それまでは大事なお客人《きゃくじん》だ。はやる気持ちはわかるが、迂闊《うかつ》に恋を囁《ささや》き交わして、何か問題を起こさぬようにな」

そんな冗談《じょうだん》まで口にしてみせる。ギルは「は」と恐縮《きょうしゅく》したように頭を下げ、謁見《えっけん》の間に居《い》並《なら》んだ人々の笑いを誘った。

ビリーナ姫は宮殿《きゅうでん》の後宮《こうきゅう》に一室を与えられている。侍女長《じじょちょう》のテレジアもいっしょで、ひとまずは落ち着いた暮らしを望めるようだ。また、婚礼の日取りが決まれば、おそらくはその「祝い」という形で、ガーベラに奪われていた南方アプターの領土返還《りょうどへんかん》が合意に達するのではないかという憶測《おくそく》が交わされている。そうでもしない限り、ガーベラは今回のことでメフィウスに顔向けできまい。

いろいろな意味で、ギル皇子《おうじ》の功績《こうせき》は大きかった。

終始穏《しゅうしおだ》やかな雰囲気《ふんいき》の謁見であったが、グールは最後の最後に、

「エンデもこれでたやすくは動けぬだろう。しかしガーベラでの一件、決して他人事《ひとごと》ではない。これからもメフィウス皇族《こうぞく》の威武《いぶ》をもって、国内の安寧《あんねい》を守らねばならぬ。ギル、そなたもこれよりその一端《いったん》を担《にな》うのだ」

反《はん》皇族派《は》に釘《くぎ》を刺すことを忘れなかった。


「お義兄《にい》さま」

謁見の間をあとにしかけたギルに、イネーリがお祝いの言葉を述べにあらわれた。長いスカートの裾《すそ》をつまんでちょこんとお辞儀《じぎ》をした少女に、ギルはおざなりな返礼をし、すぐさま踵《きびす》を返そうとする。まあ、と、美しい少女の眉根《まゆね》が寄った。

「つれない態度でいらっしゃるのね。お義兄さまがお帰りになられる日を指折り数えてお待ち申し上げていたというのに。この数日、皇子さまの御身《おんみ》を心配して、食事もろくに喉《のど》を通らなかったこのかわいい妹に下さる土産《みやげ》話のひとつもありませんの?」

「ああ」ギルは無理矢理《むりやり》とひと目でわかる笑顔をこしらえた。

「話は尽きないが、また今度にしよう。少々疲れているんだ」

まあ、とイネーリがもうひと声洩《も》らしたのは、皇子《おうじ》の身を案じたからではなく、ギルが視線を合わすのも避けるように、またしてもすぐに立ち去っていこうとしたからだ。今度はイネーリも呼び止めはしなかったものの、憤慨《ふんがい》に歪《ゆが》めかけた美貌《びぼう》が、ふと別の理由で固まった。

最後に、一度だけちらりとこちらへ投げかけられた皇子の眼差《まなざ》し。

それは、闘技場《とうぎじょう》で見た、あの仮面《かめん》越《ご》しのものとよく似ていた。


その後、ギル皇子は宮殿《きゅうでん》内の自室へと戻った。夜の戦勝祝《せんしょういわ》いパーティーまで予定はない。イネーリと同様、何人かの貴族《きぞく》や武人《ぶじん》たちが、祝いの言葉を直接述《の》べたいと面会を申し出ていたが、そのすべてを断っていた。

「ああ、あ」

部屋に辿《たど》り着いた途端《とたん》、ベッドの上で大の字になる。

「みっともないですよ、殿下《でんか》」

と小姓《こしょう》のディンがとがめた。

彼は、引きつづき皇子の身の周りを世話することを任されていた。いままで皇子の世話をしていた侍従《じじゅう》たちはフェドムの差し金で配置換《が》えになっている。当然、正体の発覚《はっかく》を恐れてのことだ。

豪華《ごうか》なベッドはどこまでも身体《からだ》が沈み込んでいくようで、逆に落ち着かない。加えて、この部屋ときたら、剣奴《けんど》たち数十名で寝泊《ねとま》りしていた場所よりもずっと広い。こんなところでひとりきりでいたら、どこに誰が潜《ひそ》んでいるかわからず、むしろ気の休まることなどないだろうと思われた。

ディンに言われたからでもないが、すぐさまオルバは跳ね起き、部屋の大きな窓へと近づいた。緑の庭園の向こう、ソロンの整然とした街並みまでが遠く見渡される。

（ここからはじめる）

自分が何者であるのか、何を為《な》し得るのか。星降る夜、兄ロアンと交わした会話の答えは、いまだに見つからない。

剣ひと振りで身を立てるという少年期の幻影《げんえい》を追いつづけるのか、奪った者に対して復讐《ふくしゅう》の剣を振り上げるのか、奪われたものを追い求める手段を講じるのか。

（全部だ）

そう、だからこそ、わからないからこそ、そのすべてをやるだけだ。いまのオルバにはそうするだけの手段がある。一国の皇子という、これ以上望むべくもない地位が。

少年時代、かつて自分とは違うものが見えているはずだと信じていた人々と同じ立場に立ち、手が届かなかったものすべてを両手に抱え込めば、あるいは、何か新しいものが見えてくるかもしれない。

その上で、自分という存在が、その存在が持つ力が、どこまで通じるのか試してやろう。

無論《むろん》、障害は多い。フェドムのこと、本物の皇子《おうじ》はどこにいるのかという疑問、ガーベラ王女とのこれから、反皇族派《はんこうぞくは》、そして――。

「よくもまあ、互いに涼しい顔をしていられたものだな」

部屋へ招かれたゴーウエンが開口《かいこう》一番、そう言った。シークが頷《うなず》き、

「謁見《えっけん》の間でのことさ。片や、息子《むすこ》に化けた、もと剣奴隷《けんどれい》。そして片や――」

あとをオルバ自身が引き継いだ。

「実の息子を手にかけようとした大悪党《だい》、だろ?」

ディンがぎょっとしたような表情をする。

そう、皇子ギルとビリーナ暗殺《あんさつ》を目論《もくろ》んだのは、ガーベラでもリュカオンでもなく、おそらくグール・メフィウスその人だろう、とオルバは読んでいたのだ。

あの場でふたりが殺害された場合、もっとも疑われるのはエンデだ。使節団《しせつだん》をわざわざ招いたのも、彼らを容疑者《ようぎしゃ》として捕えることで口を封じ、尋問《じんもん》を行った末にそれらしい「真実」をでっち上げるつもりだったのではないか。

その上で同じく王族《おうぞく》を殺されたガーベラと協力してエンデを挟撃《きょうげき》しようとした。昨日まで敵同士だった国のにわか同盟《どうめい》もそれで強固なものとなる。皇子と王女が婚礼《こんれい》を行うよりもずっとたやすく、だ。

エンデ領《りょう》をガーベラと二分することの利益に比べれば、グールにとってはギル皇子の――実の息子の命など、惜しくなかったのだ。

それが皇帝《こうてい》。

オルバがこれから、「父」として相対《あいたい》せねばならぬ人物であり、彼にとってはまだ得体《えたい》の知れない「国家」という存在の象徴《しょうちょう》でもあった。

「今回は、リュカオンという邪魔《じゃま》が入ったために暗殺は取り止められたけれど、皇帝にとってはむしろ、リュカオン討伐《とうばつ》が、ガーベラとの今後のためには好都合《こうつごう》だったわけだね」

シークが空恐《そらおそ》ろしげに言うと、

「ある意味では、剣闘場《けんとうじょう》よりよほど危険な場所かもしれんぞ」年長者らしく、ゴーウェンが含蓄《がんちく》のあるようなことを口にする。「少なくとも、闇討《やみう》ちされるようなことはなかったからな。それも、血をわけた親子が陰惨《いんさん》に殺し合うなどと」

オルバは応えず、窓から外を仰ぎつづけた。

どのみち、すべてが戦いだ。勝ち取らなければ生きていけないというのなら、いまも昔も変わりはしない。

戦う相手がどれだけ変わろうとも。どれだけ巨大であろうとも。

オルバには、勝利への道筋《みちすじ》を選び取ることでしか、生きてはいけないのだった。

世に英雄は多い。

そんな中、戦乱《せんらん》の世を駆け抜けたギル・メフィウスほど、歴史家たちを悩ませた、あるいは楽しませた人物はない。

家臣《かしん》たちから「うつけ者」とそしられながらも、ガーベラ国ビリーナ姫との縁組《えんぐみ》をきっかけに、見る見る才気《さいき》を露《あら》わにし、のちに「メフィウスの竜皇《りゅうおう》」と呼ばれるまでにいたった彼の変《へん》貌《ぼう》ぶりを、歴史家たちはあらゆる解釈《かいしゃく》や想像《そうぞう》でもって、物語として人々に提供した。

しかし彼らは知らない。

ギル・メフィウスの正体を。

仮面《かめん》の剣闘士《けんとうし》と呼ばれた男が、鉄の虎《とら》を脱ぎ捨てたその直後に、新たに肌色《はだいろ》の仮面を身につけたことなど。

誰も知らない。

あとがき

こんにちは。杉原智則《すぎはらとものり》です。

一年ぶりの新刊となりますが——、と、自分で書いてみて驚いた。そうか、もう一年か。うーん、早いなあ。

前作『レギオン』は、人間の内面や滅《ほろ》びの世界を描いた物語でした。物語自体《じたい》の出来に関してはいろいろ思うところもあるのですが、何よりエネルギーを消費させられる作業だったのは間違いなく、著者校正《こうせい》が終わって原稿《げんこう》を郵送した直後、

「もー、やらねーぞ。ちくしょう」

と天を仰いでベッドに倒れ込んだのを覚えています。

もう二度とあんな物語は書きたくない。

もう精神世界の戦いなんて嫌だ。初恋の甘ずっぱさと苦《にが》さなんてもうたくさんだ。自分で書いてててやこしくなるような抽象《ちゆうしよう》的な描写もごめんだ。変わってしまう隣人《りんじん》や幼馴染《おさななじみ》に恐怖を感じるのも現実世界だけで充分だ——。

何気に前作の宣伝をしているように思えるのは、きっとお読みになっている貴方《あなた》の誤解《ごかい》でし

ようが、ともかく、次の作品はがらっと趣向《しゅこう》を変えたものにしたい、と切に願ったのは事実です。


「読んでて、元気が出るような話にしよう」

「ティーンエイジャーの葛藤《かっとう》とか、今回はなしで」

「キャラクターも個性的な奴《やつ》をいっぱい出して、にぎやかにしよう」

「血なまぐさい展開も、暗くなりがちな設定も、今回はやめにして」

「おお、何だかやる気が出てきた」

「よし、この勢いでプロットを書いてみよう！」

……で、それから紆余《うよ》曲折《きよくせつ》した結果、出来上がった作品が、いま貴方が手に取っておられる本書であります。

え？

紆余曲折しすぎだろ、って？

本当、自分のほうこそ「どうしたんだ、おい」と作者の首を絞《し》めて揺すってみたい気持ちでいっぱいです。

しかし（と真面目《まじめ》モードに入り）、

前作レギオンが「心の話」なら、

今作は「肉体の話」であります。

鬱々《うつうつ》とした悩みや葛藤《かっとう》が、（前作のごとく）主人公オルバを責めさいなんでいるものの、それを切り開くのは鍛《きた》え上げられた肉体であり、彼の振るう剣であり、そして肉体的な経験に裏打ちされた頭脳《ずのう》であります。

戦いや陰謀《いんぼう》、そして恋を経験していくうち、剣奴隷《けんどれい》であった少年オルバは果たして何を得て、果たして何を失うのか。

自分自身、この物語に期待しています。

杉原智則《すぎはらとものり》

◉杉原智則著作リスト

「熱砂のレクイエム　鉄騎兵、跳ぶ！」（電撃文庫）
「熱砂のレクイエムII　協同戦線」（同）
「頭蓋骨のホーリーグレイル」（同）
「頭蓋骨のホーリーグレイルII」（同）

「頭蓋骨のホーリーグレイルIII」（同）
「頭蓋骨のホーリーグレイルIV」（同）
「ワーズ・ワースの放課後」（同）
「ワーズ・ワースの放課後II」（同）
「殿様気分でＨＡＰＰＹ！」（同）
「殿様気分でＨＡＰＰＹ！②」（同）
「殿様気分でＨＡＰＰＹ！③」（同）
「殿様気分でＨＡＰＰＹ！④」（同）
「レギオン　きみと僕らのいた世界」（同）
「レギオンII　きみと僕らのいた世界」（同）
「てのひらのエネミー　魔王城起動」（角川スニーカー文庫）
「てのひらのエネミー②　魔将覚醒」（同）
「てのひらのエネミー③　魔軍胎動」（同）
「てのひらのエネミー④　魔王咆哮」（同）
「交響詩篇エウレカセブン　1　BLUE MONDAY」（同）
「交響詩篇エウレカセブン　2　UNKNOWN PLEASURE」（同）
「交響詩篇エウレカセブン　3　NEW WORLD ORDER」（同）
「交響詩篇エウレカセブン　4　HERE TO STAY」（同）

本書に対するご意見、ご感想をお寄せください。

■

あて先

〒160-8326 東京都新宿区西新宿4-34-7
アスキー・メディアワークス電撃文庫編集部
「杉原智則先生」係
「3 先生」係

■

電撃文庫

烙印《らくいん》の紋章《もんしょう》
たそがれの星《ほし》に竜《りゅう》は吠《ほ》える

杉原智則《すぎはらとものり》

発行　二〇〇八年五月十日　初版発行
二〇〇九年五月二十九日　四版発行

発行者　髙野　潔
発行所　株式会社アスキー・メディアワークス
〒一六〇-八三二六　東京都新宿区西新宿四-三十四-七
電話〇三-六八六六-七三一一（編集）
発売元　株式会社角川グループパブリッシング
〒一〇二-八一七七　東京都千代田区富士見二-十三-三
電話〇三-三二三八-八六〇五（営業）
装丁者　荻窪裕司（META＋MANIERA）
印刷・製本　加藤製版印刷株式会社

Printed in Japan
ISBN978-4-04-867063-0 C0193

電撃文庫創刊に際して

文庫は、我が国にとどまらず、世界の書籍の流れのなかで〝小さな巨人〟としての地位を築いてきた。古今東西の名著を、廉価で手に入りやすい形で提供してきたからこそ、人は文庫を自分の師として、また青春の想い出として、語りついできたのである。

その源を、文化的にはドイツのレクラム文庫に求めるにせよ、規模の上でイギリスのペンギンブックスに求めるにせよ、いま文庫は知識人の層の多様化に従って、ますますその意義を大きくしていると言ってよい。

文庫出版の意味するものは、激動の現代のみならず将来にわたって、大きくなることはあっても、小さくなることはないだろう。

「電撃文庫」は、そのように多様化した対象に応え、歴史に耐えうる作品を収録するのはもちろん、新しい世紀を迎えるにあたって、既成の枠をこえる新鮮で強烈なアイ・オープナーたりたい。

その特異さ故に、この存在は、かつて文庫がはじめて出版世界に登場したときと、同じ戸惑いを読書人に与えるかもしれない。

しかし、〈Changing Time, Changing Publishing〉時代は変わって、出版も変わる。時を重ねるなかで、精神の糧として、心の一隅を占めるものとして、次なる文化の担い手の若者たちに確かな評価を得られると信じて、ここに「電撃文庫」を出版する。

1993年6月10日
角川歴彦

電撃文庫

烙印の紋章 たそがれの星に龍は吠える

杉原智則
イラスト／3

ISBN978－4－04－867063－0

瓜二つの皇子とすり替わった剣闘士。相手を篭絡して自国の利益を図ろうとする皇女。二人の婚姻によりメフィウスとガーベラは講和を結ぶことになるが——。

す-3-15　1592

レギオン きみと僕らのいた世界

杉原智則
イラスト／山都エンヂ

ISBN978－4－8402－3810－6

平凡な現実にかすかな違和感を覚えはじめる徹。眠り病をもたらす〝異海〟と戦うトール。二つの世界のつながりは——。ツインワールド・ストーリー再び登場！

す-3-13　1420

レギオンⅡ きみと僕らのいた世界

杉原智則
イラスト／山都エンヂ

ISBN978－4－8402－3839－7

〝異海〟に侵食され人々は眠り病に倒れていく。重なりゆく二つの世界、交錯する「ぼく」と「おれ」。すべてが明かされるツインワールド・ストーリー完結編！

す-3-14　1423

ワーズ・ワースの放課後

杉原智則
イラスト／瑚澄遊智

ISBN4－8402－2454－4

ぼくは眠るたびに現実ともうひとつの世界を行き来する。こちらではぼくは友だちの少ない平凡な中学生で、向こうの世界では無能な王子と呼ばれ……。

す-3-7　0837

ワーズ・ワースの放課後Ⅱ

杉原智則
イラスト／瑚澄遊智

ISBN4－8402－2495－1

現実の世界を蝕み始めた〝眠り病〟。一方向こうの世界の〝ぼく〟は、旅に出る。世界に救いをもたらすために——。ツインワールドファンタジー完結編、登場！

す-3-8　0857

電撃文庫

狼と香辛料

支倉凍砂
イラスト／文倉十

ISBN4－8402－3302－0

行商人ロレンスが馬車の荷台で見つけたのは、自らを豊穣の神ホロと名乗る、狼の耳と尻尾を有した美しい少女だった。剣も魔法もない、新感覚ファンタジー登場！

は-8-1　1215

狼と香辛料Ⅱ

支倉凍砂
イラスト／文倉十

ISBN4－8402－3451－5

異教徒の地への玄関口、北の教会都市で大商いを仕掛けたロレンスだったが、思いもかけぬ謀略に嵌ってしまう。賢狼ホロでも解決策は見つからず絶体絶命に!?

は-8-2　1278

狼と香辛料Ⅲ

支倉凍砂
イラスト／文倉十

ISBN4－8402－3588－0

異教の祭りで賑わう町クメルスンを訪れたロレンスとホロ。そこで一人の若い商人アマーティと出会う。彼はホロに一目惚れし、それが大騒動の発端となった。

は-8-3　1334

狼と香辛料Ⅳ

支倉凍砂
イラスト／文倉十

ISBN978－4－8402－3723－9

ホロの故郷ヨイツの情報を集めるため、田舎町テレオを訪れたロレンスとホロ。情報を知る司祭がいるはずの教会で二人が出会ったのは無愛想な少女で……!?

は-8-4　1390

狼と香辛料Ⅴ

支倉凍砂
イラスト／文倉十

ISBN978－4－8402－3933－2

ホロの伝承が残る町レノス。ホロはのんびりヨイツの情報を探したがるが、ロレンスは商売への好奇心を拭えないでいた。そんな時、ロレンスに大きな儲け話が舞い込む。

は-8-5　1468

電撃文庫

狼と香辛料VI
支倉凍砂
イラスト／文倉十
ISBN978－4－8402－4114－4

ヨイツまで共に旅を続けることを決めたホロとロレンス。二人はエーブを追って船で川を下る。途中、ロレンスは厄介ごとに巻き込まれた少年を助けることになるのだが……？

は-8-6 1519

狼と香辛料VII Side Colors
支倉凍砂
イラスト／文倉十
ISBN978－4－8402－4169－4

ロレンスと出会う前のホロの旅や、パッツィオでの二人の買い物風景、そしてホロを看病するロレンスなど、〝色〟をキーワードに綴られる、珠玉の短編集。

は-8-7 1553

狼と香辛料VIII 対立の町〈上〉
支倉凍砂
イラスト／文倉十
ISBN978－4－04－867068－5

「狼の骨」の情報を得るため、ロレンスたちは港町ケルーベでエーブを待ち伏せる。だがそこは、貿易の中心である三角洲を挟んで、北と南が対立している町だった！

は-8-8 1587

藤堂家はカミガカリ
高遠豹介
イラスト／油谷秀和
ISBN978－4－8402－4164－9

「ハテシナ」という世界から来た神一郎と美琴。彼らはある目的のため周慈と春菜という双子の姉弟が住む家に押しかける。第14回電撃小説大賞〈銀賞〉受賞作。

た-21-1 1549

藤堂家はカミガカリ2
高遠豹介
イラスト／油谷秀和
ISBN978－4－04－867064－7

藤堂家で平穏に暮らす神一郎と美琴の前に、アフロ頭にサングラスという怪しい男が現れる。しかも、この男が持つ〝ある物〟により春菜がとんでもない事に！

た-21-2 1593

電撃文庫

ダブルブリッド

中村恵里加
イラスト／藤倉和音

ISBN4－8402－1417－4

特定遺伝因子保持生物—通称〝怪《アヤカシ》〟。その宿命を背負う少女、片倉優樹が青年・山崎太一朗と出会ったとき—。第6回電撃ゲーム小説大賞〈金賞〉受賞作！

な-7-1　0423

ダブルブリッドII

中村恵里加
イラスト／藤倉和音

ISBN4－8402－1490－5

人の血を糧とするアヤカシ——吸血鬼と対峙した優樹の胸に芽生えたものは⁉ 第6回電撃ゲーム小説大賞〈金賞〉受賞作の続編!!

な-7-2　0436

ダブルブリッドIII

中村恵里加
イラスト／たけひと

ISBN4－8402－1586－3

大陸からやってきた大戦期の人型兵器、哪吒《なた》。その哪吒と、片倉優樹の運命が交錯したとき、その悲劇は起こった——。人気沸騰のシリーズ第3弾！

な-7-3　0462

ダブルブリッドIV

中村恵里加
イラスト／たけひと

ISBN4－8402－1683－5

高橋幸児の死体を運んでいた輸送車が炎上、死体はその場から消え去った。一方、出向期間終了を間近に控えた太一朗はある決意で優樹のもとに向かうのだが……。

な-7-4　0498

ダブルブリッドV

中村恵里加
イラスト／たけひと

ISBN4－8402－1738－6

京都でひとりのアヤカシが殺害された。調査のため京都に向かった片倉優樹が見たものは……？ 一方、休暇を利用して実家に帰った山崎太一朗は——。

な-7-5　0522

電撃文庫

ダブルブリッドⅥ

中村恵里加
イラスト／たけひと

ISBN4－8402－1869－2

EATと米軍の共同演習に六課に在籍していた面々がアヤカシ役として協力することになった。だが、その演習の背後には……！　緊迫のシリーズ第6弾!!

な-7-6　0566

ダブルブリッドⅦ

中村恵里加
イラスト／たけひと

ISBN4－8402－1995－8

鬼切りに寄生され自らを失いつつある山崎太一朗。再生能力が衰えつつある片倉優樹。仲間を守るため、決断を下した八牧。すべては破滅へ突き進む……！

な-7-7　0616

ダブルブリッドⅧ

中村恵里加
イラスト／たけひと

ISBN4－8402－2274－6

暴走を続ける山崎太一朗によって、大切な友人を失った片倉優樹。その喪失は捜査六課の面々を、様々な方向に駆り立てる。そしてその先には……！

な-7-8　0757

ダブルブリッドⅨ

中村恵里加
イラスト／たけひと

ISBN4－8402－2543－5

相川虎司と対峙する兇人・山崎太一朗。その闘いの果てにあるものは……？　一方、その闘いを見守る安藤希の心中は？　超人気シリーズ、クライマックス直前!!

な-7-9　0871

ダブルブリッドⅩ

中村恵里加
イラスト／たけひと

ISBN978－4－04－867065－4

ついに対峙した片倉優樹と山崎太一朗。戦い、互いに傷つけあっていく二人に救いの道はもう残されていないのか……。「ちとにくとほね」の物語――終幕。

な-7-11　1588